日本文艺春秋授权
安徽文艺出版社独家引进中文简体字版
日本畅销书作家、直木奖得主
白石一文经典力作

どれくらいの 愛情

爱有多少

Ai You Duoshao

【日】白石一文 著

彤彫 译

时代出版传媒股份有限公司
安 徽 文 艺 出 版 社

图书在版编目(CIP)数据

爱有多少/(日)白石一文著;彤彫译. —合肥:安徽文艺出版社,2015.5
(白石一文精品集)
ISBN 978-7-5396-5436-2

Ⅰ. ①爱… Ⅱ. ①白… ②彤… Ⅲ. ①短篇小说-小说集-日本-现代 Ⅳ. ①I313.45

中国版本图书馆CIP数据核字(2015)第139535号

引进图书合同登记号:1211982
Dorekurai no Aijo by Kazuhumi Shiraishi

First original Japanese edition published by BUNGEISHUNJU LTD. 2006
Simplified Chinese translation rights arranged with BUNGEISHUNJU LTD. through NISHIKAWA COMMUNICATIONS CO. ,LTD.

出 版 人:朱寒冬
出版策划:朱寒冬　　　　责任编辑:宋晓津　韦　亚

出版发行:时代出版传媒股份有限公司　www.press-mart.com
安徽文艺出版社　www.awpub.com
地　　址:合肥市翡翠路1118号　邮政编码:230071
营 销 部:(0551)63533889
印　　制:安徽新华印刷股份有限公司　(0551)65859551

开本:880×1230　1/32　印张:11.5　字数:200千字
版次:2015年5月第1版　2015年5月第1次印刷
定价:35.00元

目录

contents

爱有多少

1

正平回到房间,拧开灯,疲惫地走到床边,和衣仰倒在羽绒被上。他双目紧闭仰面而躺,久久纹丝不动。天花板吊灯柔和的光线透过他的眼睑,投下一个模糊的圆晕。

上周,他借了一张名叫《解夏——让爱看得见》(佐田雅治原著)的影碟,影片讲述一位小学教师因罹患“贝切特氏”病而双目失明的故事。男主角由实力派影星大泽泷夫饰演,他有这样一段台词:“以前,我一直以为所谓失明,就是看不见了,眼前漆黑一片,现在发现并非如此。其实,真实的失明感觉是整个人如同置身于一团白雾之中。”之后,每当正平在明亮的场所闭上眼睛时,就会想起这句话。

置身于一团白雾之中是一种怎样的感觉呢?……

关于失明,正平一直望文生义,以为如字面描述的那样失去了所有光明,眼前漆黑一片——当然这种情况也会有,至少在这部电影中不完全是这样,于是正平放下心来——他并没有眼病,身边的人也没有,但听到大泽洸夫说出那句台词时总归还是松了口气。

正平觉得:如果失明像电影中的那样能稍微感到一丝光亮或者视界被一团白雾笼罩,多少还是有复明的希望的。如果某天早上醒来一睁眼居然漆黑一片,什么也看不见,这才令人恐惧——四周如同被厚厚的高墙封闭,自己掉进了一口古老的深井之中,总之,那是一个令人不寒而栗的冰冷世界。

无论任何人,失明恐怕都是其内心所恐惧的,这种感觉和哺乳动物对于黑暗的恐惧相吻合。

在影片《解夏》中,大泽洸夫饰演的主人公被诊断为“贝切特氏”病后辞去小学教师工作,结束在东京的生活回到故乡长崎。为了看最后一眼故乡的一草一木,他决定走遍长崎大街小巷,孰料病情恶化比想象的要快,他的视力急剧下降,对失明的恐惧骤然上升,计划恐难以实现。这时,他遇到了由松村达雄扮演的和尚,那和尚说了这样一句话:

“当真正失明时,你将不会为失明而恐惧。”

这是一段普通的台词,画面极为平常,甚至是轻描淡写,但给正平留下的印象却极其深刻,直到电影结束,松村达雄的这句台词依然回响于耳边,甚至比大泽泷夫的那句台词更令他心悸,久久不能忘怀。

看完影片,正平觉得无论是谁都会产生这样的忧虑——自己会不会在将来的某一天突然因某种原因而失明呢?至少他很早以前有过这种莫名的恐惧,对于年幼无知的他来说,眼睛看不见几乎等于死亡,死亡不就是停止呼吸,眼睛看不见了吗?电视剧中出现死亡场面时,经常由扮演医生的演员掏出笔式手电筒确认死者瞳孔是否放大,这个场景给他幼小的心灵留下很深的印象。

因此,正平对盲人充满怜悯之心。当偶遇盲人手持拐杖换乘电车时,他都会主动上前帮助,即使对方不让帮忙,他也会尾随后面,直到其安全换乘方才离开。

他常常思绪万千,一方面为他人忧虑:

——刚才那人是怎么失明的?眼睛看不见真是一件痛苦的事啊。

另一方面又为自身感慨:

——眼睛看得见真是莫大的幸福啊!但是,我会在将来的某一天变得跟刚才那人一样什么也看不见吗?或是听不见,或是失去双手,或是不能走路了? 想到这些,一股感激之情油然而生,正平从内心感谢上苍让他无病无疾活到现在。

所以,《解夏》中松村达雄的那句话给这种心态的他造成了某种冲击。

——的确……

当时他这样想。的确,看不见的人是不存在"失明的恐惧"的。可以说,双目失明的盲人就是从"失明的恐惧"中解脱的人,是完全克服了"失明的恐惧"的人。

此前他一直以为,眼睛看不见的人就是体现在"失明的恐惧"上,他们的人格已经完全被"失明的恐惧"给摧毁了。但是听了松村达雄的台词后,他才发觉不过是妄自猜测而已。

世界在眼前消失,一切突然看不见——无疑这才是最恐怖的。但是,万一这一刻真的来临,人也不能一味恐惧、悲伤,陷入万劫不复的痛苦之中。对那些从看得见变为看不见的人来说,失明的恐惧只是他们走在通往失明这个新世界的桥上时所体验的一种暂时性的感觉,绝非永恒的感觉。

松村达雄一语道破真谛,即失明的恐惧是用失明来克服的。

猛然意识到这点后,正平内心生平第一次发出由衷感慨——克服失明恐惧者,无疑是世上最坚强的人。

依然仰躺在床上的正平睁开眼睛，视线从正上方的吊灯上移开，转向右侧墙壁上的挂钟——日期已变更为五月十六日，星期二，时间是凌晨一点过五分。

真是忙碌的一天啊，正平想。下个月第七家店即将开张，昨天一早他就开车出门，为此忙活。新店在距离九州大学伊都校区最近的车站，即JR“九大学研都市站”附近，目前仍在施工中。工程费用超出预算，让正平微微产生出师不利的感觉。他与女友伊泽晶分手后的这五年里，可谓情场失意，商场得意。这家店是他开的第七家分店，今年秋天他还准备在油山的大型购物中心开设第八家分店。

五年前，也就是二〇〇一年的这个季节，热恋多年的女友伊泽晶毫无征兆地突然移情别恋，令正平痛苦万分。颓唐沦落的他前去参加一位高中好友父亲的葬礼时，那位高中好友居然拜托他说，希望正平能接手其父在城南长年经营的一家电器店。按说，对于一直经营小豆粥店的正平而言，是没有能力也没有勇气接手经营电器店的。

当时饱受失恋折磨的正平已经自暴自弃，对一切失去了信心。葬礼结束后，好友和他母亲前来拜托时，正平竟一口应诺，爽快答应——前提是要把电器店改成小豆粥店。

“刚巧，我正琢磨着开第二家粥铺了。”

在此之前，他压根儿没想过开第二家粥铺的事，现在居然脱口而出，说得如此理直气壮。

人生的道路曲折漫长，猜不透在何处会偏离原来的轨迹。

这家名叫“博多小豆粥·中村”的二号店地理位置并不优越，正平也没心思多下功夫，只把原来生意萧条的电器店铺简单装修一下就开张了，万万没有想到粥店的生意居然异常兴隆。

尽管他当初不顾母亲雅枝的反对执意开了这家店，但一直为之揪心，随时准备因严重亏损而关门大吉；而这次，经营规模扩张到开第七家分店的他，心情比以往更加复杂，更加忐忑不安，会不会由于这五年太顺利的缘故，这次会遭遇巨大失败而变得倾家荡产、一无所有呢？

总而言之，一个人，只要你手中握有某样东西，你就会时刻为失去它而担心。只有这件东西彻底失去时，你才能从失去的恐惧中解脱出来。

——于我而言，同样如此。

正平回想松村达雄的这句台词，深切地感悟着其中的含义。

二号店顺利开张之际，他免不了忧虑三号店的生意能否兴隆，能否顾客盈门。等三号店步入正轨时，他又因接连不断地扩张四号店、五号店，为筹措资金而不断四处奔走。熬到今年秋天终于要开第八号店了。虽然现在每个店的经营都步入了正轨，但仔细回想，自己似乎每天都在不安中度过。

昨天从伊都回来后接着去了油山，和负责第八家分店进驻油山购物中心的承包方原君先生一起确认了施工进展情况，晚上原君又请他去中洲的小酒吧喝了酒，直到现在方回到家。

他酒量本来就小，每次醉酒后都会感到左侧太阳穴剧烈疼痛。

今天原定跟原君商量八号店签约的一些细节。但昨晚酒过三巡时原君说了这样一段话，引起他的警觉："社长，合同内容需稍作修改，当然不会对您造成任何不利。因为我们公司的经营方针有所调整……"商场如战场，奸猾的商人说出这样的话就必须谨慎对待了，正平对此深有感触——本来就觉得原君今晚的盛情款待一定另有所图。

——如果不留心今天的交谈，说不定哪天就会被使绊子，落入精心设计的圈套中。还是把他们拟的条约草案细读一遍为好。

正平揉着刺痛的太阳穴强撑着坐起身来。

现在，他必须把文件仔细审阅一遍，只能如往常一样服几片百服宁来止痛。

时针指向一点半。

正平坐在窗边桌子前细读一行行的小字，三十分钟的光阴转瞬即逝。吃药后，头痛的症状消失。

指针越过凌晨两点时，正平终于放下手中的文件。

他靠在椅背上，举起双手伸个懒腰，嘴中不由得“唉”地发出一声长长叹息。

——我究竟在做些什么呢？

正平环顾四周，看着这间不足三十三平方米的、自己熟悉的房间。

两个月之内他将从这间公寓里搬出去。

位于川端大街商店街的总店正在紧张装修之中，如果进展顺利，估计到七月中旬就能完工。

十年前父亲突发脑溢血离世时就躺倒在位于总店二楼的家中，因此母亲强烈反对继续在那所老房子住下去，他们匆忙在附近的冷泉町买下现在的这套公寓。只有母子俩共同生活，这套有二百一十四平方米的房子尽管紧凑狭窄，倒也算合适——雅枝和正平各自一间卧室，起居室、厨房等一应俱全。之后，正平把父亲去世的那套老房子改成公司的办公室并坚持于此办公。目前，公司业务发展很快，增加这么多家分店，作为“博多小豆粥·中村”集团的总公司——雅正商事，办公面积肯定是捉襟见肘，越来越不够用。最终，这套原来的住宅无论是起居室还是楼道、卧室的壁橱里，到处都塞满了账簿、文件和资料，实在转不开身子了。

于是，正平果断斥资买下总店对面一家经营家纺的老店铺，并于去年十月将其拆除，动工新建一座大楼。计划于七月竣工的新楼是一座钢筋混凝土六层建筑，非常气派，将作为雅正商事的总部办公大楼。正平考虑把之前只有一层的店面扩大到两层，然后把第三层和第四层装修成总公司办公层，而第五层和第六层就是他和母亲居住。开始时，母亲坚决不愿搬回川端大街，在正平不厌其烦的劝说下总算动了心，但死活也不愿住在原先的老房子里，直到正平把建筑承包公司提供的新楼设计图和效果图给她看了之后她才答应下来。

不过，即使搬了家，正平也不会卖掉现在的这套公寓。其一是因为房地产不景气，现在出手不合算；其二是因为母亲首肯的那件事——她打算让正平和早苗结婚后在这里住一段时间，享受他们新婚的二人世界，所以要保留这套公寓。当然，这第二条理由是正平猜想的，其证据是：某天当正平提出“把这套房子转到我的名下，剩余的贷款由我来还”时，母亲竟然欣喜应允了。

不过，正平觉得，在母亲察觉自己的真正意图之后肯定会大吃一惊。

——在别人眼中我现在是事业有成、家境殷实，应该没有任何忧虑和不安吧？

站在外人的立场来看大多会得出这样的结论。

天神和中洲地区商业街的突然兴起聚集了大量人气，作为博多特产商店街而盛极一时的川端大街近年明显衰落不少。而此前一直毫不起眼的“博多小豆粥 · 中村”却突然大肆扩张，在福冈市开设了五家分店，一时间成为整个城镇注目的焦点。

“没想到老实敦厚的正平居然这么有商业头脑。看来他爹顺平的突然去世，促使他发愤图强呢。”

大家都异口同声地称赞他。

一方面，父亲顺平是个性格温和、行事低调的人，在这一点上，父子二人极为相像。另一方面，镇上的人具有博多人所特有的心地善良、豪放爽朗的性格，不会嫉妒正平的成功，或是对他说三道四。再则，对于川端大街这个沉寂多年的地方能够诞生一个“商业新秀”，所有人都会感到骄傲。

在大家眼中正平确实发财了，但事实真相并非如此。尽管包括总店在内的六家直营店铺“博多小豆粥 · 中村”的营业额去年已经突破五亿日元，加上今年要在伊都和油山开设新店，销售额毫无疑问还会大幅增加，但是由于五年间不断增开新店，收支一直维持在勉强平衡的线上，今年还要支出一大笔钱来负担两家新店的装修和基建费用以及总店的翻修费用，基本上处于负债状态。在偿还银行贷款和新店开张的双重压力之下，正平感觉自己到达了极限。控股公司“雅正商事”并没有坚实的资本，一直靠贷款不断扩大规模才勉强走到今天。

——怎么会成这样呢？我为什么要做这些事情呢？这完全不像我的秉性啊。

正平重新调整了思绪，将注意力再次集中到合同草案的审阅中。拿起红笔的瞬间他却又浮想联翩，感慨万千。昨天他和原君两人戴着安全帽参观油山购物中心工地时，也是这种感觉。

二号店的成功有点莫名其妙。可能是上天看他遭到未婚妻伊泽晶的背叛，作为补偿给了他这样的幸运。后来事业越做越大，正平觉得这种成功根本不像自己这样的男人能够取得的。

二号店的确是在他被晶甩了后才开张的，但仔细想来，三号店、四号店乃至以后的所有分店，无非是因为失去了她，为了报复才一家接一家地增开的。

——总而言之，五年来，我并没有完全走出与晶分手的阴影，所以，才让自己成为一个实业家，每天都做着并不喜欢的工作，变得越来越不像自己。

这段时间，这种负面的情绪经常会莫名产生。

去年六月,母亲突然提出让早苗来总店工作。正平看出了她的用意,心中平添一丝烦恼甚至暗自责怪早苗,尽管她母亲和他母亲是闺密,但她也不能像颗棋子一般任凭父母随意摆布而俯首帖耳心甘情愿吧?其实,他和早苗原本就是发小,青梅竹马,两小无猜,长大后又共事一年多,关系相当亲密。他对早苗善良、温顺、细致的秉性了如指掌。由于她是著名的“山上”咖喱店老板的千金,头脑灵活缜密,现在总公司的财务和对外联络事宜基本上都交给她了。正平最近越发觉得遵从母亲旨意与早苗结成百年之好也是不错的选择。不过,早苗毕竟是名门闺秀,正平在未曾确认对方的态度之前把心事深藏,至今不露纤毫。

总而言之,无论在事业还是个人生活方面,正平都是强者,没有什么令他过分担忧的事情。但不知为何,近来他无论做什么事,都隐隐有一种忐忑不安的心情。

今晚果然无法继续工作下去了。

正平放下手中的文件,把桌上的资料整理好后,走进卫生间刷牙洗脸,之后回到卧室换好睡衣。这时他发现时间已经不知不觉到了凌晨两点半。

他关掉灯,上床睡觉。

原君约好下午一点时来总店见他。正平原本打算上午去趟鹰城处理三号店的事情,现在他决定原计划不变,但是早上他会先去泽田律师所。“还是跟泽田律师一起审阅合同草案的细则吧。”正平默默对自己这样说，然后闭上眼睛。

躺了好久，他并没有像往常一样进入梦乡。

睡不着、睡不着，正平在心中不停地默念着，睁开了眼睛。眼前漆黑一片，跟闭着差不多。这种漆黑的程度甚至让他开始怀疑自己究竟有没有睁开眼睛。

刚才的想象再次浮现于脑海。如果每天早上醒来眼前就是这样漆黑一片，自己恐怕会疯掉的。

正平是那种有一丝光亮就睡不着的人，他卧室的窗户都挂着密不透光的厚窗帘。他亦有过如今晚这般辗转反侧时睡时醒的状况，每当这时，他脑海里就会再次浮现幼年时对失明的恐惧。

接着，他会拿起放在枕边的手机，摁亮屏幕，以看到屏幕上的光亮来确认视力并没有问题。

因此他对于《解夏》中大泽泷夫的台词感悟颇深。

一位街头看手相算卦的人曾对他说：“像你这样胆小的人还真是少见。”二十岁生日那天，他跟几个高中的好友一起去中洲喝酒，回来时生平第一次被一位街头算命的拦下来。正平向那个男占卜师问道：“胆小这种病该怎么治呢？”占卜师面露微笑回答：

“胆小的毛病是天生的，后天很难治好。不过，换个角度考虑，这种超人的谨小慎微或许是优点也未可知。像你这样尤其胆小的人，更应该这么做。”

不久，他把这件事告诉木津大师，大师笑着说：

“其实，关键的时候越胆小的人反而越勇敢、越胆大。”

正平把手机放回枕边，再次闭上眼睛。

——晶现在在做些什么呢？

他恍惚想着。

昨晚他们擦肩而过。当时他跟原君两人走在中洲四丁目附近，准备转战第三家酒吧。早已到了“夜蝴蝶们”上班的时间，但晶却普通着装，素面朝天，脸色在浑浊昏黄的街灯映照下愈显蜡黄憔悴。难道她的偏头痛又犯了？还是擅自旷工？两人交往时，伊泽晶经常无故旷工不去上班。

一旦想起晶，正平烦躁的心就会慢慢沉静下来。夜半在浴室洗头时，他会时常产生一种有人站在身后的幻觉。每当出现这种情景，正平就会想有关晶的事情。这样一来，自己无端臆造的恐惧感便瞬间消失得无影无踪。

刚认识时，他就对晶产生了这样一种感觉——晶是自己的“守护神”。

五年后的今天依然如此——

他仍这样认为。

2

意识开始模糊。

手机突然响起。

正平一惊，赶紧拿起枕边的手机。这么晚居然有人打来电话，肯定是骚扰！但他还是扫了一眼屏幕。突然愣住了，只见显示的是“晶的家”。

他顿时睡意全无，急忙坐起，大脑迅速思考着，各种信息翻涌，交错杂陈。

没想到伊泽晶居然会深更半夜打来电话。分手后的五年里他们曾在街上偶遇，但从未打过招呼或再联络。会不会是一个巧妙的恶作剧呢？难道是别人用她的电话打来戏弄我？还是晶以前的号码变成别人的了而电话正是那人打来的？总之，正平现在连晶是否还住在春吉那套公寓都不能确定，更掂量不出这个电话的真实性和真实意图。

假如是伊泽晶本人打来的，肯定不会有什么好事。无非是花言巧语从自己手里骗点钱而已。有过这种诈骗行为的货色肯定会再次行骗,甚至会骗同一个受害者多次。

或许她遇到了什么急事? 不,不可能! 几个小时前还与她在中洲邂逅,尽管她气色不太好,但也不像发生了什么要命的事啊。

——先不管这些。

当初他曾发誓,绝不会再跟她有任何联系。

电话铃声一直固执地回响在漆黑的房间里,显得分外刺耳。

正平拿起床头柜上的遥控器摁亮天花板的吊灯,然后看看墙上的挂钟,再过十五分钟就是凌晨四点。

灯亮了,手机依然响个不停。

铃声持续响了一分钟,至此正平深信——电话的确是晶打来的。

五年来,晶从未给正平打过电话。既然敢打过来,一定是做好了心理准备——不接电话就绝不挂机! 这是她的风格。

正平拿起手机,紧贴耳朵,然后右手拇指重重摁下其中一个键。他设置了任意键接听,不管摁哪个都能接通。

电话那端传来小小的"啊"的叫声,声音短促。仅凭这一声,正平立刻断定对方是伊泽晶。

电话通了,正平一直沉默不语。

“喂,已经睡了吗?”

晶很客气。正平依旧没有回应。

“喂,喂?”

她重复多遍。

“喂,是阿正吧? 怎么不说话呢? 难道还在迷糊吗?”

她继续说道。正平仍沉默不语。

“喂,阿正,快跟我说句话呀,不然我会生气的。就算说句‘今后不要给我打电话’也行,我就立刻挂断。”

听到晶这般说道,正平方才开口:

“该生气的是我吧? 过了五年突然打来电话,也不看看都几点了。”

他打算发飙,不知为何话说出口时却很温和。

“什么嘛,你根本一点都不迷糊。果然还没睡觉。”

“已睡下了。正要入睡被吵醒的。”

正平记起来了。他们交往时,做女招待的伊泽晶跟正平的作息时间完全不合拍,经常半夜打来电话,总是以“已经睡了吗”作为开场白。

“突然打来电话,有什么事? 如果是借钱你就打消念头吧,不管你怎么花言巧语我是不会再上当的。况且,我们之间已无话可说了。”

“就算我骗过你,也绝不会再骗第二次。”

伊泽晶心平气和地说道。正平一直在提醒自己保持清醒的头脑。

“有何贵干?”

“没有重要的事,只是想打个电话而已。还以为你换号了呢,没想到居然通了。”

“工作联系都是这个电话,当然不会轻易换号。你换不换号我无所谓。这五年里我从未想过再联络你。”

“是吗?”

“深更半夜的,既然把我叫起,想说什么就赶紧吧。”

正平觉得晶有些诡异,狐疑地问道。

“你居然一点都没变。”

晶叹息一声。

“什么没变?”

“你还是这么温柔。如果是其他男人,早就二话不说掐了。”

“重点不在这儿。你今天太奇怪了,突然……夜里这么晚打电话。不会遇到什么事了吧?是缺钱了又想来骗我一次?”

“不是的。只是想听听你的声音而已。昨晚我们不是又遇见吗?仅仅为了纪念这次相遇。”

伊泽晶的语气很怪,理由莫名其妙。正平一头雾水,他努力驱散盘旋在心中的疑团,追问她深夜来电的真实目的。

“纪念? 纪念什么呢?”

正平问。

“说纪念可能有点夸张,刚好第一百次哦。为了纪念这第一百次,我才冒昧给你打电话的。”

第一百次早就是过去的事——正平在心中嘀咕着。

“第一百次? 什么第一百次?”

他接连问道。

“我们邂逅,擦肩而过,到昨晚刚好是第一百次。整整五年里,刚好一百次,每年平均二十次,不算少了,每月几乎遇到两次呢。”

“嘿,你数这个有什么意义?”

“我是无意中记下来的。”

“现在打电话就为这件事?”

“是的,不可以吗?”

“可不可以都不重要,我们之间已不是从前的那种关系了。”

“不是跟你说了吗,为了第一百次的纪念日,我才冒昧打电话的。”

正平觉得晶所说的并不准确。他们两人在二〇〇一年五月九日星期三分手,今天已是二〇〇六年五月十六日星期二。分手时间并非整整五年，而是五年零一周。擦肩而过的次数并非一百次，如果把正平看到晶而晶没有看到他的情况也算在内，昨晚是第一百二十八次。如果加上彼此都注意到对方的情况，邂逅的次数早超过一百一十次了。

如晶所说，他们隔着中洲居住在两岸的冷泉和春吉，虽然不算远，两人五年间几乎每两周会在街上邂逅一次。正平觉得这件事太过离奇了。

“算了，到此为止吧。晶，你过得好吗？”

正平第一次喊出对方的名字。

“我还是老样子。过得还行。”

她加重语气。

“工作很辛苦吧？你也三十四岁了，不能像以前那样陪客人无节制地喝酒了。”

“到八月我才三十三岁呢！说过了，我的事不用你操心。”

“当然，我不会操心。”

“分手之后你就开始走大运了。看来我们分手是正确的。”

“原先你不这么认为。”

“也对。”

晶笑了起来，声音沙哑。

“你喝醉了？”

正平问道。他担心她喝醉了,不过从刚才的反应看,似乎又不像。

"你怎么知道?"

晶吃惊地问道。

"听你说话口齿不清楚。"

跟正平交往时,晶从不在房间喝酒。她经常说,工作就是喝酒,不想把酒带回家。

"昨天你不是歇班吗?怎么会喝醉呢?"

正平问道。

"不是歇班而是旷工。反正不想去店里。"

伊泽晶开始混乱。喝醉一事被识破后,她不想再掩饰什么。

"在房间喝的酒?"

"是啊,不行吗?"

"以前不是听你说,'要是在家醉酒了,我还有什么脸面做酒吧陪酒女郎?'"

听到这些,晶沉默稍许。

这次正平"喂喂"了好几声。

"我就是为纪念日干杯的。"

晶小声说道。

"跟被你欺骗过的、伤害过的男人第一百次擦肩而过,有什么好干杯的？胡说八道。”

“好像是这样，你说得也对。”

晶说完咯咯笑了起来。

“没别的事我挂机了。”

正平厌烦地说。

电话那端晶没有回应。

“总之，以后不要喝太多。你已经不年轻了！”

说罢，正平欲挂电话，晶开口了：

“阿正，你也要多加注意，不要太勉强。虽然开了那么多家店，生意做得很大，但搞垮了身体就不值了。我觉得普通的生活最适合你。普通而平凡的阿正才是真正的阿正。不要忘记这一点。”

听到这番话，正平心中翻涌起一种莫名的情绪，而伊泽晶讲完这句话之后就挂断了电话。

3

福冈地区今年气候异常。

北陆、东北地区很多地方均发生了雪灾，九州地区即便到了三月仍是严冬一般寒冷。气象厅的长期预报显示，今年春天可能比往年稍暖和,樱花会提前开放,于是每个人的心中都在期待着春天快快到来。实际上,时值四月依旧寒风凛冽,赏花季节来临之际居然冷风刺骨,人的心也随之寒透。

四月下旬后天气渐渐转暖,黄金周期间居然出现连日的晴朗天气,惯于在大雨袭击中度过的博多节今年破天荒居然滴雨未下,真乃十几年未遇之神奇事,博多城因此迎来超过二百万的游客,大街小巷,男女老少纷至沓来,热闹非凡。

然而,假期刚一结束,雨天就再次造访。无论是上周还是这周天空一直阴沉,时而飘起小雨。电视气象播报员不无遗憾地说:“看来我们提早进入了梅雨季节。”

五月十八日星期四,依然阴天。受今年一号台风的影响,昨天下了一整天的雨,现在虽然停了,天空中却乌云密布,完全不像五月份该有的天气。加上狂风肆虐,外出时如果不穿外套肯定会冻坏。

当天上午,正平和泽田律师一起来到位于天神的原君的公司。关于八号店进驻油山购物中心食品街事宜,双方律师在见证人的见证下正式交换了合同。其实,原君所说有关细节的更改部分并非什么大事——食品街要整体统一色调,希望八号店也能根据统一色调来进行装修。仅此而已。

接着他跟泽田律师一起去了警固的一家中华料理店吃午

饭,下午才回到总店二楼的办公室,跟早苗和已确定为八号店店长的山口一起开了个小会,等山口回博多站前店后,他又跟早苗以及项目经理末永女士商讨了伊都七号店开张的宣传事宜。按照早苗的设想,这次营销宣传活动从开张前三天开始,包括开张当日在内的一个星期的时间在九大学研都市站前分发内附优惠券的宣传单,并且分发的数量是平时的三倍。因为早苗判断他们的顾客群主要是九大伊都校园的学生,所以在报纸上做广告根本不起作用。正平也认为确实如此,赞成她的提议。

“特价水果要不就选西瓜吧?”

末永提议道。在此之前,“博多小豆粥·中村”所有店铺都不供应西瓜,主要原因有以下两个方面:首先,小豆粥搭配西瓜似乎太奇怪,不协调;其次,当店内客人较多时,吃西瓜吐子的景象会造成店内脏乱,给其他客人留下不好的印象。

“他们都是学生,吐西瓜子这种小事应该不会有人在意的。何况下个月天气就该热了,西瓜会大受欢迎的。”

早苗也同意末永的提议,于是决定先在伊都店推出西瓜试试看。

末永与早苗同岁,今年都二十八。去年早苗被招聘进公司的时候,正平还曾担心她俩能否融洽相处,实际上她们却合作得很愉快。四年前,也就是二〇〇二年在鹰城开第三家店时,末永作为鹰城方面的业务代表之一帮正平把店操办起来。正平很欣赏她办事利落的风格，在三号店开张之后一直想把末永挖到旗下。原本只是试探一下，没想到末永爽快答应了。正平后来才知道，原来她与同一部门的栗原课长发生了恋情，栗原课长跟正平打过交道，在正平向她发出邀请之前两人刚刚订婚。对于末永来说，正平的邀请来得正是时候。

“今晚要去找尾形龙太郎先生一趟，我会尽快跟他商定西瓜的采购事宜。”

正平说完便结束了会议，傍晚六点多时，他坐在办公桌前开始审定修改宣传策划案以及 A&C 工作室斋藤先生做好的几张关于版面设计的原稿。

早苗和末永六点下班，正平来到一楼向母亲雅枝简单汇报了当天的业务情况，然后准备去中洲五丁目的“矶源”，那是他和尾形龙太郎先生约定见面的地方。

走到门外发现，三点钟开始淅淅沥沥的小雨已经停了，晚霞透过灰色云层把通红的霞光洒向大地。

两人约定六点半见面，正平六点二十提前进入店内，发现尾形龙太郎先生早已到了。他坐在一个平时待客用的稍大包间里，正端着一个大茶杯喝茶。

“好久不见。”

正平鞠躬施礼，然后来到固定脚炉式的矮桌对面坐了下来。

“您都好吧？”

理着运动发型的尾形龙太郎露出公式化的笑容。不过一年，他的头发白了不少。较之半月前的见面，精悍的面容也略显憔悴。

“今晚我点了海胆套餐，虽然还不到季节，但听说非常美味。您不介意吧？”

等两人都点了生啤之后，正平说道。

“让你破费了。”

尾形龙太郎点点头。

“我才让您费心呢，承蒙您一直对我的关照。”

正平挥挥手说。

正平跟这位尾形蔬菜水果批发行的社长尾形龙太郎有近五年的交情。尾形社长比正平大一轮，今年四十三岁。两人认识很偶然。当时开在城南区荒江的二号店刚刚步入正轨，正平打算把成为中村招牌菜的“特价水果”做起来，那天，他在蔬菜水果市场的场外餐馆遇到了每周都出摊的尾形龙太郎社长，两人用餐刚好同桌。

上午，正平来到蔬菜水果市场，盘算着要采购的柿子能不能再便宜些，逛了所有的水果店铺均未能如愿。他有些失望，决定放弃。中午,正平来到市场旁边专供蔬菜水果商吃饭的饭馆里吃午饭,只见一个戴着批发商专用黄色帽子的男人坐在他旁边座位上,那男人又高又帅。

正平吃着牛肉盖浇饭,小口喝着啤酒。坐在旁边的那个男人点了一份汉堡套餐之后,便端起店员送来的水一气喝光。

现在回想起来正平仍觉得不可思议,为何不善于和陌生人攀谈的自己却恰到好处地抓住时机,主动跟对方搭讪呢?在尾形龙太郎社长把空水杯放回桌上之际,正平问道:

“要不要来点儿这个?”

他举起一大瓶啤酒,对社长露出善意的笑容。

当然,每次来蔬菜水果市场采购,正平都希望能找到一个值得信赖的中间批发商以结成合作伙伴。二号店在开张之后推出的特价水果大受欢迎,于是总店开始实施这一营销方案。当时已经决定第二年三月份在鹰城开三号店,而三号店最大的卖点就是特价水果。这样一来,公司一年四季都要采购大量的水果,对于“博多小豆粥·中村”来说,找到一个能全权处理采购事宜、稳定的供货商就成当务之急。但是,对一个从未谋面的陌生人突然提出这种要求,也太匪夷所思了。

“小兄弟,很机灵嘛。”

看来社长的性格天生爽朗,他笑容可掬地端起正平倒的啤酒，一口气喝得干干净净。见状，正平决定赌一把。

接着，正平掏出名片自我介绍一番，详细说明来意。

“小豆粥店里卖水果……”

尾形龙太郎社长津津有味地吃汉堡套餐，听正平介绍。

“很有创意啊。”

他这样说道。

“我们只是想给来客提供一项优惠罢了，水果几乎以接近成本价出售。我们的工作是把客人挑选的水果洗一洗、切一切，让他们吃到便宜的水果。现在二号店提供各式各样的水果，至于价位，苹果和猕猴桃每个一百日元，香蕉每根七十日元，橘子每个五十日元，梨和柿子每个大约一百五十日元，葡萄每串三百日元，桃子每个三百日元。定于明年春天开张的三号店将会推出草莓，暂定价格为每半盒一百五十日元。以后渐渐推出杧果、木瓜、甜瓜、樱桃等，以供客人选择。既然客人愿意品尝，我们当然希望能以最实惠的价格提供最优质的水果。今天我从早上开始就来到这个市场，希望能找到好一点的柿子，但我是门外汉，至今没能找到满意的店铺。我想把我们店今后要用的水果都委托您来负责，不知尾形社长意下如何？”

正平拿起之前他们交换的名片，对上面的文字“尾形蔬菜水果尾形龙太郎”进行反复确认之后，毕恭毕敬地请求道。

当时,正平突然想起读初中时听到木津大师说的一句话。有一天,他和母亲雅枝一起去听演讲,席间,木津大师无意之中看到他,这样说道:

"正平,你可以在身边放一些与龙有关的东西,水晶之类的也行。因为龙和水晶是你的守护神。"

正平一眼看到尾形社长的名字里有一个"龙"字,内心非常激动,当即确定"就是他了"。不过,之后他突然想起就在五个月前被"晶"甩了的事实。

事实证明,正平当时的决定非常正确。

此后五年间,"博多小豆粥·中村"一直由尾形蔬菜水果批发行提供既便宜又优质的水果,增加了不少利润。

尾形龙太郎社长喜欢啤酒,正平陪他喝了许多。吃过海胆生鱼片之后,正平跟他商量起今天刚刚决定的引进西瓜的方案。

"西瓜当然是熊本产的最好。个头稍小的切成六块,下个月推出时,每块售价可以定在二百日元左右。如果您能接受,我就准备进货了。"

社长像往常一样爽快答应。

之后两人喝酒聊天吃饭,须臾,尾形龙太郎社长不胜酒力,脸颊变得通红。

“还好十四日那天一周年忌日办得很顺利，您也感到轻松些？”

正平问道。

听他这般问，尾形龙太郎把手中的筷子放回碟盘上，停顿片刻说道：

“我也希望能放松一些，实际上完全不可能。”

他表情瞬间抑郁起来。

正平不知如何安慰，只能点头。

“对了，忘了谢了，十四日那天收到你送的大花圈，真是太感谢了。”

调整一下气氛，社长笑着说。

“没能亲自出席法事，实在抱歉。”

“没关系。店里的事情忙，我能理解。”

十四日星期天下午一点，一周年忌日法事在唐人街正法寺举行。正平若想出席肯定赶得及。但是他不想去那里再经历一次失去佐和子的痛苦，更重要的是他不想亲眼看见尾形社长悲痛的模样。

那天，正平托人将花圈和悼词送到正法寺后，便跟母亲一起去天神购物，傍晚时又陪母亲在“吉塚鳗鱼”吃她最喜欢吃的鳗鱼饭。因为那天是母亲节。

“没想到佐和子这么早就离开了，真是太突然了，我一点心理准备都没有。如果我们有孩子或许会不一样，但我一直跟她相依为命到如今，她去世后，我感觉自己的一半都被掏空了。”

尾形龙太郎闪烁着泪花说道。

这句话在过去的一年里正平听了无数次，社长本人完全没意识到自己是老调重弹。去年五月十四日尾形社长的妻子佐和子去世。她前年十一月查出子宫癌，半年后就走了。佐和子比社长小五岁，终年三十七岁，还很年轻。

在正平眼中，他们的夫妻关系比别人融洽得多。或许是没有孩子的缘故。

那天在食堂认识后，尾形社长就带领正平来到位于蔬菜水果市场内的尾形蔬菜水果批发行，向他介绍妻子佐和子。正平感觉她是一个比社长更加开朗的人，佐和子身材娇小，面容姣好，尤其一双大眼睛令人印象深刻，富有弹性的肌肤更是白嫩如玉。

跟尾形蔬菜水果批发行正式合作后，尾形社长经常请正平到他位于志免的家里做客，佐和子也会亲自下厨做饭招待他们。当时鹰城三号店刚刚开张，正平还没完全从与伊泽晶分手的痛苦中走出来，跟尾形社长和佐和子围坐一团快快乐乐地吃饭给予正平莫大的安慰。

其实，佐和子突然离世，正平也深受打击。

佐和子前年年末做完手术后，在新年之际出院，没想到二月初再次住院，入住在天神的博多中央综合医院。那医院在正平家附近，他方便经常去探望。尾形社长把生意上的事全都交给下属打理，自己则留在医院专心陪护妻子，正平每次到医院都能碰到社长，每次都得到佐和子病情不乐观的悲痛消息。

三月末，看着佐和子越来越虚弱，正平再也无法忍受，专门去找了具有特异功能的木津大师。之前有很多次都想去找其帮忙，他了解木津大师直言不讳的性格，如果回天乏术会直截了当地说出来的。

犹豫再三后，正平决定找大师帮忙。

正平在病房为佐和子拍了照片，交给木津大师，然后详细介绍了病情。大师沉吟片刻，说道：

“此人在世上尘缘已了，你们当笑着送她离开。”

听罢大师所言，正平悲痛不已，深深垂下头。大师接着又说：

“不过，我会尽我所能让她走得不痛苦，请放心。”

一个月后,佐和子走了。凌晨三点走的,当时只有尾形龙太郎社长一人在身边。正平最后一次见到佐和子是在五一假期结束后的九号星期六那天,她已经瘦得不成人样,但精神头很好,跟正平说话时还露出笑脸。

把正平送到医院门口,社长说道:

“据医生诊断她快不行了。但是今天你看到她的气色还不错。半个月前她经常腹胀、腰痛,但现在积蓄的腹水已经消失了,今天精神都挺好的。医生也不住地惊叹不可思议。”

正平回想起木津大师所说“让她走得不痛苦”时的表情,才切实体会佐和子来日不多了。

正平和尾形社长离开“矶源”刚好九点。正平叫来出租车送社长离开。两人一旦聊起佐和子,社长就狂饮直至酩酊大醉,从店里走出时摇摇晃晃,站立不稳。上了出租车后,社长摇开后车窗向正平道谢,正平说道:

“社长,要振作起来啊。不然佐和子在天堂也不会安心的。”

之前他多次想用这些话语安慰相劝,最终都忍住了,一周年忌日结束后正平觉得社长应该振作起来了。

听罢,尾形龙太郎苦笑道:

“我不想让佐和子去天堂,我想让她一直留在我身边,即使是灵魂也好。”

4

正平沿着博多川人影稀疏的小路漫步，思考着刚才那些事情。

——社长真的没问题？还能振作起来吗？

看到今晚憔悴的他，正平尤为担心。

佐和子去世后，尾形龙太郎社长完全失去了打理生意的兴趣。当然，由于负责采购的经理仓岛先生工作十分敬业，跟正平的合作并没有出现问题。仓岛先生近来有时也发牢骚说社长精神太萎靡，无精打采。仓岛先生是尾形蔬菜水果店顶梁柱的老员工，他平时很少议论社长。由此推断，仓岛先生也是实在看不过去了。

的确，公司平时根本看不到社长的身影，每月一到十四日佐和子的忌日，他就会抛下一切去寺里祭拜，无论手头的事情是否紧急。采购商品的选择和客户市场开拓等大事也全交给仓岛处理。刚才仓岛抱怨说：“如果当老板的一直处于这种精神状态，这个店恐怕迟早有一天会完蛋。”

倘若反过来站在社长的立场考虑，亦似乎情有可原。世上恐怕没有人敢义正词严地说他“只不过是死了老婆而已，有什么可郁闷的”。对夫妻来说，失去伴侣无疑比失去父母更令人痛苦。这种痛苦或许比失去孩子有过之无不及。况且，世上像尾形夫妇这样相濡以沫、相敬如宾的好夫妻并不多，其中一方走了，留下的一方心灵的痛苦和折磨是不言而喻的。回想起自己，十年前父亲去世后他立即和母亲雅枝从老店的二楼搬到冷泉町公寓，开始那段时间母亲整日以泪洗面，直到过了父亲三周年忌日后，她才稍缓过劲来。雅枝毕竟还有儿子正平陪伴。相比之下，孤家寡人的尾形社长在老婆去世一周年之后仍有“自己的一半都被掏空了”的感觉则是完全可以理解的。

听说社长结婚那年二十二岁，夫人才十七岁。到夫人三十七岁时去世，两人毕竟共同生活了二十年。他们不仅生活在一起，工作也在一起——起早摸黑地在这蔬菜水果市场的小小店铺内。佐和子不仅是妻子，也是重要的事业伙伴。不管是谁突然失去如此重要的伴侣，恐怕很难重新振作起来。

正平觉得，人往往比想象中的要脆弱得多。

其实五年前遭到晶的背叛时，正平也觉得整颗心都碎了。在外人眼中他依然如初，不形于色，每天都平静地忙于工作，内心却像一条遭狂风暴雨袭击的小船，早已处于沉没的边缘。

恰在那时，正平受到尾形夫妻的热情款待，从而躲过狂风巨浪,寻找到了避风的温馨港湾。

母亲雅枝一开始就强烈反对正平与伊泽晶的婚事。得知正平被伊泽晶欺骗之后最得意的人,其实就是雅枝——尽管她并没有表现出来。痛苦万分的正平对自己的未来一片迷茫,不知何处可安身立命。

跨过了明治街博多大桥,正平沿着河边一直往前走,河面吹来的一阵湿润的风轻拂着脸颊。窄河对岸就是川端大街商店街。刚过九点,商店街已沉入一片寂静之中,灯光稀疏,影影绰绰,与那珂川沿岸形成鲜明对比,虽然中间只隔着中洲,但那里都是出售博多特产的店铺,仍是人声鼎沸。以前的光景终于开始恢复,九州最著名的娱乐街——中洲越来越吸引客人。傍晚时分,随处可见的酒吧和小饭馆里挤满了客人,热闹非凡。

正平停下脚步,眺望夜色浓郁的川端大街。

这个时间,总店应该打烊关门了。各分店营业到十一点,只有总店一到九点就关门。一是为了减轻母亲的负担,她在店里已经累了一整天;二是商店街九点以后几乎不见顾客的身影了。

——自己如果成家了,一定请社长来家里做客……

正平暗自思忖,他的视线从寂寥的街景转到漆黑的河面上。

疲惫的航船需要一个温暖的港湾靠岸停歇,以治愈心中的伤痛，即便那个温暖的港湾不是自己的归宿。这是正平与和蔼可亲的尾形夫妇相处数年后悟到的要领。

——当然，最好莫过于构筑属于自己的幸福港湾。正因为如此，失去家庭温爱的社长，心才会伤得这么深，才会这么痛不欲生。

由于佐和子去世，正平再也没有机会像以前那样去尾形家做客了。倘若再次遇到五年前的窘况，又该向谁求助呢？

——最终还是孤独一人啊。虽然没有承受社长那样难以言喻的悲伤，从孤独来讲，我们是毫无差别的。

正平深切地体会到了这一点。

正平是独生子，没有兄弟姐妹，父亲去世后，他和母亲相依为命。

母亲曾极力反对他与伊泽晶的婚事，事实证明她是正确的，但母子间的感情却受到影响，甚至出现了芥蒂。如果因此将母亲排除在外，那正平在这个世界上就剩下孤独的自己了。

正平跟朋友来往甚少。他中学是在私立学校度过的，由初中直升高中。由于同班的大部分同学都上了大学，而正平高中毕业后就到店里帮忙，所以他跟其他同学渐渐断了联系。平时沉默寡言、憨厚老实，在学校毫不起眼的正平没有一个可以称得上“好友”的朋友。如勉强凑上一个，那就是前面提过的、直接促使二号店开张的坂本俊治，坂本在大学毕业之后进入东京某制造公司工作，两人关系不错但见面却很少，一年最多一两次。

这种内向的性格主要源于父亲顺平的遗传，其次是受身高的影响。正平的身高一米六二，体重刚刚五十公斤。读初、高中的时候他就为自己羸弱的体格而倍加烦恼——当然，他身体原本就不强壮，没有运动的潜质，尽管在初中时特意加入了校篮球队，每天喝两升牛奶，也不见显著长个儿。初二那年夏天因扭伤腰而不得不退出篮球队，其后就不了了之，包括新人比赛在内的所有正式比赛都一概与他无缘了。

更难以启齿的是，正平跟女孩的交往也仅仅一次——二十五岁那年跟伊泽晶相恋，交往时间不到一年。由于自惭形秽，极度自卑，被年龄大自己三岁、身高超过自己、性格活泼又爽朗的晶所吸引。

正平在河边静静站了十多分钟。突然，一滴水珠落在鼻尖，当他下意识地抬起头时，豆大的雨点瞬间噼里啪啦地落了下来。

——“博多小豆粥·中村”就像一叶小舟，自己拼命抓住它在载浮载沉随波逐流，唯恐淹没在茫茫人海里。

正平的思绪在大雨中自由飞翔，他继续遐想，任凭雨点打在身上。他觉得“萍水相逢也是缘”，五年间跟前任女友晶以每月两次的频率擦肩而过，或许有着不可思议的宿命也说不定。

两天前晶突然打来电话，反复提及“第一百次邂逅纪念”，现在想来或许有几分道理。即便如此，正平也觉得她的这个电话也是莫名其妙，令人费解……

雨越下越大。沿着河岸往前走一个街区，左拐后跨过博多桥，再走一个街区就到冷泉町的公寓。疾步跑回去也就五分钟的路程。

正平思考片刻，转身离开河边，快步向右边小路走去。

5

正平到“风车”里待了半个多小时，他已经很久没来这间酒吧了。出了这栋杂居楼后，正平朝春吉桥走去。

雨更大了。正平撑着妈妈桑[1]桂子借给他的大号雨伞，不由得加快了脚步。

五年没来这里，他并不知道所有女招待都已被轮换掉了，只有妈妈桑还在。这种情况他也曾料想过，但为了探知晶的下落

---

① 妈妈桑源于日文音译，指上了岁数的女人，也是日本人对酒吧等服务场所女老板的称谓。

也顾不上这些了——他不得不来“风车”询问。跨入店门的一瞬间他稍有迟疑,如果晶还在这里究竟该如何应对,他没有心理准备,一头雾水。

霓虹灯闪烁的大街上车水马龙,人头攒动。晚上十点多了,磅礴雨势下人声鼎沸依旧,看来停滞的九州经济真的开始复苏了。

正平躲开川流不息的车辆和醉酒的人群,走在恍如白昼的霓虹灯下,自如地感受着充满活力的娱乐氛围。自幼生长在中洲的他,很熟悉这里的气氛,觉得就像自己的家。

正平从福冈东映剧场穿过,经过三丁目来到二丁目。

桂子妈妈桑告知晶去了“银铃”,就在二丁目的尽头、春吉桥附近国体高速公路边的一座新建大厦里。大厦名叫“第三庄司大厦”,银铃酒吧在第三层。

回想起刚才走进“风车”时,桂子妈妈桑笑容可掬地将他带至最里面的包厢。他们相互问候一番,妈妈桑对正平事业上的成功表示祝贺。正平点了一瓶洋酒,喝了一杯掺水酒后突然提到晶,问起她的近况。妈妈桑乍然有些迷惘,旋即意味深长地说:

“晶子早已离开这里了。弥生在春吉桥附近开了一家店,把晶也带了过去。这是两年前的事了。”

“风车”的女招待弥生是伊泽晶的闺密。弥生出去单干后，就把晶拉到了旗下。在工作场合晶化名为“晶子”。其实，本名只有“晶”一个字。

“伊泽晶这个名字是否太男孩气了？”

将本名告诉正平时，晶羞赧地说道。

“父亲给我们兄妹三人起的名字都是一个字。两个哥哥是一个字，我这个女孩子也是如此。小时候我常想，我的名字要是‘晶子’就好了。父亲在我三岁时去世，没法去找他理论了。”

言归正传，初次听她介绍本名是在什么时候呢？

正平来到烟雨朦胧的春吉桥东侧十字路口，这样想着。

想起来了，好像是第二次在店外约会的时候。

那天晶休息，正平约她到中洲吃饭，然后两人一起去了游戏厅。在入口处非常开心地玩抓飞船游戏，正平试了很多次才抓到晶最想要的玩偶，晶很兴奋，不由得用手甩动着手提包。不巧，三个年轻人刚好路过，手提包打在其中一人的脸上，把他的墨镜也给打飞了。

正平赶紧捡起掉在地上的墨镜。镜片出现一道擦痕，他拱手还给主人，不停地鞠躬道歉。三个人怎么看都不像好人。

双方发生了冲突——尽管不能确定那道擦痕就是刚才摔出

来的,但那三个人以此开始勒索:

“喂,这位小哥儿,我的墨镜可是花五万日元买的,你打算怎么办吧?”

正平从钱包里掏出五千日元,交给那个身材魁梧、面露凶相、貌似大哥模样的男人,小声说:

“实在对不起了,今晚就此了结,放过我们吧。”

正平当然知道对方不会因此而善罢甘休,只是希望尽量拖延一点时间让店员过来。

但是,一个高个子男人接下来的一句话彻底点燃了正平的怒火。

“嘿,你这个矮鬼,太小瞧我们了。五万就是五万,一口价,蠢货!”

其实,正平早已司空见惯这种纠纷。小时候在中洲一带玩耍时经常遇到这种事,虽然他很瘦小,但从不怵跟人打架。

“这种墨镜怎么可能值五万!”

正平大喝一声,默念着木津大师教他的咒语,然后用头使劲撞向那个大高个。

一直在旁边观望的伊泽晶看到正平跟那三人扭打成一团,大声喝道:

“你们几个对我的客人做什么?”

说时迟,那时快,晶抡起引发这场纠纷的罪魁祸首——爱马仕手提包,毅然决然地加入了这场混战。

在游戏厅的店员们赶来之前,正平已经挨了一顿狠揍,令人意外的是晶很擅长打架,可能是因为个头高,她用包和胳膊肘、膝盖攻击对手,居然打得对方连连后退。

一店员大喊:“你们再不停手,我们叫警察了!”正平和晶终于从扭作一团的厮打中挣脱出来,在店员的指引下从大厦侧门跑走了。

两人疾步往前走着,不时看看后面是否有人追上来。正平用手帕捂着流血的嘴,一路沉默无语,晶刚才说的“客人”这个词令他大为不悦。

“中村先生,我现在很烦躁,想去摊上喝一杯再回去。”

晶打破沉默。

两人来到河边一家晶经常光顾的摊位,一直喝到天亮。

“中村先生,你个头不大,看不出来酒量这么好啊。”

晶脸上露出钦佩的神情。其实,正平还是第一次跟女性单独喝到天亮,一直处于紧张的状态的他不可能会醉。

天空渐渐现出鱼肚白。两人离开摊位,走在河边的散步道上。跨过春吉桥就到晶住的公寓了。

晶站在门前准备开锁,站在身后的正平看到门牌上写着“伊泽晶”三个大字。

“把‘子’去掉了？”

正平随口问道，晶回头看着他，说：

“不是为了避邪什么的，这就是我的本名。”

说着，她羞涩地笑了：“伊泽晶这个名字，是不是太男孩气了？”

正平来到春吉桥东侧十字路口，站在桥下看到建在国体高速公路边的几座大厦。听妈妈桑说这是新建的，正平觉得应该一眼就能看到，无奈雨势不减，夜色越来越浓，根本看不清楚。不到十分钟，鞋子和裤腿全都湿透了。

只能一家挨一家地找了，正平有些泄气，将目光投向对岸。位于桥对面的伊尔帕拉佐酒店的彩灯正在熠熠闪烁。

每当从这一带经过，正平就会想起晶来。跨过那珂川上的春吉桥，从伊尔帕拉佐酒店的后面往春吉三丁目方向徒步五分钟左右，就能到达晶租住的小公寓。往事依稀如梦，正平很难相信自己曾经频繁出入于那座公寓。

刚分手的那几个月，每每遇到工作的烦心事或是喝醉酒的时候，正平就来这附近。还有很多次，不管是白天或黑夜，他都站在晶的公寓下面，仰望着三楼的阳台。

频繁地与晶擦肩而过，无非是余情未了。

过了“南新地”车站后才看到第三庄司大厦，比较靠近祇园町，并非桂子妈妈桑所说的建在春吉桥附近。正平花了很长时间才找到，此时他已被淋透。

站在入口处察看了各层店铺的指示牌，果然在三楼的那一栏里，找到了与其他店名并排的“银铃”。

正平没有乘电梯而是直接从狭窄的楼梯来到三楼。“银铃”就在电梯厢前面。一个刻着店名的银色小牌挂在那扇崭新的木制大门中间。

站在门前合上伞，正平用手绢擦了擦全身的水滴，然后拉起金属制门把手。

店内装修高档，气氛谐调，从空间上来看还不到“风车”的一半。一进门就是吧台，一名酒保看到正平进来后就立刻叫服务生，只见一名年轻的女招待慌忙赶来。

“弥生妈妈桑在吗？就说川端大街的中村找她，她就知道了。”

说完，那位看起来二十岁左右的女孩回答一句“请稍候”，就跑了进去。

两三分钟后，穿着和服的弥生走了出来。一看到正平她就用手挡住嘴角，一副既意外又怀念的表情，很难形容。弥生来到

正平跟前,抓起他的手哽咽地说道:

“好久不见了,正平!”

弥生比晶大两岁,今年三十六岁。脖子附近已经隐约堆起一圈圈的赘肉,穿着和服的身体比以前发福多了。不过,这种丰满的体态使她看起来更像妈妈桑。

“今天才从‘风车’的妈妈桑那里得知你开了店,没能为你庆贺,实在抱歉!”

正平鞠了一躬。

“没关系没关系,是我没能及时告知你。当初晶子你们分手,我还以为再也不会跟你见面了呢。不过,非常感谢今天你能来,看到你我就很高兴了。”

“晶也在这里上班吧?今天来了吗?”

正平开门见山。平时弥生待人很亲切,正平跟晶交往时经常叫上她,三人一起吃喝聊天。晶叫弥生“姐姐”,时隔五年再次见到她,正平觉得依然亲切如初。

“不要站在这儿说话了,我们进里面聊吧。”

弥生没有直接回答,拉起他的手就往里拽。

“那就点一瓶洋酒吧。”

“好啊,今晚我请客,你不要客气。”

“怎么能让你请呢,我不对在先。一瓶酒还是请得起的。”

“是啊,正平你已经是成功人士了。”

两人在店内一角坐下。弥生离开后,只见一位漂亮清新的女孩过来轻盈地坐在正平身边,身后还跟着一个端着威士忌的服务生。

“您好,我叫叶月。”

正平小声回了一句“你好”。

“谢谢您点了好酒。”

她欢快地说道,动作熟练地打开麦卡伦白酒快速兑了两杯,一杯递给正平,另一杯自己端着,她欢快地笑着说:

“干杯!”

正平根本不去娱乐场所,跟晶相恋时只是偶尔去风车酒吧。分手之后他就完全不去中洲的任何俱乐部和酒吧了。当然,既没有他熟悉的酒吧也没有熟悉的小姐。

第一次去“风车”是去参加川端大街的商品会时被商店街店铺老板们强行拽进去的。当时陪正平喝酒的就是晶,没想到在两个小时里他彻底迷上了晶。

“刚刚听妈妈桑介绍,您是中村社长吧?真是如雷贯耳的名字。我很喜欢小豆粥,经常去博多站前店。没想到社长您这么年轻啊。”

这位名叫叶月的女孩能讲一口标准的关东话。正平原本打算且饮且谈等着弥生回来,听到那女孩说经常光顾自己的店铺之后,一种亲切感涌上心头,话匣子不知不觉打开了。

十五分钟之后弥生回来,立即让这女孩去了别的桌。

“不好意思,让你久等了。”

“没关系。”

正平摇摇头。这个店虽然位于中洲外围,但大厅里依然坐满身穿华服、仪表昂藏的男人。这里也开始复苏了?正平暗想。但转念一想,听说弥生幕后实际控制的老板是福冈一家大型地方银行的高管,想必这里的繁华应该是那人强大的人脉关系带来的吧?

“晶今晚休息了?”

正平赶紧问。刚才他仔细环顾店内并没有找到晶的身影。

听罢,弥生的表情突然变得忧伤起来,似有什么难言之隐,她慢慢凑近正平,小声说:

“那个……她前天住院了,其他人都不知道……”

不知何时,弥生也能讲一口流利且标准的关东话了。

6

五月二十一日,星期日,距正平去“银铃”已过去三天。

时隔一周,福冈地区迎来了艳阳高照的好天气,气温骤然回升至二十六度,这是一个让人微微出汗的初夏时节。

为了检查刚刚搬进七号店的厨房设备,正平上午开车去了伊都,直到中午才回到总店。简单吃了点三明治权且当作午饭,他又急忙赶往天神的博多中央综合医院。

博多中央综合医院位于福冈市政府斜对面,正对天神中央公园,对于福冈这座最高建筑楼层仅为 15 层,地下建筑只有 3 层的城市来说,它绝对算是屈指可数的大型建筑。从川端大街的总店步行十五分钟就到了。

下午一点正平来到医院。住院病人此时应该吃过午饭了。

星期日,医院大门紧闭,只有旁边一条狭窄通道供患者和家属出入。一楼门诊大厅平日人声鼎沸,密密麻麻地挤满候诊患者,今天居然人影寥落,一排排空空的长椅整齐排列着,显得空旷冷清。正平穿过大厅进入并列着四台电梯的楼道,进入电梯后他按下按钮 8,那是外科病房。

昨天星期六傍晚时分,刚探望过晶的弥生给正平打了电话。

“她情绪低落。我曾恳求再三,请你去看望一下。我知道她会给你带来不愉快的回忆,但现在情况大有不同。你要是能去,她一定会格外高兴的。”

弥生再次把晶住院的楼层和病房号告诉正平。

无论是星期四抑或昨天，弥生三番五次要求正平去看望晶。尽管他们曾是恋人关系，最终却以那种形式分手了。弥生如今逢人便说"晶如果能见到正平，病情定会大有好转"云云，正平真不知道弥生葫芦里究竟卖的什么药，用意何在。当初晶对正平做了些什么，最了解的人恐怕不是别人而正是弥生啊。

正平确认门口铭牌名字后，走进病房。

这是四人间病房，晶躺在最右边靠窗处的病床上。

正平走近她，发现窗户微开，丝丝凉风吹了进来。窗外是中央公园，一派翠绿景象。

紧闭双眼，躺在病床上纹丝不动，似乎熟睡了一般。

正平正琢磨着换个时间再来，但看着她素面朝天的模样，视线就再也无法移开了。他绕到窗边，蹑手蹑脚地从床头柜旁拉过一张圆椅，轻轻坐了下来。

晶瘦了，瘦了很多。不过，从脸庞、脖子及微露的皮肤来看，完全看不出她是个病人。她今年三十四岁，保养得很好，皮肤嫩白如玉，富有弹性，看不出一丝衰老的痕迹。此时，她已经入睡，睡姿亦好看，气色不错。

素颜的睡美人看起来更是清纯。平时她喜欢化妆，尤其喜欢很夸张的那种艳妆，较之素面有较大落差。正平初次看到她的睡颜时就发现这个现象，当时吃了一惊。晶有一双大眼睛，表情丰富，加上恰到好处的化妆，给人一种惊艳之感。

这五年间，每当擦身而过时正平就会浮想联翩，晶果真是个五官端正、相貌出众的大美人。

正平出了神地看着晶的脸庞，足足有五分钟。此时，她睁开双眼，似乎察觉到身边有人，将原本朝向天花板的脸庞转到正平这边。待认出是正平后，睡意蒙眬的眼睛顿时睁大瞪圆。她表情惊愕地盯着正平，宛如见到鬼一般。

“怎么回事？”

可能是刚睡醒，她声音有些沙哑，看来睡的时间不短。

“正平，你怎么在这儿？”

晶一脸迷茫。正平探过身，笑眯眯地说：

“弥生跟我说的，星期二你打电话时，我就觉得很奇怪。”

她满脸狐疑，有些摸不着北。少顷，她突然坐起，小声说：

“冰箱里有果冻，帮我拿出来好吗？”

正平坐在椅子上，弯腰打开储物柜下层的小冰箱。里面有牛奶、蔬菜汁和几个不知装了什么的大瓶子。

“是大瓶子吗？”

拿出来一看，果然是掺了几块桃肉的果冻。正平递给晶，她从抽屉里取出勺子。

“阿正，这个很好吃，你也尝尝吧。”

说着，递给了正平。

“姐姐昨天拿来的。听说是在千匹屋买的，非常美味。”

姐姐当然是指弥生。

“我刚吃过饭，不用了。”

“不要推辞，吃吧。你看你，还是这么瘦。”

“生来就这样，没办法。好吃的东西还是留给你自己吧。”

“每天都要不停地做检查，除了病人餐之外，其他什么都不能吃。”

晶无精打采地说。

听到晶任性的语气，正平不由得苦笑起来。五年了，她完全没有变，亦如当初。

正平把果冻放在隔板上，说道：

“听弥生说，你以为自己得了癌症，治不好了，为此很消沉。”

听罢，晶顿时没了表情，低下头来，久久沉默。

正平目不转睛地看着她。

“你是来看笑话的吗？笑我活该？”

晶把一直低垂的头抬了起来。

正平再次露出一丝苦笑，望着她莹然的眸子，说：

“别担心，不会是癌症的。你一向乐观豁达，喜欢开玩笑的。”

晶再次看了正平，他眼神里疑云似乎消散，脸色也没有刚才紧张了。

“你才是呢，若无其事地开这种玩笑。”

她语气中少了几分抱怨。

“你根本就不是什么癌症，看脸色就知道。”

“你又不是医生，怎么知道?”

“我了解你啊，一看就知道了。”

“我们有五年都没见过面，你怎么可能会了解。休要胡说八道。”

“谁说有五年？星期一晚上在中洲刚见过一次，不是吗？你那么晚打电话，说什么第一百次纪念。”

正平笑着跟她斗嘴。

“完全是两回事。”

晶气呼呼地说，心情明显又开朗一些。

看来正平的断言使她安心不少——晶了解正平，他这个人不会信口开河，随便开玩笑的，也不会专门讲一些宽心话来糊弄人。

其实，正平一看到晶的脸，不，应该是一走进病房，就确定晶没有什么重病。她熟睡的脸庞使得正平脑海中浮现出前年十一月的场景——第一次来博多中央医院看望佐和子。实际上,当时正平看了一眼佐和子,就清楚感觉到她已病入膏肓。

正平并不认为自己有什么特异功能,小时候被母亲带到木津大师身边时,他感觉到自己具备某种敏锐的直觉,这种直觉只可意会不可言传。当然这种直觉跟木津大师比起来实在不足挂齿。五年前当得知晶红杏出墙,背叛自己时,他如五雷轰顶,根本不相信眼前的事,怎么会有这等事发生,直觉再次告诉他晶不是那种人。直到见到相崎哲也被告知种种事实之后,他才深切地体会到:男人一旦陷入热恋中,即便有多少发达的直觉,也都全部失灵。

“算了算了,你爱怎么想就怎么想吧,这是你的自由,我无权干涉。”

正平就此话题只是蜻蜓点水,他举腕看表,刚好一点半。

“对了,相崎呢?他怎么没陪你?今天星期日该不上班吧?”

很快,晶露出一副尴尬的表情,说:

“他现在不在博多。”

“去哪儿了?”

“大阪。”

“你们分手了?你为他花了那么多钱啊,太不值了。”

“不能说是分手。我原本就没打算要跟他一辈子。”

“唉,不说这些了。反正跟我已毫不相干。”

说完,他从圆椅上站起。

晶吃惊地仰望着他。正平从提包里取出一个信封递给晶:

“一点小意思——慰问金,请笑纳。”

晶伸手推回。

“不要。我决不会接受你的同情或施舍。”

“还是嘴不饶人,当初是谁从我这儿骗走一大笔钱的?”

正平笑着说。

“实际上我从你那儿一分钱也没有拿到啊。”

晶瘪瘪嘴。

“尽管没成功,你们的行为也是犯罪。”

正平不依不饶。

“过去的事我不想提起。如果你来此是为了重提旧事,那请你立刻出去!”

晶用手捂着耳朵喊道。

正平把信封放在隔板上,说:

“我怎么能轻易离开呢?我马上就去见主治医生,你的病情我会问清楚的。”

前天就给医院打了电话的正平跟主治医生谈过一次。他介绍时自称是“伊泽晶的未婚夫”,医生并没有显得异常惊讶,爽快地跟他约定了面谈时间。由于主治大夫周日出门诊,令正平不得不今天过来。其实弥生昨晚打电话已把相崎三年前去大阪的事告诉了正平。

“我的事不要你管。”

“我这么做并非为了你。只是弥生一直请求我,‘无论如何’都要来看你,我才来的。”

“你说什么?”

晶目瞪口呆。

“反正以后我会常来看你,缺什么或是想要什么,告诉我就行了。”

弯下腰的正平用双手包住晶病服下交握的双手。这突如其来的亲昵动作令晶大吃一惊,她想推开却欲拒还迎。正平对于自己的大胆举动也很吃惊,觉得晶的手比记忆中更加骨感、更加冰冷。

“明天有空我会再来,到时把医生介绍的详细病情告诉你。”

他无奈地站起身来,放开晶的手。

“不是我求你来的。”

晶小声说道。

“知道,是我自愿来的,好吗?告辞了。”

正平不知为何变得羞涩起来,他没有正视晶,绕过床头径直离开了病房。

路过护士值班室时猛然听到身后有人喊“阿正”。他停下脚步回头,只见晶身穿病服外搭薄外套朝他走来,手里提着一个百货商店的纸袋。她一脸怒气地来到正平跟前,将纸袋塞到正平手中后扭头跑开了。

正平打开纸袋,里面放着几瓶弥生昨天送来的果冻。

7

五月二十五日,星期五。

正平开着车,在福重中转站从福冈前原高速换到都市高速。一直安静地坐在副驾驶位上的早苗突然说:

“社长,我有件重要的事想跟您谈谈,不知可否给我点时间?”

她语气恭敬,跟平时大不一样。

一早,两人驱车前往伊都店用数码相机拍了几张店铺基本竣工的照片,打算挑选几张印在开张前后散发的广告页上。今天下午先把照片传到电脑上,然后从中挑选几张发送给 A&C 工作室的斋藤即可。

早苗觉得今天似乎能挤出时间,故提出跟他谈谈的要求。

车上显示的时间是上午十一点。

“可以啊。要不咱们直接回办公室吧，从店里拿点吃的，边吃边谈也行啊。”

正平故作轻松。其实，他听到“重要的事”四个字时，一种不祥之感袭上心头。

“如果可以，还是不回公司吧。”

早苗态度客气，语气坚决。

“要不，我们去天神吃午饭行吗？”

此时他们路过白道出口，以往都是直接走天神北口再下高速。

“可以，只要不回公司，哪儿都行。”

正平把车从超车道开回到行车道，他扫了一眼早苗。

“怎么了，早苗？你今天有点奇怪。跟末永发生什么了吗？”

早苗的表情不算凝重，但略显紧张。

“不是的。只是有一件私事想拜托社长。”

“哦，是吗？我洗耳恭听，先去吃饭吧。”

正平不再深问下去，专心开车。

“对不起。”

早苗深深低下头。

他们来到大名二丁目一家寿司店。因正平经常在此招待客户,故他在这家餐厅即使简单用餐也能使用包厢。

两人在包厢桌前面对面坐下,点了一份“中午寿司全拼”两人套餐。

“来点啤酒吧?”正平问。早苗摇摇头:“社长请自便。”正平给自己要了一扎啤酒。

两人分别端起啤酒和茶碗碰了碰。

“说吧,有什么要紧事?”

正平问道。

早苗的筷子正伸向醋熘荧乌贼,听到问话后一下缩了回去,她调整一下坐姿,说道:

“伊都店开张后,我想辞职。”

所言之事完全出乎正平意料。

“辞职? 就是不在公司干了?”

正平大吃一惊,他做梦也没想到早苗提出这个要求。

“是的。这段时间给您添麻烦了,工作了一年就辞职,实在抱歉。”

正平端起刚抿过一口的啤酒,一口气喝掉三分之二。

“为什么不干了? 有什么特殊原因?”

每当职员提出辞呈时,正平觉得有权过问一下,何况是生于同乡长于同乡的早苗,再说彼此的母亲也是交往了几十年的好友。

“正平,对不起。”

早苗直呼他的名字,再次低下头。

正平对于她刚才的反应疑惑不解。

“经过再三考虑,我觉得无法报答阿姨和你,也辜负了你们的期望,真对不起……”

正平更加迷惑。母亲和自己究竟对她“期望”了什么?

“请稍等一下。”

正平不由得打断她的话。

“我们究竟有什么‘期待’呢?”

说着,正平似乎察觉到了事情的真相。

早苗开口道:

“你知道,我都二十八岁了,一年来一直在中村工作。我们在一起如果能让阿姨和父母高兴,亦未尝不是好事。

“我家的情况是:哥哥不愿子承家业,独自闯东京去了。姐姐呢,大学一毕业就跟男朋友修成正果,走进婚姻殿堂,和丈夫去了鹿儿岛。如果我不在父母身边帮忙照顾自家店铺,我家的那小店恐怕不知哪天就被别人吃掉,这是我放心不下的。但是……我考虑再三,还是觉得不能欺骗自己的内心。”

她解释道。

正平不由得向前屈着身体,等她讲完后立刻伸直了腰板。

“早苗,是我母亲对你说了什么?”

之前母亲雅枝从各方面对早苗不断施压,正平也是心知肚明的。他当初并没有在意,以为早苗来中村工作是跟母亲有同样想法。从刚才所说的来推断,她的确是在了解母亲意图之后,才跟正平一起工作的。

面对提问,早苗露出一副有苦难言的表情。

“为了避免误会,我觉得有些事得说清楚。从你工作那天起,我从未想过或期待过跟你在一起。

“当初阿姨对我妈说,你辞职了正在重新找工作,拜托能否来中村上班。当然,我知道自己老大不小了,我妈也一直为我的婚姻大事操心,希望我们能够在一起,毕竟从小知根知底。这并不代表我本人也希望如此,相反我有些顾虑你是为这个目的才来上班的。我想说的是,希望你放下包袱,无须为这件事而放弃目前的工作。你完全可以不回答我。”趁菜还没上齐,正平把自己的想法竹筒倒豆子一般向早苗言明。早苗如释重负地松了一口气。少顷,菜上来了,她拿起筷子津津有味地大口吃了起来。

“看来,是我妈给你施加了压力。跟我说清楚就行,我不会告诉她的。”

正平再次叮嘱道。

“跟我母亲相比,阿姨这边倒没什么。你不知道,我母亲从今年开始就一直唠叨着‘赶快跟正平定下来,快点结婚’什么的,烦死了。我实在无法忍受才来找你的。”

早苗一脸郁闷。

“或许是我妈的催促,山上阿姨才这么说的。”正平说。

山上是一个店名,也是早苗的姓氏。

“上个星期天,我不是陪阿姨去了一趟三维浦的展示厅吗?”

早苗的问话中似有一种求证的语气。正平第一次听说这件事。上周日他第一次去医院看望了晶,之后,他几乎每天都会去一次博多中央综合医院。

“咦,我怎么不知道?”

正平十分诧异地问道。

早苗脸上显出狐疑的神色。

“你们去展示厅干吗?”

母亲找早苗一起去展示厅,肯定是给新家挑选厨具。

“当时阿姨说厨房的事以后就交给我了。我还问她:‘为什么呢?’她说:‘这个家就是你和正平的呀。’”

“什么?”

正平惊得目瞪口呆。

“当然，我知道阿姨并无恶意，妈的良苦用心我也能理解。她是希望我这个剩女能够早点有归宿，找一个好人家。在母亲看来，我能跟你这个好人执子之手，与子偕老，实在是三生有幸。这种心情我是可以理解的，但是……”

早苗这样说道。

“不能这样。自己的终身大事不能任由父母决定。这不是他们有无恶意的问题，而是自己应遵守的底线。无论是阿姨还是我母亲，她们一直都生活在川端大街的小圈子里，眼界难免狭窄，不仅对自己的生活难以做出改变，也不允许孩子太自由。父亲去世后的十年间我一直跟母亲生活在一起，她的强势令我无奈、气愤——她经常擅自对我的事情做出安排，简直是一种霸道的作风。”

说着，正平心头泛起一种烦躁的情绪，觉得被母亲连累而丢尽脸面。他想起母亲当年强烈反对他跟晶的婚事。没有任何理由，只是坚持“这个女人不行”的决绝的反对态度。

听罢，早苗脸上出现暧昧的表情，态度模棱两可，看不出来她是否认可正平对双方母亲的评价。

“不过，跟你在中村一起工作的这一年间，我终于想通了。”

“想通什么了？”

正平有些莫名其妙。

“一直被母亲和阿姨催促结婚,我终于下定决心,离家出走!自己的幸福自己争取!”早苗笑着说完,冷不丁又补充一句,“其实,在上一家公司工作时我交了男朋友,关系一直不错,待他向我正式求婚时却被我拒之门外。”

“啊,有这回事?”

完全出乎正平意料,他一脸惊讶地望着她,希望她继续往下说。

“对啊。”

早苗只是点了点头,就此打住,然后拿起筷子夹着寿司津津有味地塞进嘴里。

正平也跟着夹起眼前的寿司。两人开始专心地吃起饭来。

一壶新茶送上来,早苗拿起餐巾擦了擦嘴角,说道:

“他是东京人,我们只交往了一年多。我们在同一家公司工作,后来他被总公司看中,列入调回东京总公司的名单中。当时他希望快点跟我结婚,然后一起去东京。”

正平想起早苗以前好像是在一家营销公司上班,去年六月录用她时听她说过。

看到正平一脸认真的模样,早苗继续说:

“我无论如何都下不了决心抛下父母跟着他走。父亲当时心脏出了毛病,母亲因为店里的事而忙得焦头烂额,于是我拒绝了他的求婚,让他孤身一人回到东京。之后我也不想去公司上班了,半年后我就辞职了。到后来,父亲的身体完全康复,去年开始我就去你那里上班了。"

"原来是这么回事啊。"

正平讪讪地附和了一句。

"嗯。在中村工作的这一年里我渐渐理解了他当初的话。我拒绝他时他曾这样说:'人生只有一次,不要活在父母的束缚之下。'直到现在我才领悟到的确是这么回事。这次五一黄金周,他突然打来电话,时隔两年我们再次相约。他来我们这儿……"

"你打算放弃工作,跟他一起去东京?"

正平问道。

"是的。"

早苗略显羞涩地回答。

"这么说,我还真没有理由挽留你了。"

正平笑了,他暗自思忖:她无缘无故辞职,不过是与前任男友重归于好。到时候不必解释成"由于母亲等人催促我们的婚事才被迫离开的"这样,直接告诉她们"她要跟前任男友结婚,然后要去东京的,所以就辞职了"。

“阿姨和叔叔都知道这件事吧?”

早苗点了点头。

“木已成舟,只好这样了。”

“是啊,这最好不过了。”

正平突然觉得自己很蠢。

在早苗的母亲、自己的母亲雅枝和早苗本人之间的这场争执中,最终的输家却是自己。之前他把一切重要事务悉数交给早苗,然而在火烧眉毛,正需要鼎力相助共渡难关时,她却撂下一切拍屁股走人。事到如今,真让正平措手不及啊,那件事只得交给末永一人处理了。

“问题解决了,真羡慕你啊。”

对此,正平并未表露任何不快,他继续装作若无其事。

“其实好想去另一个城市生活。我压根就不喜欢学习,高中毕业后进店里帮忙,很庆幸不用拼命念书参加高考,但希望能尽力把店铺做好,然后读一读自己喜欢的书。现在我很后悔,一直困在这条街里,碌碌无为地过完一生,想想就觉得很不甘心。”

“你已经取得了令多少人仰慕的成功,够了不起的,把店做得这么大。我坚信中村会越做越好,芝麻开花节节高。一年来,你的努力我都看在眼里、记在心里呢,我由衷敬佩你这个成功人士。跟我父亲比起来你真的很伟大。你有成为实业家的潜力，早睡早起，每时每刻想着工作，一门心思都在工作上，我觉得仅仅凭这一点，普通男人就望尘莫及。”

早苗的赞扬也不能让正平高兴。

“店面不断扩大并非出于本意。每当迷惑而不知路在何方时，就有贵人向我提出开分店的邀请。这样看来，我只是不懂得怎么拒绝而已，唯一例外的就是这次开的伊都店。我总是患得患失，不知为何，总觉得自己会一败涂地。另外，你说我一心扑在工作上，那是因为我无其他事可做啊。”

“不会的，伊都店肯定会顺利开张。另外，我觉得没有其他事情能够让你分心，这是你最大的本领。”

正平注意到早苗的心情好了许多。

有情人终成眷属，她得以跟心爱之人结婚，辞掉中村的工作也得到正平的认可，以至于完全放下了心中的包袱。

“早苗，你说得不对。”

正平看着她开心的脸庞，不由得加强了语气。早苗脸上明显出现惊恐的神色。正平慌忙缓和语气，说道：

“不管怎样，先祝贺你啦。正如你所说的，人生只有一次，要随心所欲地生活。即使失败了也比当一天和尚撞一天钟强，至少到头来无怨无悔。”

“谢谢你，正平。”

早苗再次露出笑脸。

正平在餐厅门口跟早苗分别——正平直接去探望晶，车子交给早苗开回公司。

此时已过下午一点。

正平走到闪耀街，然后从西铁福冈站旁边穿过天神公交中心前面的十字路口。

他来到对面，穿过 IMS 与天神双子大厦之间的小路后，来到福冈市政府门前。博多中央综合医院在市政府斜对面，与天神中央医院相邻。

正平低头往前走着，心情十分沮丧。

——伊都店即将开张之际早苗突然辞职，对于正平来说是一个重大打击，况且他原打算将今后扩张店面的工作全面交给她负责。尽管刚才他劝她“随心所欲地生活”，这绝非此时的真心话。由于前任男友五一期间突然来访而陷入爱河虽说情有可原，不过，既然已经接手伊都店的工作，受人之托当忠人之事，待店面步入正轨后再辞职亦未尝不可，这才是基本的职业操守和人之常情。末永等人得知早苗辞职的决定后，肯定会大吃一惊。

仔细想来，无论是“无法报答阿姨和你，也辜负了你们对我的期望”，抑或“跟你在一起未尝不是一件好事”“但考虑再三，还是不能欺骗自己的内心”云云，早苗的这些话实在很失礼，正平也很难理解自己为何要受到这种无礼对待。归根到底，还是由于母亲的自作主张，强迫早苗而造成今天的后果。这样想来，正平对于多管闲事的母亲愈加怒不可遏。

伊都店顺利开业后，紧接着的十月份还要应对进驻油山八号店的开张。早苗好不容易熟悉了这些，现在她辞职走人势必需要急招新人。远水解不了近渴，也可考虑从现有各个店铺的店长中择优顶上，但正平在脑中将他们过滤了一遍，一时没有发现合适人选。

工作肯定会越来越多，越来越复杂。正平觉得没有任何值得高兴的理由，再加上烦人的晶——五年前让自己遭受厄运的“混世魔女”生病住院。其实，他自己都匪夷所思为何爽快答应前去看望并照顾她——不仅在别人眼中他的善行简直愚昧至极，甚至连自己都觉得滑稽可笑。

——我究竟在干吗？从头至尾都扮演一个行善者的角色，真是蠢死了。

正平边走边想，心里烦透了。

当他满腹心事地走到天神中央公园时，看到一幅不可思议的画面——公园里的游客们都在抬头仰望着天上的什么。午休时间已经结束,游客不算太多,随处可见三三两两的游客聚集在广阔的空地上,他们个个抬头仰望着天空。

正平踏进公园的草坪,也像他们一样抬起头来。

这时,旁边的三个女孩异口同声地欢呼道:“哇,好漂亮啊!”

最初,正平看到的只是一望无际的晴空,紧接着,他跟着众人的目光调整后仰的角度,看到在头顶苍穹中耀眼的太阳周围挂着一圈又大又圆的彩虹。

“哇!”

正平情不自禁地发出赞叹。

这是他生平第一次清晰地看到如此明亮、如此漂亮的日晕。

之前郁闷的心情在看到这美丽彩虹的瞬间一扫而光。

出现如此明亮的日晕,难道预示明天将会倾盆大雨吗?明天是晶动手术的日子,正平心头飘过一朵愁云,他马上转变思想,双手合十,对着玲珑明澈的彩虹开始许愿。

——希望明天的手术顺利,希望卵巢囊肿不是恶性的。

他直面耀眼的阳光,心中祈祷不停。

8

第二天,二十六日,星期五。

果然是个寒冷雨天,气温急剧下降。

手术定在上午十一点开始,须提前一个小时进行术前准备。正平刚过九点就来到病房,晶已换上了厚厚的蓝色手术服,左手上扎着输液管。

床边站着另一个人——相崎哲也。

正平跟他是第二次见面。第一次见面是五年前,在晶的房间聊了不到十分钟,正平对他的印象并不深刻。眼前的相崎哲也依然瘦骨嶙峋,唯独身高超出正平很多。

正平走进病房时,他抢先低头施礼。

他比晶大两三岁,今年应该有三十六七岁。初次见面,正平感觉到身为男招待的相崎哲也对自己的礼遇并非出于畏惧,或许是出于其在工作中所养成的习惯。不管怎么说,他都属于那种气质较弱、温暾黏糊的男人。

正平看着他凹陷的眼窝,也回了一礼。

相崎错开与正平对视的目光,俯身靠在晶的耳边小声言语一番,便从窗户与床之间的狭窄过道中挤过身体让正平进去,然后他轻轻点点头,快步离开了病房。

“他什么时候来的?”

正平看着他离去的背影问道。一脸愁容的晶靠坐在摇起一半的床上,双手交错放在胸前,以便右手能够托住正在输液的左手。

“搭今早头班飞机过来的。”

晶语气冷淡。

“这是去哪儿?”

“他说趁现在还有时间,先去吃个早饭,还说一会直接去手术室门口等着。”

“好像是我把他赶出去了。”

正平露出个笑脸试图打破僵局,却控制不住脸上肌肉的痉挛。

“谁知道呢!”

晶含糊地说道。

“穿这么少不冷吗?”

正平走到近处才看到晶只穿着质地粗糙的手术服。今天气温很低,病房里即使开着暖气也无济于事。

“没事,不冷的。”

虽然说没事,但晶的嘴唇发紫。正平赶忙脱下夹克衫给她披上。晶没有推辞。

“昨晚睡得好吗?”

正平接着问。

“还行吧。”

晶淡淡一笑。

她笑得很勉强。正平不禁伸手抚摸一下她梳成垂髻的头发。晶平时显得很强势,仿佛是一名路见不平拔刀相助的侠胆英雄,其实她的内心十分脆弱,这种与正平相似的性格他很能理解。

“我觉得有点难受。”

晶说。

“哪儿不舒服?”

“不是的,不是身体不舒服……”

她摇了摇头。

“那是怎么回事?”

“一想到接下来要动的手术就觉得心里乱得慌,切开肚子把整个卵巢都取出来真不是滋味,下次睁开眼睛时自己已经失去一个重要的器官了。”

晶嘟哝着，眼神迷离地盯着眼前某处发愣。

“不必担心。塚本医生不都说过，卵巢左右两个，又不是癌症，只要把囊肿摘除就可以了，左边的卵巢还是完整的啊。”

一周以来，正平跟主治医生有过几次交谈。他谨慎地复述着医生的话。昨天他和晶一起见了塚本医生，在术前最后谈话中塚本医生是这么清楚地告知他们的。

晶的病是“卵巢囊肿”。

这种病既有良性的“囊性肿瘤”，也有恶性的“实性肿瘤”，医生对晶进行影像检查和B超检查，大致确认了肿瘤的形状和大小，究竟是良性的还是恶性的，最终只有通过手术摘除肿瘤组织，然后对其进行细胞检查才能断定，否则，即便采用最先进的诊断技术也难以确定。卵巢恶性肿瘤（即癌症）的死亡率非常高，因此，无论如何手术都是必需的。

这席话不知晶是否听进去了，只见她目光呆滞，一动不动地盯着前面发呆。

“总之，你不要老往坏处想。即便是恶性的，肯定能找到治疗方法。退一万步讲，那些连医生都宣告的不治之症，不是很多人最后居然神奇地康复了吗？如果都像你这样，得知癌症后就自暴自弃，完全放任自流，能治好的病最后也治不好了。况且医生说了很多遍,你身体里的囊肿不是癌症,只是肿瘤而已。”

正平一个劲儿地鼓励她。

这些天来,晶的脸色变得阴郁沮丧,甚至流露出万念俱灰的绝望神情,正平第一次来探望时所看到的那种乐观的神情已不见踪影。细细想来,恐怕是恐惧心理造成的,尽管晶平时一直乐观爽朗,这次不知为何却如此失态。另外,塚本医生说的“良性和恶性的可能各占一半”这句话也是原因之一。在综合各种诊断指标的基础上,连主治医生都不敢妄下定论,结果一定不容乐观,作为病患的她只能听天由命了。

当然,这句话是正平一人在场的情况下医生说的。

晶一直没回话,像尊木雕一般静坐在那里,不知在想什么。

其实,由于输液瓶里掺进麻醉药物,晶此时已经意识恍惚,片刻之后她紧闭双眼陷入昏睡之中——正平这才注意到。

他坐在圆椅上透过窗户眺望窗外风景。

一早就开始下的雨现在还在淅淅沥沥地下着。他看见穿过天神中央公园,朝市政府白色建筑物走去的人群全都撑着伞。

抬头看天,乌云密布,天空显得越发厚重,正平不禁庆幸伊都店取景拍照工作昨天已完成。突然,他想起早苗说的那些话。她说:你每时每刻想着工作,一门心思都在工作上。仅仅凭这一点,普通人就望尘莫及。

当时他立刻反驳“是因为无其他事可做”,之后他有些愤愤不平,觉得自己被当成了傻瓜,遭人笑话。不过细细想来,早苗所言极是。晶接下来就要动手术了,在这生死攸关的时刻,他却禁不住考虑工作的事情,实属不该。万一在检查中发现囊肿有癌细胞,那么就得进一步做大的手术了,到那时不光是切掉左右两个卵巢,连子宫和一部分大肠也得切除掉。

不行、不行——正平必须极力将工作上的事情排除在思绪之外,于是将视线从窗外再次转向晶——她靠坐在床上安静地睡着了。

最终只有她才是例外啊。正平看着晶熟睡的脸庞这样想着。

如果说,除了为之奋斗的事业外还有什么值得上心、担心或是烦恼的,那就是晶这个人了。与她分手的五年间,由于少了这么一个值得分心的对象,他的事业发展异常顺利,但是,依然无法填补他内心的空虚。

最近一周他不停地跑医院,这样居然觉得心境完全不同——有一个值得思念的人,天涯也是近的,没想到自己却如此心满意足……直到现在他才惊觉到这一点。

——有人担心自己固然重要,为一人而担心同样重要。

再次遇到晶之后,正平才深深体会到这句话的含义。

关心对方,就是相互担心。

比起有人担心自己,自己担心别人似乎更容易心满意足。这是理所当然的。只有当你懂得担心别人时,急他人之所急,自己才会变得充实起来。就是说,人只有在为别人担心时,才能体会到内心的充实。

每次来医院正平都戴着手表,九点半,弥生走进病房。

她看到正平开口寒暄道:“雨真大呀!”

的确,雨水濡湿她套在针织白背心外面的深黄开衫毛衣肩头和牛仔裤裤脚。装着雨伞的伞套顶端也因聚集雨滴而膨胀起来。没想到这般大雨,看窗外是看不出来的。

“哎,睡着了?”

弥生看着晶的睡颜,小声问道。

“刚还醒着。”

弥生叹了一口气:

“昨晚肯定没睡好。其实她比看起来的要脆弱得多。”

正平站起来把圆椅让给弥生,然后从一角拉出一张圆椅,两人并排坐在靠窗的床边。

“医生怎么说的?”

弥生压低声问道。

“医生昨天说不开刀是很难下定论的。不过,假如真是癌症,恐怕要做大手术了。”

“是吗……”

弥生沉下脸来。在酒吧之外的场合看她要显得年轻许多。工作时绾起来的头发也放了下来,一袭乌黑亮丽的长发令她愈显风姿绰约。

“我跟她说肯定不是癌症,她死活不信,弄得我都有点不安了。”

“你能来看她,她已经精神了许多。之前她整个人都垮掉了,整天意气沮丧,萎靡不振,当时她几乎是哭着告诉我住院消息的:‘姐姐,谢谢你一直照顾我。还没来得及回报,真的很抱歉。’就像生离死别一样。”

听到弥生的话,正平不由得笑了出来。

“和你分手后她一直不顺,即使心里不安也没什么奇怪的。”

弥生补充道,并不是挖苦。

“是这样吗?”

正平若有似无地回答。

“现在当然不敢再祈求你跟她破镜重圆,看在往日情分上,希望不要再怨恨她了。她一直很坚强、努力地活着,这孩子本质并不坏。”

“嗯,我知道。”

正平点点头。他突然意识到手术结束后自己与晶又要回归到陌生人的关系,细想之下又觉得不会。不过,他也不认为两人会因此而重温旧梦、破镜重圆,再次成为恋人。就是说,他和晶之间还要继续维持一段时间这种暧昧的关系,而这种关系还没结束时他们或许将迎来第二次分离,假如晶得的真是癌症……

正平赶快打消突然涌上心头的这种不祥之念。

弥生去了一趟卫生间,回来后见两名护士推着担架床走进病房,其中一人唤醒晶。沉睡中的她迷糊地睁开双眼,任凭护士们把床摇平,然后抱起她挪到担架床上。

手表指向九点四十五分。

晶被推了出去,正平和弥生一直尾随其后。在等待直通手术室的电梯时,晶伸出右手。

“阿正。”

正平走到她身边,握住那只瘦骨嶙峋的手。

由于麻醉药的缘故,晶的表情一直恍惚迷离。

“谢谢你。”

声音小却很清晰。

“嗯。”

晶已是满脸泪花。

“放宽心吧,肯定没事的。”

“我会努力的。”

“对,一定要挺住啊。我会一直守在手术室外。把那些不要的东西统统摘除,然后健健康康地出来。”

听了正平的话,晶轻轻地点了点头,眼眶更加湿润。

与提前到来的相崎打过招呼,三人目送着晶被推进手术室,然后一同走向走廊的长椅边。坐下之前,相崎走到弥生身边。

“谢谢您一直照顾晶子。”

他恭敬地鞠了一躬,随后扫了一眼坐在弥生旁边的正平。

“好久不见。”

只是打个招呼而已。

看到正平和弥生并排而坐,相崎便独自坐在对面的长椅上。

“店里不要紧吗?”

正平问弥生。

“没关系的。店里那些女孩也很担心晶呢。”

弥生回答。

“希望手术顺利。”

她诚挚地补充道。

正平从手提包中掏出一本袖珍书。现在十点,离手术开始还有一个小时。听塚本医生说，手术恐怕至少要做三个小时。也就是说，晶最快下午两点才能出来。还得等四个多小时。

正平读的这本书是柳原和子写的《癌症患者学Ⅱ》(中公文库)。记得二十一日周日那天，他第一次去找塚本医生询问晶的病情，之后顺便去了书店，买了这套有三册的《癌症患者学》丛书。正平从小就喜欢读闲书，每有会意，便欣然忘食，在初中和高中时几乎每天都去书店，每次挑选必读书目时都不会选错。这次他在天神一带逛了多家书店，查阅多本关于癌症的书籍，最终才选了这套《癌症患者学》，细读之后，发现果真是好书。

前天晚上开始读第二册，其中记录了作者本人与病魔抗争的过程，详细描述了她患卵巢癌之后是如何克服病痛的。假如晶确诊是卵巢癌，这本书将成为她的一剂良药。

每当找到一本好书正平就会由衷发出感叹，深感书的魅力与价值。他能够发自内心鼓励身患癌症的晶勇敢地面对病魔，也得益于这本充满信心和勇气的杰作《癌症患者学》。

一旦开始读书，正平就很容易忘记时间的流逝。

"结果快出来了。"

听到弥生的声音，正平抬起头。刚好十一点整。

"是啊，马上就出来了。"

正平收起书看着旁边。

弥生手中捏着手绢，表情紧张地盯着手术室大门。

他将视线转向坐在对面的相崎哲也。

相崎哲也面向手术室，双手合十举在胸前，闭着眼睛祈祷。

看着他虔诚祈祷的表情，正平的心倏然一震。

正平觉得相崎温暾懦弱，越看越觉得如此，他身为男招待长相固然不错，整体来说毫无气场可言。第一次见到他时，正平打骨子里不能理解晶为何甘愿牺牲那么多，竟然为了这样一个男人。直到现在，正平也难以理解。不过，从他刚才的行为举止中，正平幡然领悟到相崎确实在以自己独有的方式关心着晶。

答应正平求婚的第十天，晶以熊本老家遭受涝灾、损失严重为由，向他提出借钱的请求。晶的父母在农村，以种植西瓜为生。

“温室大棚全毁了，必须立刻重建，手头一点钱都没有。我爸去找农协帮忙，他们说受灾群众还有许多，只能通过银行融资来解决。总之很难。”

突如其来的大雨使熊本南部很多农家遭受巨大损失，当时新闻节目也频繁播报。正平对晶的话毫不怀疑。

“阿正，可以借给我三百万日元吗？秋后就还你。”

正平二话没说，当即应允，三天后准备将现金交给晶。就在此时,他从某人处得知事实真相——晶所言尽是谎话,她一直跟一个在中洲做男招待的名叫相崎哲也的人交往,那人最近因客人赖账而被迫借了五百万日元,借款到期,无力偿还,已经走投无路了。晶向正平借的三百万并不是为了熊本老家——晶的老家是长崎的,父母早已亡故。她不过是为了替相崎还债。

消息来源非常可靠,正平得知后大为惊讶,怒不可遏。

他立即赶往晶的住处质问。出人意料的是她居然大大方方地承认情人的存在和自己撒谎的事实,并依然恳请借给她三百万日元。

“他现在被逼得没有办法,希望你雪中送炭,借我三百万。你的大恩大德我会铭记在心的。”

看着晶低头恳求的可怜样,正平变得茫然,一时不知所措。

“你曾说,会跟我长相厮守下去,这又是怎么回事?”

正平压抑着心中怒火问道。晶的表情变得异常困惑起来。

“我和你一开始就是抱着玩玩的心态,如果那时拒绝你,现在肯定借不到钱了,不得已才骗你的。”

她的语气中充满对正平的怜悯。

正平看着眼前的相崎哲也猛然间发现:自古以来,专靠吃女人软饭的面首原来就是这种货色啊。看他那阴鸷的脸就知道此人不靠谱,不敢担当,一个小的困难就能彻底击倒他。不过,这种男人自有一套，八面玲珑，甜言蜜语，背后说人闲话，家长里短一大片，以此为能事却大获女人芳心，使她们解除戒备心，甘愿成为他手中的玩物。这些并非无稽之谈。

即便如此，正平当时难以接受晶所说的话。他坚信晶一定有什么难言之隐，不得已才抽身的，故他提出要跟相崎本人谈谈。第二天，正平来到位于春吉的晶的公寓。相崎开诚布公地承认与晶的情人关系，却当场否认参与骗钱一事，一再坚持称从未拜托晶帮忙筹钱，也未指使过她骗取正平的钱。坐在相崎身边的晶却是含糊搪塞，一副胡搅蛮缠的模样。正平很快识破他们沆瀣一气、狼狈为奸的伎俩，也察觉到这两人的关系非比寻常。正平不知如何形容他们之间的那种亲密感觉，“不容他人置喙”或许近似吧？

比如刚才，正平走进病房看到站在床头的相崎和靠床而坐的晶时，依然能感受到两人之间的这种亲密感。当相崎向晶耳语时，正平从晶的反应中也嗅到一种独特的气味。

五年前，当正平和晶交往还不足一年时，正平就决定向她正式求婚，求婚并不是希望自己变得幸福，而是打内心里希望能给晶带来幸福，并确信自己因此而变得更加幸福。

当时，晶也说了同样的话。

“之前，我曾经历过许多事，从见到你的第一面起，我就希望自己能给你带来幸福。这是我平生第一次产生的感觉。”

正因为如此,正平无法接受晶突然背叛的事实。

跟尾形社长认识后不久,正平向社长询问过:

“社长,当初您为什么下决心跟佐和子在一起呢?您那么年轻,真是勇气可嘉啊。”

社长是这样回答的:

“正平,结婚跟年龄没有关系。我见到佐和子时就下定决心要和她白头偕老。当时我的感觉是:啊,终于遇到了我生命的另一半。”

正平对于社长的话感同身受。当初他遇到晶时也有过同样的感觉。直觉告诉他:晶就是自己“生命的另一半”。

然而事与愿违,正平并未跟自己认定的另一半走到一起,而社长恰恰也失去了重要的另一半。

一想到这些,正平就对“人的直觉”以及“人的缘分”感到疑惑不解,不知该如何处理是好。

三点二十分,手术结束。

晶被推出来之前,主刀医生塚本大夫从手术室出来,他穿着手术服径直向他们三人走来。正平等人慌忙立身迎上前去,围住了他。

“情况怎样?”

正平声音沙哑地问道。

“手术很顺利。”医生说了这句话后,缓了一口气,又说,“通过细胞检查,我们没有发现癌细胞。最终结果必须等到对摘除的肿瘤组织再次进行详细检查后才能确定。不过恶性肿瘤的概率很小,真是万幸啊。”

三人听后都激动得几乎说不出话来,只是异口同声地说:

“太感谢您了!”

三人说着还不停地鞠躬施礼。

“还要观察一会儿再送病房。”

说完,塚本医生笑着准备离开。

“医生,囊肿全部切除后,左侧的卵巢还完好无损吧?”

正平向大夫确认道。

“是的。手术比预想中的顺利。”

弥生和相崎都再次大声地说:“真是谢谢您了!”

医生离开了,相崎脸颊通红地朝正平走来。

“中村先生,谢谢你了!”

他一把抓起正平的手,深深鞠了一躬。正平一时难以理解相崎突如其来的举动,但握着他的手,心中却突然涌起一种难以言喻的亲近感,究竟为什么?正平一时迷惘不解,他只是不停地对相崎说着："太好了，真是太好了！"

两人的手交握在一起。须臾，正平拉起弥生的手时突然意识到：刚才与相崎握手的感觉和几个小时前等电梯时握住晶那只瘦骨嶙峋的手的感觉非常相似。

9

木津弓彦大师的寓所就在福冈东区官厅后面。

从公寓玄关出来，步行两分钟就到筥崎宫大鸟居，沿着左手边参道直走十分钟就是著名的楼门，上面悬挂着御笔题写的"敌国投降"几个大字。筥崎宫作为筑前国最大的宫殿而闻名，是博多数一数二的神社。尤其到了九月中旬的放生会，长长的参道两侧排满上百家的夜市，吸引九州一带大批香客前来顶礼膜拜，参观游览。

另外，从大鸟居直接横穿过参道，往马出方向走大约十分钟，就到了九州大学占地广阔的校园。对面耸立着福冈县政府和县警察局本部大楼。

木津大师在这座公寓的生活大约始于二十五年前，当时他还是九州大学文学院印度哲学专业的学生。时光荏苒，二十五年后的今天，这座当时造型时尚的建筑已经渐显老态。大师的房间位于这座六层建筑物的五楼一角,格局为三室一厅。对于一直都过着独居生活的大师来说,空间足够宽敞。大学毕业后,越来越多的信徒前来求他卜算人生的未来和健康的状况,大师便以此为业。今年已经四十三岁了,当然仍是单身。

虽然他已过不惑之年,但外表很显年轻,不仅正平,所有见到大师的信徒都觉得他至多三十五岁。黝黑浓密的头发,光滑莹润的皮肤,一丝皱纹都没有的娃娃脸,加之洁白整齐的牙齿没有一颗蛀牙,十分结实且偏瘦的体格,他和正平坐在一起时不分伯仲,似乎更显年轻,甚至有人觉得正平比他年长——正平今年四月才满三十一岁。

据说他从小不喜欢运动,但每天坚持散步。现在每天的功课通常是:参拜筥崎宫之后,在九州大学的校园里快走几圈,然后从县政府街前一直走到 JR 吉塚站附近再原路返回。正平曾陪他一起散步,这一圈下来大约两个小时,确是一个既悠闲又锻炼了身体的上上之策。

大师散步时"心无杂念,万般皆空"。他常说:"散步时,眼中无一物,心中无杂念,这是一门重要的学问。"

大师日常起居充满活力。

大师说,时刻保持旺盛的精力,不消沉,不堕落,是做人至关重要的功课。

“无论当下自己或是身边他人遭遇何等累劫，皆不能意志消沉，亦不能失去内心活力。我们从小接受太阳的万丈光辉，每个人内心深处都蕴藏着巨大能量。只要将蓄积体内的能量全部释放出来，就能将身体内部及周围的负能量一并扫除。有了此等信念的人必会充满活力。当我们感到艰难时，出去晒晒太阳，感受它的光辉。地球上的大气、水以及所有的生命都靠它的能量而生存而不断循环，无论人类还是周遭所有物质抑或全部的自然现象，它们都是太阳的产物。因此，我们身为太阳的一部分，可以通过时常接收太阳能来维持及恢复自身的活力，使之越来越强大。”

木津大师对每一位初访者都会这样说：

“要时常仰望天空，面向太阳双手合十。如果觉得眩晕可以闭上双眼。在心中不停告诫自己，我就是太阳的一部分。这样，你就能恢复活力。”

五月三十日，星期二，晶做完手术的四天后，正平来到木津大师家——他已有一个月未曾拜访探望大师了，平时他月末都会来的。父亲一九九六年去世之前，母亲雅枝一直是每月过来探望，父亲的死使她心灰意懒，于是每月一次的探望改由正平承担了。之后的十年间，正平每个月至少来箱根拜访探望一次，甚至有每月两三次的情况。

正平把从尾形蔬菜水果店买来的新鲜蔬菜、干货、大米、果汁以及自己公司去年推出的“中村小豆粥”罐头一箱搬放在汽车上，到了大师的府邸后，再卸至一辆手推车上。

下午一点，正平推开木津大师家的门。

玄关处放着两双女鞋，想必有客来访。

正平小心翼翼地把搬来的果蔬、大米等物品放进紧挨大门右侧的房间，搬运的过程中几乎没有发出任何声响。这间三十三平方米大小的房里整齐地码放着信徒们敬奉大师的各种物品，主要有食物、日用品、杂货等，俨然成了一个储物室。房间的角落甚至配备了一个储藏生鲜食物的大冰箱。

正平动作熟练地将蔬菜、果汁和小豆粥等分门别类地放进冰箱、隔板和冰柜里。

五分钟后，一切摆放利索。接着，他坐在这间摆满各种物品的储物室里开始发呆。

平时，倘若遇到有客来访，正平就会径直返回他日再访，而今天无论如何都要见大师一面。他并非有事相求，只是想跟大师分享一下快乐——晶术后恢复非常顺利，近来他的心情也随之舒畅起来。

“不要总在烦恼时来找我，快乐时也来一下。与快乐的人在一起，把快乐传递下去，我也会快乐的。”

木津大师经常这样教诲。

他的房门一般都不上锁，玄关的门一天二十四小时都是开着的，大家可以自由出入，大师这样做是为了方便信徒们随时来访。刚开始有人不理解，也有不少人担心大师的安全，在了解大师的超能力和特异功能后，渐渐发现这些担心是枉然的。无论谁，都不敢轻易冒犯大师或擅入大师住处。

大约三十分钟后，正平听到通往客厅的木门开了的声音，接着听到大师送客人离开时的说话声。正平赶紧站起来，从房间出来后走向玄关。

“噢，正平啊，你来啦！”

大师声音依旧爽朗。两位客人朝正平客气地点点头。

上个月在此见过这两人，其中一位是年轻的姑娘，另一位像是她的母亲。她们不是信徒，应该是通过别人介绍慕名来找大师治病的。女孩儿戴着一顶帽子，压得很低的帽檐遮住了眼睛。上次见她时正平看到她几乎秃顶，想必是化疗造成的副作用吧，具体情况不清楚。来访者不少患有不治之症，医生都束手无策。不过，正平从未向大师询问过来访者的情况。当然，他相信如果开口探问大师也会直言相告。跟其他信徒一起时也有一些信徒充满好奇地问这问那，大师总是详细地回答他们，从不隐瞒。

“得病这种事没必要向别人隐瞒。其他烦恼亦是如此。你若一直闭口沉默，不愿多谈，就永远找不到愿意帮你的人，真是百害而无一利啊。不过还有另一种结果更令人无奈，那就是由于你没有向别人吐露烦恼，最终错失良机而导致别人没能帮上你。这么做只是剥夺别人积德行善的机会罢了。”

大师经常这么教诲他们。

那两人反复道谢后离开了，大师这才轻轻叹了一口气，回到客厅。正平紧随其后。

六十六平方米大小的客厅铺着一层浅棕色地毯，角落处原先摆放的一张矮脚饭桌被大师挪至房间中央。当来访者咨询人生大事时，双方会隔着矮桌相向而坐，大师聆听他的倾诉。当来访者为了治疗病患时，大师就会将矮桌挪至角落，与患者相对而坐。

正平走到矮桌前坐下来，木津大师走进厨房倒了两杯大麦茶，一杯递给正平。

“您的气色看起来不大好啊。”

正平接过茶喝了一口，说道。近距离看，正平发现大师的脸色有些灰怆。

“因为大地震又造成许多生灵涂炭啊。”

大师语音低沉，跟刚才在玄关处打招呼时判若两人。

正平将视线转向大师背后阳台的窗户上。屋外，阳光灿烂，万里无云，气温估计已升至二十五度。

三天前，也就是二十七日清早，印尼爪哇岛中部发生大地震，死亡人数超过六千人。

一旦发生这样巨大的自然灾害，即使距离受灾地非常远，强烈的能量波也会跨越海洋传到日本。大师经常为此而伤了身体。很早之前的阪神·淡路大地震、前年十月的新泻中越地震、十二月苏门答腊海岸的地震和海啸，以及去年三月福冈西部海岸地震和十月巴基斯坦北部地震等，发生前后均放射出巨大的能量，大师因此而身体不适了很多天。他平时总是精神矍铄、神采奕奕。当成千上万的生命瞬间被夺去，发生巨大的能量转移时，他周身的气息便会被打乱。

“我又带了些小豆粥来。吃了小豆粥，希望精神快点好起来。”

听到正平的鼓励，大师的脸色变得明朗起来。

“啊，太高兴了，你们店里的小豆粥真的很好吃。”

大师以前特别喜欢吃甜食。正平懵懂的时候常跟着母亲前来拜访，如果想起关于大师最初的记忆来，他仅仅是个穿着黑色立领西服的人。当时大师还是个中学生,吃着一种细长条的黑色食物跟母亲聊着天。多少年之后,正平向母亲确认此事,问大师吃的到底是什么东西。

“哦,那是一种叫士力架的巧克力棒。那时候啊,木津大师简直是士力架中毒了。”

母亲微笑作答,语气中充满怀念之情。

“现在要不要吃小豆粥?很快就会热好的。”

正平拿了出来,大师摇摇头。

“不吃了。晚饭后再吃。”

看来大师是累了,为刚才那个女孩发功治疗也是原因之一。

“刚才的那个女孩病得很重吗?”

大师基本缄默不语,正平只得没话找话。

“医生的诊断是胶原性疾病,不过她已经得了七年。”

“胶原性疾病?”

只是服用治疗胶原性疾病的药就完全脱发吗?正平不免有些惊讶。

“那个孩子啊,内心希望一直这么病着。”

大师轻声说。

“‘病’这种东西很奇妙,它会选择接受它的人,病人自身也很奇妙,得病之前已有预感。从来没有产生过得大病想法的人,几乎不会得病。”

“但她为什么希望自己一直病下去呢?”

那个女孩儿看起来顶多二十岁吧。这么年轻遭掉发之痛自己却不希望治好,究竟为什么呢?

“我也不清楚。原因很复杂。如果她自己都不希望治好,那无论是谁都没办法拯救她。”

正平乍然想起晶,她得的是良性卵巢囊肿,难道是她自己想要得这个病吗?难道患病之前就有预感吗?想到这里,正平不禁惊叹她的情况的确如此。

正平瞥了一眼手表,还不到两点。他打算稍后就去看望晶。

“大师,要不,吃点小豆粥吧?”

正平笑着提议。

“也是,好吧,那就吃一点吧。”

大师回应。

正平走进玄关旁的房间,打开装着三十听小豆粥罐头的纸箱,取出两人份的小豆粥后又返回客厅。他去了厨房,往锅里添了些水然后开火,接着将小豆粥盒子以及真空包装的迷你鲷鱼烧的盒子都放了进去。等水烧开后加热五分钟,然后把小豆粥倒进碗里,上面再放上迷你鲷鱼烧,享誉九州的“中村小豆粥”就做好了。

五年前,在城南区开张的二号店一夜成名,其中一部分原因在于新上市的特价水果,最主要的原因还是“迷你鲷鱼烧小豆粥”的成功。此后,中村各家分店均推出特价水果及迷你鲷鱼烧小豆粥,并且每家分店销量最多的也是这种小豆粥。迷你鲷鱼烧小豆粥有多种口味,包括白豆馅、小仓馅、蛋奶冻奶油、抹茶馅、杏仁馅……以便顾客从中选择喜好的。不过,在做成罐头装的迷你鲷鱼烧小豆粥中,小仓馅大受欢迎,好评如潮。

其实,正平和晶当初去佐世保游玩时碰到一家“麦半”老店,迷你鲷鱼烧小豆粥就是模仿那家店的招牌菜而翻新做成的。战前佐世保因“海军之都”繁荣一时,战后作为美国海军基地而风采不减当年。海军士官和水兵靠岸后争先恐后来这里品尝小豆粥,久而久之成了一道亮丽的“风景线”,被命名为“入港小豆粥”。其中,“麦半”家推出的鲷鱼烧小豆粥大放异彩。

去佐世保游玩是在他们分手前的一个月,即二〇〇一年四月。他们在那里玩了两天,晚上入住弓张岳山顶一家酒店,白天逛遍佐世保市内各家商店,品尝“入港小豆粥”。晶不喜欢吃甜食,正平总是劝说“这是为了研究将来的生意”,她才勉强答应试吃。吃到“麦半”小豆粥时,她感叹道:“这个真是太有创意了。”对于“鲷鱼烧 + 小豆粥”这种过于大胆的搭配,正平当时也相当吃惊，实际品尝后发现味道非常棒。

“要不我们店里也做这个吧？”

他半开玩笑说道。

“嗯，一定要做这个。”

晶神情认真地建议。

顺便透露一下，正平的特价水果这个主意得益于这次旅行中晶的提议。旅行第二天，他们逛了很多家小豆粥店，晶在途中走进商店街一家水果店买了些橘子拿在手上，在下一家商店吃了小豆粥后她没有经店员同意，就从袋子里拿出橘子大口吃起来。

“你怎么就直接吃了？”

正平慌忙想制止，晶却若无其事地答道：

“吃了那么多甜的，我想吃点酸的或其他爽口的，要不然嘴里太不舒服了。”

后来参加葬礼时，正平受坂本母子托付以低价接手他们的店铺，然后开了二号店，他当时意识到必须有新的创意才行，于是突然想起这次短途旅行中的特产鲷鱼烧小豆粥和特价水果。

伊泽晶对于“博多小豆粥·中村”的发展功不可没。以前，晶在深夜打来电话时讽刺说：“跟我分手之后，阿正真是大运亨通啊。”从业务发展的角度看，她说得没错。假如五年前他没有以那种形式与晶分手，绝不会想到要开二号店，同时也不可能正式推出迷你鲷鱼烧小豆粥和特价水果。

做好小豆粥后，正平跟大师一起吃起来。大师吃得很香，片刻就满头大汗。

“你店里的小豆粥甜甜的，味道很纯粹。没加白砂糖吧？”

“应该是。”

正平点了点头。中村创始于祖父那代，而父亲顺平接手后便把砂糖换成精制度较低的三温糖和黑糖的混合糖。

正平立身站起打开阳台上的窗户，外面更加明亮了。一阵阵凉风拂面吹来。从这座公寓门口跨过国道三号线，便是相崎渔港。

“大师，您精神好点了吧？”

正平问道。

“好多了。”

大师点了点头。

正平放下筷子，然后说道：“大师，我能问个问题吗？”大师抬起头，迷惑的神情仿佛在问：“什么问题？”正平只是临时起意，向大师确认一下很久之前的那个问题。

“大师，我小时候得了什么病？母亲至今未曾告知。”

正平听说三岁的时候第一次跟母亲来大师这里。而今时光已过去近三十年，母亲雅枝仍没有把当时的病情告诉他。正平默然想着又不敢逼问母亲，只得不了了之。当然这个问题也是第一次问大师。

那年大师才十五岁，正在读初三。

大师露出一副“还以为是什么呢”的表情。

“你当时弱视很严重。”

他说道。

“弱视？”

答案太出乎意料，正平不由自主地重复了一句。

“是的。你母亲说你舅舅是这样。说他很小就死了，你母亲在你出生之后，一直很担心你的眼睛能否正常视物。两岁的时候发现你好像看不见东西，于是带你去福冈市看遍了市里所有的医院，始终找不出病因，每家医院的诊断结果都是弱视，断定跟遗传有关，无法医治，只好放弃治疗。后来通过别人介绍，你母亲找到我。幸好弱视发现得早，你的眼睛最终治好了。”

“原来这么回事……”

弱视也算是一种先天性疾病。正平之前一直以为得了什么疑难杂症，对于这个结果他感到意外。同时，他终于找到了从小就盘踞在内心的、一直难以摆脱的“对失明的恐惧”的根源。

“不过，你母亲并不想让你奶奶知道这事，她始终守口如瓶，没提起过。”

听到大师的解释，正平觉得言之有理。

奶奶是正平读高二那年去世的。她是一个非常善良的人，心高气傲，跟母亲雅枝的相处并不和睦。

“不过，我的视力并不差啊。不近视，看得非常清楚。”

正平这样说道。

“是因为小时候治愈了。”

大师笑着回答道。

“弱视是大师给治好的？”

“不全是，我只是助了一臂之力。”

跟大师接触的十年间，正平亲眼看见很多患有疑难杂症的病人得以康复。在此，大师恐怕只是谦虚罢了。

“话说回来，难道我体内携带着弱视遗传基因？如果要孩子的话，孩子也容易得弱视？”

正平很担心这一点。母亲故意向奶奶隐瞒恐怕也出于此因。

“谁知道呢！小时候你已彻底克服弱视，相当于重生一次。”大师稍加思考说道，“我觉得孩子不会得弱视的。”

听罢，正平心中悬的石头稍稍落地。大师这般说法某种程度上预测了正平的未来。

在大师家待了近三个小时。长年淤积在心中的疑惑被破解之后,他感到无比轻松。其间,他跟大师没有提及晶,只是简单陈述了半个月后即将开张的伊都店,稍后又提了辞职的早苗。大师并没有说什么,只是对早苗的辞职说了一句:

“这时候辞职恰到好处,好的员工还在路上,不必担心。”

不知不觉,大师在闲聊中恢复了往日的精神。时间过得很快,又到了告别时刻,大师将正平送到玄关。正平穿好鞋子回头告辞,隐约看见漆黑的玄关处突然变得明亮起来,想必是大师身上散发的灵气使然。

“下个月我再过来。”

正平说道。

“下次我们会聊得很久的。”

大师说道。正平依依不舍地迈开大步走了出去。

开车返回的途中,正平思绪繁多,想起跟大师近三十年的交情,不禁坠入对往事的回忆之中。

四十三年前,荒户住着一对姓木津的夫妇。他们一直都没有孩子,夫人在近四十岁时却突然怀上了。可是,可爱的女孩呱呱坠地后不幸罹患流感,来到人世间还不满三个月就夭折了。木津夫妇深受打击,悲痛不已,他们给这个名叫真弓的薄命女儿举行了葬礼。葬礼举行完毕，他们抱着骨灰盒回到家时，发现门口居然出现一个婴儿摇篮，摇篮里裹着一个婴儿。

大家推测，婴儿的亲生父母觉得痛失爱女的木津夫妇肯定会待这个孩子如同亲生，将他抚养成人，便将这个在葬礼当天出生的婴儿放到他们家门口了。这件事新闻报纸也曾大肆报道过。

被遗弃的婴儿是个男孩，木津夫妇为他取名"弓彦"并当作他们死去的女儿来精心抚养。

之后，弓彦小朋友在养父母的养育下茁壮成长。不过，木津夫妇经常跟好友雅枝讲这些话：

"弓彦原本就知道自己并非亲生。我们从未提及此事，但从他刚学会走路时似乎就感觉到了。"

刚会走路不久，弓彦做出一件惊人的事情。

木津太太小时候患过骨疡，左膝关节不能正常弯曲以致左腿有些残疾。不知为何，刚刚学会走路的弓彦偏偏喜欢围着她的左腿转悠。他当时只有一岁零三个月啊，木津太太因此忧心忡忡，她不仅担心自己摔倒，还害怕伤着她疼爱的小儿弓彦。

这种状况持续了一个多月。一天，木津太太突然发现左腿能够正常活动了，开始她非常不解。从少女时代起父母带着她看了好多家医院都未能改善症状，因此放弃了治疗，现在突然间左腿能够活动了，木津太太觉得十分诡异，更不可思议的是从那之后，弓彦小朋友再也不围着她的左腿转悠了。

这是大师初次展示的超常能力和特异功能。

如此说来……正平开着车，又想起另外一件事。

记得高一期末时，他曾请求大师“让自己长得更高一些”。在正平满怀信心、充满期待地度过一年后，发现身高依然停留在一米六〇。于是，他又找到大师。对于正平的这个强烈请求，大师只是嘻嘻一笑：“这是不可能的。”并且，还反问道，“你为什么希望再长高呢？”

大师身高一米七〇，正平觉得这种正常身高的人是无法理解自己烦恼的。

“因为长得矮，别人都轻视我，还嘲笑我。而且也不受女孩子的待见。”

“年轻时受到轻视或者嘲笑难道不是好事吗？至少我这么认为。”

“如果不趁发育的机会长高的话，以后就没有机会了。这样下去一辈子就会遭别人轻视。”

正平反驳道。

“原来如此。”

大师又笑了起来，旋即，他笑容顿敛，说道：

“那些身材高挑、五官端庄的人，从小因长相出众而获得很多额外收益，这本无可非议。同时，他们也容易忽视意志力、毅力等能力的培养而变得轻浮，难以成大事。长得矮较之长得高确有诸多不便，但不能因此断言矮个子在才能方面逊于高个子。重要的是，身材矮小的人要善于发掘自身所独有的才能，不要一味羡慕或模仿那些身材高大的人。假如一味追逐高个子们的优势而忽视自己的长处，其结果是拿己之短对彼之长，以自己的劣势比人家的优势，则会心灰意冷，信心丧失殆尽，万万不可取。必须立刻停止这种愚蠢的做法，扪心自问，自己的优势在哪，努力去发现自己内在的潜能。为此，不要萌生嫉妒之心，更不要因个子矮而徒增烦恼。正平，你能理解我的话吗？”

正平对大师的话却有另一番理解：

——漂亮话说多了有何用？空头支票，又不能帮我解忧。

当着大师的面，他只得点点头。

仔细想来，正平不再在意自己的身高是在认识晶之后。两人交往不久，有一次并排走在中洲街上，正平突然问：

“跟我一起走路，你不觉得难堪吗？”

听罢，晶有些吃惊地说：

“怎么突然提这个问题呢？”

“你的个子比我高很多啊。我太矮了，岂不让你丢脸？”

晶停下脚步,突然声色俱厉地对着正平喝道:

“你说什么蠢话!竟在意这等细枝末节之事,太没有风度了。长得矮怎么啦,不照样是堂堂正正的好男儿吗?”

10

“社长,一楼有客人在等您。”

早苗挂了电话说道。

“客人?”

正平将目光移开电脑屏幕,然后抬起头来——今天上午他没有约见客户的安排。

“是一个名叫‘Izawamasaru’的男人。”

伊泽优?听到这个名字时正平眼前浮现他容貌的轮廓。三天前,正平去相崎拜访大师后去医院探望晶,在病房跟这个叫伊泽优的男人相遇过。这时,正平举腕看表,上午十一点十五分,总店一楼刚开始营业。

晶的哥哥怎么会来呢?难道他有什么事需要帮忙?

那天两人没有交换名片,正平没有详细介绍自己,只是简单寒暄一下:在附近经营一家小豆粥店。晶亦是简单介绍:这位是我的哥哥。那人抢先说道:“近来工作较忙,一直没时间来探望妹妹,我家又远在熊本,来一趟也挺不容易的。”听罢,正平对他略表谢意。

“我马上就去店里,请他到包厢就座。”

正平赶忙将显示着五月份销售额的网络页面关掉,对早苗吩咐道。

回忆那天在病房偶遇留下的印象——伊泽优身穿高档西服,气宇轩昂,仪表堂堂,俨然一个绅士的派头。听说他比晶大六岁,兄妹俩长得极像,一目了然。他跟晶一样是大眼睛、长眉毛、高鼻梁,而且五官英俊、身材魁伟,显得风流倜傥。说实话,正平跟他照面的一瞬间就感到无比胆怯,自惭形秽。草草确认了晶出院的日子是六月八日星期四那天后,就匆匆离开,并没有跟他多说一句。

晶居然有位这般一表人才的哥哥,正平心中掀起波澜。

跟她交往期间,正平询问过她的家庭情况。她说过有两个哥哥,一个在熊本,另一个在东京,两人高中毕业后就离开了家,平时来往甚少。不过,晶之前曾说自己的父母以种西瓜为生——连这么重要的信息都纯属捏造,以致正平并不完全相信她有两个兄长。直到前天见到伊泽优后才确信晶至少有一个哥哥。

营业初始,店里相当冷清。由于二楼办公室不能直通店里,正平只得走到外面,像其他客人一样推门进店。大厅里只有两个服务生,母亲还没到。其中一个看见他后用手示意了一下,指指里面。

“伊泽先生有点什么吗?”

正平问道。她摇头说:

“只送了茶过去。”

“那给我也来一杯吧。”

说罢,正平朝里面走去。

伊泽优坐在四人桌前,见正平走进来便起身站起郑重地鞠躬施礼。正平见状也礼貌回了一礼,两人相对而坐。

伊泽优开口说:“此时前来打扰,不好意思。”言毕,他利落地从口袋里取出名片夹,抽出一张递给正平;正平也从夹克胸兜里取出事先备好的名片递给伊泽优。

“前天没能自我介绍,失礼了。我做二手车销售业务,在熊本一家名叫辻藤商事的公司。”

原来是做销售的!怪不得说话沉稳、礼仪周到——正平看着他的名片思索着。眼前的他依旧风度翩翩,剪裁得体的西服紧裹他颀长匀称的身子,身高可能超过一米八。名片上写着“辻藤商事(株)董事销售部伊泽优”。

他是公司高管,怪不得穿得如此体面精致。无论从相貌衣着还是言谈举止来推断,正平都认为他一定是位出色的推销员。两人互换名片后,按宾主坐定。

“前天我失礼了。没想到您居然登门拜访。”

正平说道。

伊泽优露出职业性的笑容,说道:

“那天您离开后问了晶才知道您是中村集团的社长,久闻大名,如雷贯耳。晶住院期间承蒙您格外照顾,今天恕我冒昧,无论如何都要拜见拜见。听说您经常光顾晶的店。”

正平想:晶果然没有将他们之前的事告诉伊泽,索性介绍自己是“银铃”主顾之一比较妥帖。

“原来如此。我倒没帮上什么忙,只是家离医院很近,再加上以前在店里时就跟晶认识,听说她住院了,尽点朋友情谊也是应该的。”

“您客气了,中村社长百忙之中前来探望真是晶的福气啊。”

伊泽说得有点暧昧,莫非他误以为正平包养了晶?正平心里有些不快。

两人接着聊了片刻晶的病情。她将于下周周四即六月八日出院,术后恢复非常顺利,成功摘除的囊肿里面并未查出癌细胞,塚本医生说出院后在家静养一周即可上班。昨天,弥生她们

三人闲聊时,晶也说:

“那我从十六日那天开始上班吧。”

十六日那天即中村伊都店开张之日。

“可以啊。十六日那天是星期五,晚上先上班试试,周六周末观察一下身体状况,然后再决定十九日那周要不要正式上班。”

弥生表示赞同。

“伊泽先生专门从熊本赶来探望妹妹的?”

第二杯茶送来时,正平决定换个话题。伊泽优喝了一口茶,然后摆摆手。

“那倒不是,此行是为了工作。其实昨天我就来博多了。”

他略带歉意地说道。

“难道博多也有贵公司的客户?”

在正平看来,福冈人不大可能跟熊本的二手车经销商做生意,但他还是忍不住问了。

“不是的。”

他再次摆摆手。

“我打算在福冈开一家公司。为了提前做准备,最近经常来这里。”

伊泽脸上泛起友善的笑容。

“自己开公司?”

“是啊。您对辻藤商事可能不大了解,它的生意遍布熊本,我高中毕业后一直从事二手车经销,内心深处一直渴望某一天能够有一家属于自己的公司。时至今日我才恍然大悟,不能再等,索性开始大干一场吧。辻藤的社长答应我:以后像对待兄弟公司那样全力支持我,包括采购在内等,他还答应给我投资注册公司。”

“那公司打算什么时候开始营业呢?”

特地跑来原来为这等事,正平暗自思忖,问道。

“最快到九月。”

说罢,伊泽优从旁边椅子上一个大公文包里取出一沓文件放在桌子上,然后目光不停地打量着正平。

“其实今天登门拜访,希望您能看一下这些文件。”

正平将视线移至这摞 A4 文件纸。封面上有几个横写大字“商业计划书”。

正平没有动这些资料,而是又问:

“这些是什么?”

“是这样的。这些是本公司的商业计划书,请您过目。如果有可能,请您出资支持我的公司。”

伊泽探过身来说道,依旧目不转睛地看着正平。正平突然觉得他那双大眼睛里闪烁着某种奇特的光。

不到中午,伊泽优就离开了,正平回到二楼办公室。

正平收下那份商业计划书并答应认真拜读。回到办公室后他随手将其扔进办公桌的抽屉,就打开电脑搜索引擎,将刚才那张名片放在键盘旁边输入“辻藤商事”进行检索。

数十条的检索结果中最先出现的便是“辻藤商事”。点击后,出现一张画面精美的主页,跟中村的主页相比毫不逊色。

看了公司简介,发现这是一家创立于一九六七年的大型二手车销售公司,历史悠久,在熊本县内至少开了五家分店。总公司所在地跟伊泽优名片上写的地址和电话号码一样,主页上显示有总公司销售部的联络电话。

正平拿起手机拨了号码,铃声只响了一下对方就接听了电话。

“你好,我是松中,请问销售部部长伊泽优先生在吗?”正平问道。一位女士回答道:“不好意思,伊泽部长今天刚好出差了。”

“是吗?那我改天再联系他。”说罢,正平迅速挂断电话。

这样得以确认他的身份,的确不假。

伊泽优游说正平出资参加他的公司筹办事宜,但语气非常强硬。投资额不低于五百万日元,最好一千万日元。

“妹妹给您添了不少麻烦,我作为哥哥无论如何都会报答您的。”

醉翁之意不在酒,他的本意似乎说:这项目能挣大钱,你赶快把握机会吧。

不过,听到那番豪言壮语,正平心里始终有一种抹不掉的担忧。

他细细观察,发现伊泽优游说时的眼睛里一直闪烁着执拗的光芒,这光芒太过刺眼,令他有点心生畏惧以致都不敢直视。

当然,正平从未想过出资。伊泽优所言筹备公司的事宜原本跟他没有丝毫关系。更为重要的是,曾经受到他妹妹欺骗的那个人怎么可能又去投资她哥哥的公司呢?

在确认身份之前,正平对此一直疑云不散:莫非这次晶跟她的哥哥又联手来诈骗了?不过正平打心眼里也承认从晶的近况来看她绝不可能再做这种事。

正平决定不再想这些烦心事,他打开中村的销售额报表,重新埋头工作。

除了放假那几天外,整个五月一直阴雨绵绵,气温比往年低得很多。中村的销售额(所有店铺)比前年同期增长8%。夏季一直靠冰镇小豆粥和奶油豆沙水果凉粉、冰沙及软冰糕作为店面主打产品来确保收益,而特价水果的成本增加不少,所以,秋季至初春期间仍需要靠大受欢迎的主打产品“迷你鲷鱼烧小豆粥”来确保收益。

由于今年春天气温比往常低,“迷你鲷鱼烧小豆粥”畅销的态势一直持续到了五月底,以致今年销售额出奇地高。

本月,伊都店开张在即,正平以此店作为试点推广“快餐型消费”模式,打算中村今后的所有店铺都能成功转型。如果伊都店大放光彩,进驻油山购物中心的八号店会尾随其后。从这一层面上讲,伊都店可谓重任在身,关系着整个“博多小豆粥·中村”之未来。正因为任重道远,正平十分在意伊都店开张事宜,真是小心谨慎、如履薄冰啊!

距离十六日开张还有两周,中村集团销售冠军的女店长望月被委以重任担任伊都店店长职务。在店长实习阶段,她游刃有余,不负众望,实在是不二人选。从下周开始,接受待客培训的新员工们也将正式进入新店工作。周末之前,还得重新装修店面和厨房以及更换部分设备。总之,接下来的这个月,正平会为伊都店开张事宜而忙得晕头转向的。

不管从身体上抑或是精神上,除了中村公司的工作和晶的事情外,他无暇顾及其他任何事情了。

11

又是新的一周,六月五日星期一。

临时工培训从上午十点开始一直到下午六点结束,正平离开伊都店,七点整到达博多中央综合医院。除午饭那三十分钟外,他一直精心指导那十个新员工如何接待顾客,如何操作器械。一天下来他嗓子沙哑,浑身疲惫不堪。

令他欣慰的是这十个青年悟性很高,工作态度认真,言谈举止得体,培训起来相对容易。中村正式对临时工进行培训是在鹰城三号店开张之后,与之前的四次相比,正平觉得这次的员工素质最高、悟性最好,得益于新店店长望月的严格面试,仔细挑选。望月原本也是临时工,在大名四号店转正后当上了香椎店副店长,这次提拔为伊都店店长。她年纪轻轻,能够当上一店之长荣耀之至啊!伊都店开张大喜之日前夕,她意气风发,干劲十足。中村实行按销售业绩提成的分配制度,店长的工资跟销售额息息相关,这种薪酬制度能够极大地激发店长的工作热情和内在潜能。事实上,在大名店和博多站前店这样的大店当店长,收入非常可观。

五年来,正平在追逐高额利润的同时,也非常关心员工的收益,极力避免只有当老板的自己和母亲雅枝赚得盆满钵满。他一直坚信,只有员工的口袋饱满了店里才能赚得多。为此,他不惜将中村公司的收益尽量大比例地返还给店员,不管他们是正式工还是临时工。他觉得扩大公司规模的关键乃在于此,这才是他工作的最大的意义所在。

正平通过夜间通道进入医院,乘坐电梯来到八楼外科病房。

下了电梯没走几步他就饥肠辘辘,肚子饿得咕咕叫个不停。

这时他才想起跟员工们共进午餐时粒米未进。早知如此,就在路边小吃一顿先填填肚子再过来,正平后悔不迭。在安静的病房里肚子咕咕叫个不停,未免有伤大雅。要不先喝点什么……

他没有径直去病房,而是越过护士值班室,反其道而行之,朝走廊尽头的休息室走去。

休息室门前,他看见有两个男人背朝着他并排坐在门口桌边。当正平看清其中一人的侧面轮廓时,脚步不由得戛然而止。

毫无疑问,那个男人正是相崎哲也。

另一个男人则坐在相崎旁边,将宽厚的肩背靠在窄小的椅背上安静地听着相崎哲也兴致高昂地说些什么,那人是……伊泽优!确认无疑。

令正平首先不解的是:相崎为何此时来到博多?

上月二十六日晶顺利做完手术之后,正平再也没有见过他。晶说,手术第二天他就回大阪了,以后可能不会再来。昨晚正平来探望时晶未曾提及相崎又已来到福冈。

其次,令正平更为不解的是伊泽优居然和相崎关系亲密相谈甚欢的场面。

上周五,为投资公司的事宜伊泽优登门拜访。正平觉得他一直误会自己包养了晶,怕引起不必要的麻烦索性将相崎的事抖了出来。听罢,伊泽优果真大吃一惊,显得异常困惑。因为,那天他的突然造访想必是对晶和正平之间的关系有所耳闻,只有晶跟正平的关系亲密无间才有可能说服正平出资。从这个层面上来讲,他表情显得惊愕应是理所当然,说得过去的。

然而,正平当时提及相崎时伊泽优显得表情冷漠,似乎从未听说过此人。如今看到两人却像老相识一般,亲密无间,相谈甚欢。正平免不了心生疑惑,大为不解。

究竟怎么一回事?他们在搞什么鬼?

正平蹑手蹑脚地靠在休息室门口的墙壁上,单耳贴墙谛听,试图听清两人在聊些什么。

休息室里只有相崎哲也和伊泽优两人。星期六晚上,探病的人不多，何况病人早已吃过晚饭，住院楼沉浸在一片安静之中。他附身过去将耳朵贴在墙上，终于听清了两人的谈话。

“刚才我很想向你道歉。那时晶一直求我，我也是被逼无奈啊。哥，求你了，不要再插手晶的事了，因为中村正平先生的事她吃的苦已经够多了……”

“什么叫不要再插手晶妹的事了？我做什么你们没有资格管！”

“话虽如此，我姑且不论，对晶来说哥你给她的压力也太大了，希望你能体谅她。”

“浑蛋，给她什么压力了？我怎么给她压力了？你这臭小子，不要太放肆了！”

“对不起，对不起，我言重了。”

听罢，正平不胜惶恐——伊泽优简单粗暴的语调中有一种令人胆寒的阴森气息，更令他倍感惊讶的是相崎的语气。

从两人的对话来推断，相崎与其说是晶的爱人，不如说是伊泽优的亲弟弟更为恰当。相崎称呼伊泽优“哥哥”时蕴含着只有同胞兄弟才有的亲切感。

正平的这一惊非同小可——如果相崎哲也是伊泽优的弟弟，那么他不也成了晶的哥哥吗——正平心中一团乱麻，答案呼之欲出：“莫非……难不成……”

相崎哲也是晶的二哥?

这时,伊泽优的训斥声又传来了,正平飘远的思绪被拉回到现实。

“听好了,我已经大概了解中村和她的关系了,事情好办,你告诉晶不必担心。如果能弄到手一大笔钱,我会分她一些的。”

“哥,我已经告诉你了,对谁都可以下手,唯独不能对中村正平下手。晶再三求你,我也在此求你了。”

相崎惊慌失措地请求道。

“阿贡,不要老这么疑神疑鬼。我是哥哥,肯定不会伤害你们。”

伊泽优说完立身站起,轻拍相崎的肩膀,转身向休息室门外走去。

正平见状慌忙逃离,一口气跑到五米远的紧急出口楼梯,打开出口门后悄然隐身于病房走廊。他靠在关紧的门上气喘吁吁,脑海中萦绕着各种疑问。

他心里呻吟起来。眼前的一切太难以置信了,他完全陷于五里雾中,毫无头绪。

刹那间,一股电流般的恐怖感传遍全身——

伊泽优跟相崎分别之际说的那句话,其语气竟跟三天前来总店拜访正平时如出一辙。伊泽优能够随意转换措辞和语气，令对方目瞪口呆。正平对于此人之人品感到前所未有的厌恶。

在空无一人的紧急出口的楼梯台阶上，正平黯然坐下，仔细琢磨那哥俩刚才的一番话。

相崎先表示道歉，然后说："那时晶一直求我，我是被逼无奈的……"中途的一些话虽然没有听清，他确实说过："因为正平先生的事她吃的苦已经够多了……"紧接着相崎对伊泽优又说，他已给晶带来了很大的压力，希望伊泽优不要再插手了，尤其强调"对谁都可以下手，唯独对中村正平不能下手"，这亦是晶的请求。

相崎所说的"那时"究竟是何时？按照正常的逻辑推理，应该是指五年前为了替相崎还债，晶准备从正平这里骗走三百万日元的事。就在"那时"，相崎因为"晶一直求我，我是被逼无奈的"，才勉强答应要骗取正平钱财。结果造成晶"因为中村先生的事，她吃的苦已经够多了……"最终分道扬镳，形同陌路——这应该是最为合理的解释。那么相崎究竟应允何事？答案不言而喻。实际上，晶的同胞兄长相崎"那时"以晶的自甘堕落的爱人形象出现在正平视野。也就是说，他是受晶之托，扮演了晶的情人。

假如晶和相崎哲也——他的本名应该叫"伊泽贡"吧——真

的是同胞兄妹的话，那么第一次见面时正平敏锐地感到的两人那种亲密感就不足为怪了。另外，正平想起晶动手术那天与相崎握手时的感触，当时他感到如同握着晶的手的那番疑惑，现在似乎昭然若揭了。

倘若真是如此，晶又为何不惜任何代价将亲哥哥卷进去，精心策划这场骗局？

假如相崎因为男招待的工作而负债累累，他只需如实告诉正平就 OK 了，完全不必牵强附会、故弄玄虚，以老家所种西瓜遭受洪涝灾害为借口。如果晶告知亲哥哥相崎遭遇麻烦，毫无疑问，正平会出手相助的。

“那时晶一直求我，我是被逼无奈的。”从相崎这句话来判断，他主动请求晶帮忙筹钱的设想并不成立。

不过，这种拐弯抹角的推理未必能说明问题。

以相崎债台高筑等不相干的理由作为掩护，晶跟正平撇清即将走进订婚环节的关系。她向正平借款三百万日元，随后自我暴露这种欺诈行为，从而名正言顺地跟正平一刀两断。

那么，这完全不相干的理由是什么呢？

推理到这一步，给正平启发的还是相崎刚才所说的那番话。

他对伊泽优说“不要再插手晶的事了”，甚至控诉道“哥你给她造成的压力太大”，还请求说“对谁都可以下手，唯独不能对中村正平下手。晶再三求你”。“下手”这一点是很容易理解的。正平跟晶的关系伊泽优说“已经大概了解”“事情好办了”，这次只有借两人关系之名就“更容易弄到钱”。由此可以推断，“下手”应该是指“出资”这回事。

也就是说，上周五伊泽优提及出资一事，完全是一场骗局。

当天傍晚正平到医院探病时曾对晶说“哦，对了，今天早上你哥哥突然来找我”，并将他成立公司希望正平投资一事告诉了她。如今回忆起来，当时晶的反应是不合常理的，她顿时脸色大变，垂头沉默许久后，语气凝重地说：

“阿正，千万不要给他投资。”

“还有，我会跟哥哥说清楚的。你就当我没说吧。”

再三思考后，她补充了一句。

如果结合晶当时的反应，正平确定五年前晶跟他分手的真正原因与这个叫伊泽优的哥哥脱不了干系……

陷于沉思和推理之中的正平，不知不觉竟在楼梯上呆坐了十五分钟，直到屁股上感到有寒意才勉强站起身来。他决定今晚不去探望晶了，径直回家。一方面为了回避遇到伊泽优和相崎而尴尬；另一方面他急切想见一个人，从她嘴里探知事情的来龙去脉。

假如这番推论成立，五年前欺骗正平的人不仅仅是相崎和晶了，幕后还有另一个骗子存在，以协助他们完成周密的行骗计划，同时使正平完全沉浸在他们编织的谎言中不加任何怀疑。如果不见此人也不问清整个事情的真相，那么心中交织着惊愕、意外、悔恨、焦躁及愤怒等多种情感的风暴就无法平息——正平强烈预感到了这一点。

12

“我这不是也没办法嘛……”

熟睡中的雅枝因被突然叫醒而非常恼火。

午夜时分，凉风拂面，正平辗转反侧、不能入睡，想起五年前母亲的所作所为，他觉得即使身为自己的母亲也不能饶恕，把她叫醒没什么不妥。她怎么能如此蛮不讲理呢？

雅枝感到正平的这次怒火非同寻常，她似乎不能再像当年那样强势无礼或是推诿狡辩了。她始料未及的是真相终于曝光，正平仿佛通晓了一切。惊讶之余她不知怎样应付这样的局面，不禁出了一身冷汗。

她打算负隅顽抗——无论于谁，被逼到绝境时大都会强装镇定、死撑一阵吧。

“大师的话你不也是深信无疑吗？当初我并不是为了拆散你们才去找大师商量的。当然，在听说她是中洲陪酒女以后，我就打定主意不让这等女子嫁到我们中村家来。不过，后来见你们如胶似漆，恩爱无比，我的内心也发生了动摇——虽然表面上我仍一直持反对态度。既然你俩爱得那么情深，我除了默默点头外还能怎么办？所以，左右摇摆的我才特意去找大师的。”

母亲说得若无其事。正平觉得她实在是强词夺理，不禁勃然大怒。

“没想到，时至今日您还在强词夺理、大加狡辩，您明明没有应允我们的婚事。假如真如您所说，那去找晶之前为何不告知我一下呢？一开始您就千方百计、想方设法地拆散我俩，去找大师也是出于此目的。在那里，您说一些空穴来风、不符实际的无稽之谈，硬从大师的话里编造一些神的旨意，然后再断章取义一番，从而彻底拆散我们。”

为正平的婚事伤透脑筋的母亲求助于大师也在情理之中，正平对母亲找过大师咨询这件事确信不疑。而且，他认为母亲不会假传大师的预言以让晶主动退出。但不能保证她在转达给晶时掺进水分，夸大其词。

“你是说诱导大师按我的意愿算卦吗？我怎么可能做出这种事！”

母亲愤愤不平地反驳。

正平平时是睡在床上的，母亲则一直睡在榻榻米上。不知不觉，身穿睡衣的母亲端坐在席垫上，目光直视着盘腿而坐的正平。

“看吧，为了拆散我们你不惜找大师占卜算卦。果真得到了一些怎样去拆散我们的占卜。”

“我已经再三告诉你事情不是这样的。即便如此，我也不允许你污蔑大师。”

“明明自己有错在先还强词夺理，连句道歉的话都没有，反过来生我的气。”

“我错在哪？只是觉得大师说得非常重要，才决定找晶谈一谈的。”

“事到如今，还不打算实话实说吗？关于我跟晶的事大师真的那么说吗？”

“不是说了吗？跟你今天晚上听到的一模一样。”

“不可能！这样重要的人生大事，木津大师不会直截了当地言明，只会点到为止。”

“当时我大吃一惊，不知所措，凄然地问‘该怎么办呢’，大师回答道：‘上上之策便是亲自去找那位女士开诚布公谈一次。’临了，他叮嘱道：‘即使把事情全盘告诉正平他也绝不会相信，更不可能主动放弃她。’”

“事到如今,您还是谎话连篇!”

正平禁不住大声喊道。

“如果你坚持认为我在说谎,明天完全可以去找大师证实。”

母亲直直地盯着儿子的眼睛说道。

看着母亲倔强的目光,正平的心情稍微平静一些。

在博多中央综合医院偷听到相崎和伊泽优的对话之后,正平直接去了“银铃”,硬将忙碌中的弥生拉进包厢,追问五年前的那件事。

当时弥生对正平撒谎说,晶之所以向正平借钱,其实是为了替她的情人相崎还债。弥生是晶同事中最好的朋友,正平觉得这个消息可信度极高,不假思索就相信是晶背叛了他,随后他冲到晶在春吉的公寓里大发雷霆。

面对气喘吁吁、咄咄逼人的正平,弥生刚开始一直装傻。

正平将伊泽优请他出资的事和盘托出,惊得弥生的脸色都变了。随后,她将事情真相告诉了正平。

“阿优是二手车经销商的销售部部长?怎么可能!正平,这肯定是诈骗。绝对不要给他钱。”

弥生跟晶的反应居然一模一样,她气急败坏地说道。正平接着将察看辻藤商事主页及向总公司打电话确认身份等事一一告诉了弥生。

“现今这个年代,随便做个公司主页就可以轻而易举地冒充,接电话的那个女人一定是他的同伙。以前他无恶不作、净干坏事,在这方面游刃有余,脑筋转得极快。正平啊,你千万不要跟他扯上关系,晶子和阿贡不知被这个流氓哥哥连累多少次了。”

弥生紧蹙眉头说道,接下来所说的这件事更让正平大跌眼镜。

在此之前,晶和弥生一直自称是在“风车”做女招待时认识的。今晚弥生郑重告诉正平:她们两人从小在长崎市一起长大,而且在同一所中学上学,“我比晶子大两岁,算是学姐吧。我们两家住得近,且家庭环境也相似——我父母因关系不和而离婚;晶子的母亲则已改嫁,跟着继父在一起生活。我们从小就是好朋友,读初中时还邀请她参加羽毛球社。那时晶子坚持练球,打得很棒,同时她学习成绩优秀,高中考进另外一所县立学校,放假时我们一起玩耍或出去旅游。那时各自的家里都没有我们容身之处,所有的一切都让我们厌烦不已。后来,也就是在我高中毕业不久父母就离婚了,我跟随母亲来到博多。晶子高中毕业后在当地一家百货商店找了一份工作。”

弥生说的这些正平闻所未闻。晶以前告诉他:“我从农村的高中辍学后来到博多,在十七岁的花季隐瞒年龄进入了这一行。我是个女招待,彻头彻尾的陪酒女,从未想过从事其他行业。”前些天,正平好言相劝:这次换个工作吧,我可以帮你介绍。她听罢断然否定了。

“晶子有两个哥哥,就是你所知道的伊泽优和伊泽贡。阿贡既老实憨厚又能干,高中毕业后去了大阪,现在在一家住房设备公司上班,目前仍是单身。而伊泽优则坏透了,在长崎可谓臭名昭著。别说高中了,连初中都没读完。从小就学会了打架、恐吓和偷窃,后来还加入团伙组织。我记得那时晶子刚升入高中不久。”

当弥生在博多进入“风车”工作时,晶与一个跟她在同一家百货公司上班的同事谈起了恋爱。

“对方是望族少爷,两人真心相爱,情深似海。男方家人听说晶子的哥哥是个流氓混混后,就将提上日程的婚事给取消了,晶子备受打击,打电话给我说不想再留在长崎,于是我就劝她来了博多。”

……

“那时母亲刚去世不久,我也觉得寂寞难耐。后来晶子来‘风车’上班,因长得美貌而受客人青睐很快成为当红女招待。

其实，他们兄妹三人的长相都很好，听说他们已故的母亲是长崎有名的大美人，不过，所嫁丈夫却是个整天醉生梦死、浑浑噩噩的家伙。为此，晶子他们受了很多苦。”

弥生絮絮叨叨地反复说着。

为何晶不惜撒谎也要跟正平一刀两断呢？正平想明白真正的原因。

“正如你所说，伊泽优就是晶的累赘和包袱。晶子和你开始交往时伊泽优正在狱中服刑——他已经锒铛入狱多次了，这一次进去应该不会很快出来，晶子和阿贡总算松了口气。然而，五年前的春天他们突然听说阿优将提前假释，夏天之前即出狱，于是他们的心一下子揪起来了，为此烦恼了很久。”

道貌岸然、风度翩翩的伊泽优居然是个流氓混混，作奸犯科入狱多次，早已声名狼藉。没有任何心理准备的正平听到这些内幕后，心情顿时大为沮丧，甚至有些沉沦。他由衷感叹晶的命苦，摊上了这样的一位兄长，受他连累居然连订婚都被取消了，即便自己和她结为百年之好，恐怕也会落得同样的下场。

听罢，正平深深点头，如感同身受。

弥生接下来的话则让他更为吃惊。

“其实，晶子提出分手的原因不是伊泽优，而是你母亲。阿姨曾找过晶子再三恳求她‘务必跟我儿子分手’。”

听了这话,正平瞠目结舌,无言以对。他实在难以理解自己的生母为何做出如此过分的举动,也困惑晶为何那么容易受母亲的蛊惑而将心上人弃之如草芥。

“听阿姨说你小时候大病过一场,后来有位通灵大师施展法术给治好了。那位通灵大师曾告诫阿姨:‘如果正平再跟那女人在一起定会阳寿大减。’阿姨听信那位大师的预言果断找到晶子,再三求她忍痛割爱离开你。听说这件事后我质问晶子:‘怎么能为了那些无稽之谈而毁了自己的终身幸福呢?’但晶子却一本正经地说:‘如果像那位通灵大师所言与正平结婚而令他有个三长两短,才是真的对不起他,到时悔之晚矣,不如现在忍痛割爱。所以就爽快答应了。’晶子这辈子自呱呱坠地那天起就以痛苦为伴,无论是幼年的经历,还是跟长崎男友的交往,抑或是与哥哥伊泽优之间的那些事,都令她心灰意冷,幸福于她而言如那飘浮的流云可望而不可即。如果硬把流云抓在手心必有不测。我很能理解她,因为我也常有这种想法。

“其实,来我们店里打工混饭的女孩了十之八九生活不如意,强颜欢笑、醉生梦死者极多,晶也不能免俗。一旦决定承担所有的后果,她就会一意孤行,从不言悔。当晶子为逼你分手一事而拜托我时,我就知道自己无法拒绝,只得跟她合伙来演这场爱恨情仇戏，她哥哥阿贡扮演晶的男朋友的角色也加入这场戏中，大家骗你如玩把戏一般。现在我感到很抱歉，请你原谅。但在当时，即便是我内心也是希望晶子的所爱之人正平你能够平安幸福，不愿意看到大师所预言的情况出现，除此之外，我们别无其他锦囊妙计。”

正平听着弥生的坦白顿时陷入一片茫然之中，当初跟晶求婚的浪漫场景又在脑海浮现。

二〇〇一年四月，他们一起去佐世保开始为期三天两夜的旅行，旅行结束的那天晚上，正平在弓张岳山顶向晶求婚，那一瞬间，晶惊讶地张大嘴，须臾露出奇怪的表情，其状一时难以言喻。

之后，她久久沉默不语。

“阿正，我真的可以相信你吗？”

她自言自语道，语气里既不是害羞也不是谦虚，只是心里没底气罢了。

是夜，入睡后她紧搂着正平说：“阿正，刚才的山顶求婚如果你反悔还来得及。我从小就是以痛苦为伴，幸福对我来说一直是可望不可即的，我已经无所谓了。”

这些话与其说是说给正平听，不如说是说给自己听。

从“银铃”返回途中，正平想起晶那晚的话来不禁泪流满面。他无法抑制住内心的激动，快步向位于冷泉町的家中走去。脑海中愈是回荡晶的话，愈是遏制不住对母亲和大师二人的愤怒。

“但我还是无法接受！”

正平稍微缓和一下刚才激愤的语气，从牙缝里挤出声音，对眼前的雅枝说道。

“就算是木津大师的预言，也得区分什么可说，什么不可说。即便您是如实传话，我也无法原谅您的所作所为。另外，对于说那些不符实际、不负责任的无稽之谈，将我的人生搞得一团糟的木津大师，同样不能原谅。”

听罢，母亲雅枝脸色大变，惊恐万分。

“不准对木津大师不敬！”

“就算木津大师能通灵应验又怎么样？他不可能预测我人生的全部！还有，为何跟晶在一起就会早死？简直是信口开河，一派胡言！”

“够了正平！大师可是你的救命恩人啊！”

“妈妈，您别再装糊涂了。其实，您是怕奶奶知道我遗传已故舅舅的弱视这件事，才拼命想治好我的。”

“你怎么知道？”

瞬间，雅枝气势大减。

“你一直隐瞒，迫不得已我才问了木津大师。我还以为自己得了什么大病呢，原来没有什么大事，只是弱视这屁大点儿事。真令我失望。”

听罢，雅枝暴跳如雷。

“混账！”

脏话脱口而出，骂完，她双眼怒视正平。

“虽说只是弱视，但你的眼睛近乎失明。我寻遍福冈市的所有医院都说无法医治，当时死的心都有了，有好多次我都想抱着你一起跳到博多河里算了。后来多亏了木津大师，他治愈你的眼睛，让你重新看到光明。大师是我们的救命恩人啊，你居然如此忤逆不敬，简直天理难容，要遭报应的！”

说罢，雅枝簌簌地落下眼泪。从未见过母亲掉泪的正平顿时变得手足无措，哑口无言。

13

第二天中午，正平来到木津大师家。

大师正在客厅的桌前吃着小豆粥，抬头见正平走进房间，放下筷子说道：

“啊，来得真巧！”脸上露出纯朴的笑容。

正平见状顿时如泄了气。他昨晚睡眠不足，今天有些神情恍惚，头重脚轻如同醉酒一般。

“稍等片刻，我把这个吃完。你店里的小豆粥味道还真不错啊！”

大师再次拿起筷子，端起盛满小豆粥的白色大碗。

正平距大师不远处坐下，之前由于心情烦躁，睡意全无，入座后却立刻感到困意袭来，他使劲晃晃脑袋强装镇定，将目光投向大师身后的阳台，透过半开的窗户眺望外面的天空。

窗外，晴空万里，一碧如洗。正平不由得叹了口气。

进入六月，晴朗的日子一下多起来，与上个月阴雨连绵的天气大为迥异——尽管五月底来电视台天气预报一直说“即将进入梅雨季节”，但直到现在九州北部地区并未出现电视台所说的那种气候。强烈的日光加之很高的湿度，闷热程度堪比梅雨季节之后。三天后即九日那天，日本将迎来世界杯足球赛的开幕式，晶也将在这举世瞩目的前一天痊愈出院。

昨晚和母亲一顿大吵后，在气头上的正平真想连夜赶到大师府邸——反正他夜不闭户，然后像叫醒母亲那样把他从床上拽起，让他说清楚五年前的真相，解释他所谓的“预言”。不过，正平最终没有这样做，不是怕打扰大师，而是临出门之际脑海突然浮现上个月三十日拜访他时他的一句话。

那天，正平在玄关告辞“下个月我会再来”，大师接着说“下次来估计会聊得很久”。

当时未曾留意，如今回想起忽觉大师话中有话，话外有音，话外有意。或许大师早已预感——下次两人之间必有一场纠葛。当然，他不相信大师能够预感两人为何发生纠葛，但转念一想，大师无所不能，预言这种事并不是没有可能，想到此，刚刚对大师的占卜和预言产生信任危机的正平又一次陷入困惑迷茫的境地，不得不在“信”与“不信”之间的旋涡中随波逐流，上下浮沉。

看来，还不能由着性子来，首先要平息自己烦躁的心绪。

而且，他十分清楚大师不吃这一套开门见山的谈判方式。

大师不紧不慢地吃完小豆粥，把碗筷收进厨房，像往常一样端出两杯大麦茶回到客厅。

正平俯首接茶。大师似乎毫不理会正平今天异常的情绪，他开始津津有味地品起茶来。

正平也端起茶杯喝了一口，好香！醇厚的茶香似乎令他神清气爽起来，他不由得接连喝了几大口，心情似乎也开朗了许多。突如其来的清醒令他禁不住狐疑地朝手中的茶杯看了看，难道里面放了某种提神的东西？他决定再试，又喝了一大口，跟普通大麦茶没什么区别,喝完后果然又清醒许多。仅仅几口茶,刚才那种强烈的困意竟然烟消云散。

他面向大师。

大师把已空的茶杯放置在矮桌上,面色安详地眺望窗外的晴空。

“大师,您知道我今天为何而来?”

如此这般拖下去必定会被大师牵着鼻子走,正平决定首先提问,将他一军。

木津大师将目光转向他,似有若无地轻轻点头:

“你有事要问我。”

“您知道我要问什么吗?”

“大概能猜到。”

大师神闲气定,面带微笑,似乎早有准备,一切游刃有余。正平随即调整坐姿,他正襟危坐直面大师——不能大意眼前的对手,只能尽力而为了。

“五年前,您为何对我母亲说那些话?”

正平问道。

大师脸上的微笑瞬间消失,双眼直盯正平。

“在此之前,我想拜托你一件事。”

大师平静地说。

“什么事?”

“请不要用这种试探性的语气对我说话。无论何时,不管何人,我都会实话实说,抬头三尺有神明,我不会撒谎。想必你也清楚这一点。”

“好的,我知道了。”

正平点点头。

“谢谢。下面我就告诉你事实真相。当时,你母亲介绍你和那个女人的情况后,我的确有一丝不祥之兆。不过,在向你母亲表达时我尽量缓和语气,注意措辞。”

“缓和语气,讲究措辞?”

正平不禁脱口而出。

“是的。我对你母亲说:你儿子跟那个女人结为连理难免会阳寿大减。而我实际的预感是:一旦跟那个女人步入婚姻殿堂,你就会立刻死去!”

“结婚后会立刻死去?”

大师严肃地点点头。

“对。我只得如实告知你母亲,必须全力阻止这桩婚姻!”

“稍等一下,大师。怎么会有这种事? 您太胡扯了! 难道我母亲就没有对您说过我女朋友的坏话吗?”

正平看着神情认真的大师颇感意外,刚才谨慎的敬语措辞被他抛到脑后，语气也变得跟平时说话一样随意了：

“大师您凭什么下如此恶咒呢？要和我结成百年之好的那个女人也不是魔女或怪物啊。”

“我并不是先知先觉，只有听你们的介绍后我才会在脑海浮现一些未来的场景，姑且叫作预感吧。其实，连我自己也不清楚为何会有这种超凡的感知力。不过，长期以来，我所预感的每一件事都无一例外地成为现实，这也是千真万确的。

“况且，这种预感将以何种形式浮现于脑海以及有多少将会成为现实，我大体能感觉到。当时关于你的预感，根据我以往的经验断定，它一定会变成现实。所以直到现在我仍坚信：我的判断没有错！”

看着眼前大师扬扬得意的矜持神情，正平忍无可忍：

“大师，即便如此，您也不能这样做啊。您知道您的所作所为对我造成了多大的伤害吗？正因为您对我妈说了那些莫名其妙的话，她才拼命阻止我的婚事，甚至不惜下跪求晶远离我。最终，决定跟我永结同心的晶竟然弃我如草芥，婚姻的殿堂顷刻坍塌。晶是我一生最钟爱的人，跟她相识、相交、相爱……所有这些，您懂吗？您能体会这一过程的艰辛吗？没想到您几句话轻易地毁灭了我的一生。您向我询问过关于晶的点点滴滴吗？然而，正因为我母亲向您诉说了她对我婚姻的不满，表达了反对晶作为儿媳的态度，您就推波助澜，将您的所谓‘预言’顺水推舟作为人情，让我母亲为我的婚姻更加担惊受怕，从而亲手埋葬了我终身的幸福。木津大师，您知道您这种行为是多么不负责任？您凭什么自吹自擂说‘直到现在我仍坚信，我的判断没有错’呢？我究竟什么时候拜托过您预测我的婚姻大事呢？她跟我结婚后我就立刻死掉？简直荒唐透顶，一派胡言。退一万步，即便您未卜先知，预测准确，那又怎样呢？我的婚姻跟您有何干？就算如您所说我一结婚就会死掉，可我本人万一不介意呢？

“您怎么弥补您五年前所犯下的‘罪过’？在这个世界上，很多男女为爱而生，甘愿为了心爱之人而赴汤蹈火，哪怕付出生命。我今生只愿陪她走过，哪怕只是共度一天也足矣。一直躲在这个七尺小屋避世的您，怎能了解云水三千，人间情事呢？”

昨晚的怒火在宣泄中被重新燃起，正平欲一吐为快，长期的积怨与压抑如火山一样喷发，又于喷发中得以释放。

大师一脸安详地听完正平歇斯底里的斥责，仍纹丝不动。

“听君一席话，好像我棒打鸳鸯，是拆散你们终身幸福的罪魁祸首。”

大师平静地说道。

“难道不是吗？正因为您不负责任的胡说八道，使得我母亲更加坚定了搅黄这桩婚姻的决心，而且，建议我妈直接找晶、逼迫晶跟我分手的不是别人,就是大师您!”

“当时,你母亲雅枝征求我的意见,问她儿子跟女友是否有百年之缘,我只是实话实说,将自己感觉到的一切和盘托出而已。

“她又问如何是好,我答:除了您本人亲自去找那女人外,别无他法。这么做算多管闲事吗?又犯了什么罪过呢?难道你希望我当时向你母亲撒谎?截至目前,不管是谁问我占卜结果,预见了什么,我都会如实道来,绝不会有所隐瞒。这是我的职责所在,我爱惜自己的名誉胜于这份工作。的确,我自己都不清楚为何具备这种超凡的预知能力。时间可以证明,尽管我被上天赐予这种能力,并不见得我就比别人优秀,或者格外受上天眷顾,只不过与生俱来被赋予一项能力罢了,就如同你生来就是中村店的继承人,到你这一代必须以扩大中村产业为第一要务一样。学生时代起我就一直待在这间昏暗的房里,过着你所说的隐居避世的生活,然后向来访者告知未来事,尽可能准确地转述我所预见的一切。有关五年前的事,我愧疚于心的只有一件——即使现在,我也不能将当初所预见的、所感知的有关伊泽晶的具体内容告知你。对于我说的这些话,你的选择是——只能相信。幸好你母亲雅枝当初非常相信,你女友伊泽晶也相信(你妈后来说的),我这么说,或许你会更加气愤,无论与否,现在值得庆幸的是,你们当时真的分手了!”

“我已经重复多遍了,跟谁在一起,要不要跟她在一起,这是我的自由。即便我母亲问您,如果会让我失去选择的自由,那么不管这个预言多么真实,您也不可告诉她,也不可劝说我母亲去阻止这桩婚姻。您虽贵为大师,但您真的没有资格去管我的终身大事,明白吗?”

“看来你完全没听懂我的话。你一直控诉我和你妈是罪魁祸首,害了你,但我们并未强行分开你们啊,也从未把她藏起来。我听你妈说,是你女友故意撒谎,使用计谋让你主动提出分手的。这么说可能很伤人,但的确是你自己上了当从而断绝了你们的关系。我说得有错吗?”

“是的,但发生的一切,都是因为你和我母亲那些乱七八糟捕风捉影的话引起的。”

正平不耐烦地说道。

“当然,在这件事上我承认我难辞其咎,她毕竟是听了你母亲的话才跟你分手的。但是,正平难道你就没有责任?不管听谁说,你打心眼里不相信我的话。时至今日,只有你不知道真相才会跑来找我。当初你听到的并不是我的原话,而是她断章取义,匆忙编造出来的谎言,不是吗?”

“迫不得已我只好坦言相告,假如当初我听到您的预言,我一定会当耳旁风,一笑了之,决绝地跟她在一起!”

“我想也是。为此,我对你妈说即使告诉你也没用。你为何不能识破你女友匆忙编织的谎言呢?历经千山万水,惯看秋月春风,你们从相识到相知,由相知到相爱,自相爱而到谈婚论嫁……按理说,你们的关系已经到了如胶似漆、亲密无间的程度,她的一些无稽之谈你会轻信吗?首先应该做的是辨别真假吧?”

“看来您跟我妈一样胡搅蛮缠。她受到‘一结婚我就要死’的威胁,以致不惜任何代价去撒一个弥天大谎。我是她的独生子,是她心头的一块肉,她无论如何都要挽救我。而稀里糊涂、不明真相的我又怎能识破那谎言呢?”

听罢,大师禁不住翘起嘴角。

“你刚刚不也说了吗,这个世界上有多少男女为爱而生,甘愿为了心爱之人而赴汤蹈火,哪怕付出生命。你只愿今生陪她走过,共度一天也好,此生足矣。这些都能说明你当时的心境。那你肯定愿意牺牲一切甚至用生命去换取跟她在一起的幸福,但你却识不破她拼命编织的谎言,这难道不奇怪吗?你相信自己真的爱她,也确信她也真的爱你,当她做出一些诡异的事时你却毫不怀疑地接受。你的确信任她,这件事也成了你当时眼中唯一的真相。为此，你远离了她，不管当初有什么理由，你都不打算再相信她了。或者说，从一开始你就武断认为，她这么做完全是因为她想离开了，你没能耐心地验证她所说的话是真是假，最终导致分手。正平，这才是五年前唯一的真相。造成你们分道扬镳的罪魁祸首不是别人而是你自己。当然，分手也是必然的。因为她也是仅凭自己看到的，仅靠自己想到的来做出判断和付诸行动。确实，她从你妈嘴里听到我的预言而发生动摇，以致为此而痛不欲生。同时，这也是你妈仅凭自己所认知的而将此事告诉她的。而我也跟她们一样，只是依据自己所认知的事实，将预见到的内容告诉她们。在这种循环之下，你只能把她们所说的话当成唯一的事实来接受，最终选择分手。这个结局对于当时的你们来说，就是命中注定。"

大师平静地说道。正平听罢，仍然无法释怀。

"你为什么要跟伊泽晶结婚？"

大师突然问。

"我想给她幸福啊。"

正平爽快地回答。

"那么你同意与她分手时，也觉得她会因此而幸福吗？"

正平有些措手不及，脑中顿时浮现相崎哲也的面容。当时在春吉公寓里看着与相崎并肩而坐的晶时，他的确没有产生那种“晶跟这个男人在一起就会幸福”的想法。于是，他默默地摇摇头。

“如果这样，你就更不应该轻易地放弃了。如果你继续追问下去肯定会识破她的谎言，那么你们就不会白白浪费这五年的时间。岂止如此，如果在这五年里你曾产生过一次这样的想法，那么你就有大把的机会发现事情的真相。如你刚才所说，你是在我和母亲雅枝的蒙骗下不得已跟心上人分手的，那么我想，无论何时你都想着要跟她重归于好，何况她从未真正远离过你，并没有猫起来躲得远远的啊。”

听罢，正平努力在记忆中搜寻，回忆前段时间拜访大师时是否把晶的事告诉过他，依稀记得当天只说了早苗的事，晶的事似乎一字未提。

“与你相比，她却能够为你着想，不惜编造谎言离开你，其实是希望你今后幸福，这正是深爱你的体现啊。”

大师的话戳中正平的痛处，令他悔恨不已。那个消息是好友弥生告诉他的，而他却不加任何思考就从内心认可，这是事实。而今回忆起来，他对当时的做法仍觉得不可思议。还有，在跟晶交往的一年间，他从未感觉到她有另外一个男人的存在，待相崎这个男人突然出现时他应该感到奇怪才对。而只是匆匆一见正平居然深信不疑，以致完全沉浸在晶编造的谎言中而不能自拔。

缺乏跟女性接触的经验而产生过度的自卑感，加上内心深处自尊心的作怪，正平不仅对拥有英俊外表的相崎产生了强烈的嫉妒心，而且对从事中洲酒吧女招待这项工作也存有很大的偏见。他是戴着有色眼镜来看待晶这个女人的。

如大师所言，跟正平分手后晶一直生活在他的附近。不仅如此，他们经常在街上偶遇，每一次偶遇正平心中都会泛起波澜，一次、两次、三次、四次……直到第一百次，他从未跟晶打过招呼，正如大师所言“他轻易地放弃了能够找到‘事情真相的机会’”，以致后来还是晶主动打电话以纪念第一百次偶遇。

在反复思索之下，正平发现大师最初所说的“你一直控诉我和你妈是罪魁祸首，害了你，但我们并未强行分开你们啊，也从未把她藏起来”，这也是千真万确的。

——那时的我，究竟是真心爱着晶吗？

正平心中如灌了铅一般沉重，突然冒出这么个简单问题来。

“正平。”

陷入沉思之中的正平被大师的呼唤声拉了回来，他猛然抬起头来盯着大师发愣。

“正平，你听好。有些话我真心希望能够引起你的注意——

尽管你不愿意听。这对于我们，对于活在这个世界上的所有人来说都是至关重要的。”

大师神色严峻，一字一顿地说道。

“刚才我说过，五年前你们分手是命中注定。但是，如果有坚定不移的信念和坚韧不拔的决心，或许能够改变你们的命运。遗憾的是，无论是她还是你，都不具备这种信念和决心。每个人与生俱来被赋予改变自己命运的能力，上天给我们安排的命运宛如我们脚下的土地，只要脚踏实地，我们就能跳跃；如同我们每天乘坐电车时的始发站，只要从这个站台出发，我们就能朝着目的地开启新的旅程。但是，大多数人不愿意在命运的这块土地上跳跃，也不愿意从命运的始发站开始新的旅程，所以他们最终没能实现改变自己命运的愿望。谈何容易？没有坚韧不拔的意志，不付出艰苦卓绝的努力是绝对做不到的。”

木津大师接着说：

“我还想告诉你，恋人们亲密无间，两颗心就会自然融合在一起。就是说，真挚的爱令他们拥有了共同的价值观，一方有什么样的想法，另一方就会不谋而合，即便两人分别在不同的地方从事不同的职业，某个瞬间阻隔两人的地理距离以及两人职业所产生的差异都会消失，从而达到高度契合，拥有同样的感受。这就是爱的力量，心有灵犀一点通。仰望天空，彼此心中只有对方。同时,彼此也会感受到同样的心情,比如同时回忆昨晚的事,或者回想起昨天两人说过的话。其实,这种事在相爱的两人之间是经常发生的,只不过他们不会专门向对方一一确认而已。所谓琴瑟和谐就是如此,这样,彼此之间不需要通过语言来沟通,心灵上随时能够感受对方在想什么。你们如果是真心相爱,那么你们的分手就不能归罪于别人,这不是偶然,而是必然。就是说,是你们自己想分手才分手的,你们都相信这是正确的选择。假如还要追究一下有无其他理由导致如此结局,或是说你们之间的交往有无失败之处,那就是,至少五年前你们的心并没有融合。如此看来,你们的分手其实跟其他男女之间司空见惯的分分合合没有任何区别,从而也证实你们所谓的刻骨铭心的爱不过尔尔。"

14

天空乌云密布。

仓岛先生亲自开着小卡车将西瓜等水果送到伊都店里。

天气预报说今夜九州北部一带将有大到暴雨。上周末,即晶出院的那天,九州南部、中国地方①、四国地区先后进入了梅雨季节,福冈却依然晴空万里。如果今晚的大雨如期而至,福冈就正式“入梅”了。

仓岛抵达伊都店时已是正午过后,缕缕阳光透过厚厚的云层缝隙依稀照射下来。

正平、早苗和伊都店长望月一起帮助仓岛把车上的水果运进厨房,放进大型冷藏柜里,仅用了十五分钟就全部搞定。他们一同走进收拾得干干净净、崭新锃亮的店堂,开始已经迟来的午餐。后天十六日新店开张大喜,今天有必要预先庆祝一番,因此,桌上的食物琳琅满目——除外卖的比萨外,还有早苗亲手做的炸串、通心面沙拉以及从她自己家店里带来的咖喱和馕饼等。

“早知道早苗带来咖喱和馕饼,就不要叫比萨而要寿司了。”

大家举起手中的啤酒,正平说道。

“寿司和咖喱有些不搭啊……”

早苗皱着眉头说。

“也不错。今天闷热,吃咖喱发发汗也适合。”

不胜酒力的仓岛大口喝着无醇啤酒爽朗地说着。正平好久

---

① 日本的地域之一,位于日本本州岛西部。

没见他了,今天的仓岛精神饱满,话语声朗朗,先前的满面愁容和萎靡一扫而光,代之而来的是充满活力的率真与诙谐,看来,心因景变,其言不谬也,已是知天命的仓岛,其精神状态如此变化令正平惊讶。

“话说,‘山上’家的咖喱果然好吃啊!”

望月店长咬了一大口蘸满咖喱的馕饼后大声夸奖道。她跟仓岛一样,开业大吉的日子越临近,精力越充沛,情绪越亢奋。由于今天的工作只是备食材,店里给其他员工放假。明天一早开始,包括后厨人员在内的所有员工都要来参加开张前的最后一次培训;店长还有许多杂事要做,如检查店面、清点备用品、准备零钱等,估计明晚会是通宵达旦。

正平有个习惯,即每逢新店开业的前一夜都会像今天这样住在店里。就算杂事不多,也想给一直忙于开张的新店长留下一宿充分休息的时间。

不过,眼前的望月店长倒没有丝毫的疲态。当然,她很年轻,才二十三岁,管理一家店铺的责任感和充实感使她成熟了很多。今年已经三十一岁的正平亦是如此,新店开张时他比往常更加精力充沛,更加兴奋,哪怕一宿不睡也完全没关系。

“仓岛先生,谢谢您送来这么多好品质的西瓜!”

正平再次感谢。仓岛用右手抹了一把晒黑的脸说:

“以后我会源源不断地给贵店送最好的水果,你们就使劲卖吧。祝愿贵店越卖越多,越卖越好!”

“放心,销售的事就交给我们,拜托你源源不断给我们供货吧!”

说完,正平鞠了一躬。

如果在伊都店试卖西瓜的创举效果不错,正平打算在其他店铺全面铺开。承蒙尾形社长和仓岛先生的关照,他们能以每个不到六百日元的价格采购个头稍小但糖度较高的良种西瓜,将每个西瓜切成六块,以每块一百五十日元的价格提供给顾客。正平预测,高品质的西瓜加上低价格出售,肯定大受食客们青睐。

“好的,供货的事就交给我了。”

仓岛今天的情绪格外高涨。

前天,即十二日周六傍晚时分,尾形龙太郎社长突然来到总店二楼办公室。他的光临令正平大感意外——之前并没有预约。他们在小会客室里聊了近一个小时。

社长神清气爽,脸色不错,然而他开口的第一句话却令正平倍感吃惊。

“很抱歉,至今才通知你,上周我已决定关闭尾形水果批发行，长期以来得到‘博多小豆粥·中村’生意上的关照，今天特地登门，谨表我诚挚的谢意！”

正平震惊得“啊”地叫出声来，惶恐地问道：

“社长，发生什么事了？”

“也不能算关闭，只是我退出而已，由仓岛先生接手经营这家店铺，店名改成仓岛水果店。其他店员全部留用，批发商的经营许可证仍然有效；跟贵公司之间的业务往来还照常，今后就由仓岛先生负责，请继续给予关照。”

社长逐一地解释着。

“其他的事好说，您怎么突然离开了呢？”

正平惊得瞠目结舌，不知该如何往下问。

“正平，实在抱歉。我知道这么做很任性，但看在死去的佐和子分上，请原谅我吧。”

说着，尾形社长深深地低下头。

下午一点半吃完午饭，仓岛便准备打道回府了。离开之前，正平向他询问了尾形社长的近况。

“昨天就出发了，说一年之内不会回来。他让我务必向你说声谢谢。”

仓岛神情平淡地说。

正平想起尾形社长曾经说过:“仓岛说随时欢迎我回来,可是我不会再回那家店了。”正平还问他:“关了店后您有什么打算?”他回答:“一切无所谓了。我打算先离开九州一段时间,去日本其他地方走一走。年轻时我喜欢骑着摩托载着佐和子四处旅游,这么久了,我想带着佐和子再去看一看。首先会去四国地区吧。”

“尾形社长以后有何打算?”

正平向坐在小卡车驾驶座上的仓岛问道。

“唉,谁知道呢……”

仓岛嘟哝着关上了车门,挥挥手后一溜烟离开了。

正平跟早苗和望月店长简单商量了第二天的有关细节,两点后就散会了。

三人商定正平今晚在店里留宿,早苗和望月两人开车离开。但轮到该离开时早苗却反悔了。

“今晚我也在这里留宿吧。”

之前早苗已经重复过了多次,现在她又提了出来。上午来时正平就纳闷她为何背个双肩包,现在才恍然大悟。

“我已经说过多遍,坚决不行!”

正平满脸无奈,但态度坚决。从六月开始早苗就多次央求他允许她在伊都店开业前夕住在店里。

“这是我在中村的最后一项工作，我对公司付出的心血、对公司付出的爱绝不亚于社长您啊。所以十四日那天我无论如何都要留在店里，我要亲眼看着伊都店顺利开张。”

早苗将于本月十九日正式辞职，并在月末之前收拾好行装前往东京投奔男友。

“开业前夜留宿店里对于社长来说不仅是一项工作，还是一个神圣的仪式。一直以来你为公司付出了很多，我衷心感谢，但唯独这件事我不能答应。最重要的是，未出嫁的姑娘怎么能跟其他男人同住在一个屋檐下呢？哪怕一晚也不行。我会像以前一样，睡在二楼仓库一角的睡袋里，如果你也留下，恐怕连睡的地方都没有。”

是个神圣的仪式不假。迎接神灵正式落成仪式结束后，正平自己另外还会进行一次清洁仪式，即第二天早上他会在店铺各个角落洒上清酒和粗盐。并不是因为早苗是女性才不让她参加，而是这个仪式一直都是由他这个社长来进行的，这次他想坚持下去。

“我在大厅铺个席子睡就行了。”

两人你一言我一语争执起来，最终正平甘拜下风。确实，论业绩和贡献，早苗为筹建伊都店的付出是大家有目共睹的。

“要不这样吧，明天早上我五点起床，开业伊始的清洁仪式请你到场。那时恐怕还没有电车，你只能一个人开车过来。”

正平的提议令早苗无话可说，她只好不再坚持。

“好的，我知道了。明天我肯定一大早过来。”

尽管很不情愿，但说完她也离开了。

两人离开后，正平仔仔细细检查了店周围和各个角落。

天空云层越积越厚，雨却始终没有落下。他用手机上网查看了最新的天气预报，说福冈地区今晚大雨，明天会转晴。明天开业大吉应该是个晴天，这是个吉兆，对于新店铺开张来说，天气是重要的因素之一。

检查完毕，正平拉出一张椅子坐在大厅中央。

中村雅正商事所有店铺中，只有香椎店的面积可以跟伊都店媲美。如此宽敞舒适的店堂，会像其他店铺一样顾客盈门、高朋满座吗？正平环视着四周，心中忐忑不安——距离最近的九大学研都市站附近全是荒地，站前虽有一个大型购物中心，但购物的客人恐怕很难会步行五分钟专门到车站另一侧的店来用餐。目前在九州大学伊都校区的学生大都集中在工学院，距各学院学生全部搬迁到伊都尚有时日，而且，现在在工学院就读的大多数学生都是开车或骑车，他们嫌花十五分钟乘坐校园的区间公交太费时间。

综合考虑以上这些因素，正平此时的感觉与每次开店前一样——心中无底，成功概率非常小。

但是，用末永和早苗的话说，“博多小豆粥·中村”又开一家新店本身就是一件新闻，能引起附近居民的足够关注——中村已经发展成颇具影响力的品牌（尽管正平不这么认为），从五号店博多站店开张伊始，他们基本就没有为客源担心。博多站店因地理位置优越自不待言，位于郊外的香椎店从营业的第一天开始便座无虚席，直到营业一年后的今天依然如此，足以证明这一点。

中村的品牌具有很大的影响力！想到这些，就连正平自己也是醉了。不过，他时常提醒自己——品牌这种无形的东西就像泡沫一样，说没了就没了。

——尽人事、听天命，我们尽力了，余下的就听天由命吧。

正平这样自我安慰着，从厨房的冰箱里拿出了几罐啤酒。他扫了一眼腕表，正好下午五点。在空无一人的新店里跟自己碰杯是正平一直以来坚持的习惯，他拉开拉环，将手中的啤酒举到眼前，心中默默祈祷伊都店开业成功，随后畅快地将金黄色液体倒进喉咙，细细感受着向五脏六腑扩散开来的凉爽感觉。

——尾形社长应该已经到了德岛吧？

这个念头突然闪现在正平脑海中。他没有问过仓岛，如社长亲口所说，他应该已经带着妻子佐和子的照片和行李，骑着摩托开始旅行了。夏天马上到了，今晚半夜开始九州南部和四国地区将会大雨滂沱，四国八十八所观音寺巡礼之旅想必步履维艰。

正平再次将酒罐举到眼前，这次是祝愿尾形社长旅行一路平安。

之后，他畅饮如注。

几罐啤酒下肚，店铺开业和尾形社长出走的事早已被抛到九霄云外，现在占据他身心的是关于他与晶的未来。

五日那晚从弥生那里得知一切后，正平反复叮嘱她不要告诉晶和伊泽贡，他不想让他们知道他已知晓一切。弥生答应保密，十天快过去了，似乎也没有任何蛛丝马迹证明晶有所察觉。

正平希望就这样跟晶一直交往下去。他珍惜晶当初为了他而决定离开的那份情意。

八日出院那天，只有正平一人陪着晶。弥生找了个理由就不来了，大阪的伊泽贡和大哥伊泽优也没见踪影。

十二日傍晚，伊泽优突然造访。

来时，恰逢正平在和尾形社长谈事。当伊泽优的身影出现在一楼店堂时，正平立即对尾形社长说了句“我马上回来”便匆忙赶到一楼。交谈不到五分钟,正平明确告知他不打算出资,伊泽优不甘心地反复纠缠说:“这可是赚大钱的好机会啊,我又不会害社长您。”最终伊泽优未能如愿,悻悻离开。晶曾叮嘱:“如果下次我哥找你,一定不要刺激他,他这种人什么事都干得出来。”于是,正平始终克制情绪,语气平淡地加以拒绝。然而,就在对方转身离开时,正平实在按捺不住说了句:“不好意思,请您以后不要再来找我了!”一石激起千层浪,伊泽优立刻语气激烈地反问道:“这是什么意思?”正平马上意识到“糟了”,他只好强装镇定回答:“没其他意思,就是字面上的意思而已。”

伊泽优露出一副不屑的表情,说了下面这句奇怪的话:“原来如此,那你的意思就是要抛弃伊泽晶?”正平回答道:“我听不懂您说什么。”

伊泽优露出一丝冷笑:

“听不懂没关系。不过,因果循环,定有报应。我想,社长你还是小心为妙!”

赤裸裸的威胁!正平不禁怒从心头起,反击道:

“这些话应该说给你自己听。和你不一样,我一直很重视晶。”

“哼,等着瞧!”

他冷笑着离开了。

本月十二日，星期一，日本队对战澳大利亚队，这是日本队参加本届世界杯的首场比赛。晶出院前两人就约定在晶的公寓观看比赛，正平七点钟送走尾形社长后，抓紧时间处理完手头上的工作，又去附近超市买了啤酒和小菜，九点就赶到了晶的公寓。

十点钟比赛开始。这场球日本队踢得并不好，但正平和晶仍是喝着啤酒目不转睛地盯着电视。这样的场景让正平觉得很满意，回想起五年前跟晶交往的点点滴滴，他再次深刻意识到眼前的一切是多么弥足珍贵。

她依然全神贯注地观看比赛。正平看着她酒后微微泛红的脸颊，不禁想起刚才与尾形龙太郎社长的沉痛谈话。

“——正平，你知道我有多么怀念以前的我吗？那个一直陪在佐和子身边的我，那个跟佐和子相识相恋的我、跟佐和子结婚的我、跟佐和子一起工作的我、跟佐和子一起生活的我……时光不能倒流，佐和子走了，带走了我的一切，留下的只有这痛彻心扉的回忆，那些和心上人一起的点点滴滴的快乐，现在都变成一把把利刃刺向我的心，让我痛不欲生啊！”

看着眼前痊愈的晶的身影，正平深切体会到尾形社长说这些话时的绝望。假如晶这次不是普通的囊肿而是癌症，想必现在自己的痛苦一定比尾形社长有过之而无不及。思绪到此，看着还能健康地活在世上的晶，正平心中充满无比感恩之情。

况且，正平多少能体会到五年前晶离开时的心情了。

15

一个十分闷热的夏夜。

身旁的晶不知何时换上了单衣。她手拿着一把大蒲扇，长长的头发向后绾起——这身打扮令正平顿觉诡异，他试图回忆她之前那件衣服的样式，但始终想不起来。只见晶一身清凉慢悠悠地走着，步履十分轻盈。

这场景好像在哪儿见过，什么时候？他们在做些什么？

正平意识朦胧，在拼命回忆。

终于想起来了。

原来如此。

跟晶初相识不久，两人相约去大濠公园看烟火。她当时似乎就是这身打扮。

两人默默地走着，到达的地方竟然不是大濠公园，而是辽阔的海边。面对似曾相识的海岸线正平十分诧异，似乎曾经来过这里。

嗯,确实来过。

这是香椎海滨烟花大会会场,去年九月份他和香椎店的员工们一起来过。

当时这里人山人海,热闹非凡,今晚却是杳无人影,四周渺若烟云,全无声息。想想也是,现在才六月份,距烟花大会还早着呢。

晶轻盈地径直走到岸边的水泥台阶坐下,举止十分熟练。记得去年和员工们一起来看烟花时,正平也是坐在那里仰望夜空的。今天又不放烟花,也没有其他的节目,晶为何带自己来如此寂寥的海边呢?正平猜不到她的用意,只是跟着坐在了比她高五个台阶之处。晶回过头使劲朝他招手。无奈,正平只能下到同一个台阶,在她身边坐了下来。

“刚才那件事……”

这时,晶开口说话了。

刚才那件事?哪件事?正平一时反应不过来。几秒钟之后他终于恍然记起,应该是在来海边之前自己对晶说的“我们重新开始”这件事,对,肯定是这件事。

于是,正平点点头。

“嗯。”

希望她继续往下说。

但是,晶的话却出乎意料:

“世上真的没有时光机啊。”

“如果真有时光机,我不会像正平你希望的那样回到五年前,而是要回到更久以前。否则,像我这样的女人是绝对不可能和阿正你走到一起的。”她自嘲般说道。

时光机?什么意思?

正平搞不懂晶在说什么。

正平想向她确认,于是转过头……

刚才还坐在那儿说话的晶一瞬间不见踪影。人呢?正平惶恐至极,目光急忙向黑漆漆的四周搜寻。

——夜天如水,不远处传来海涛拍岸的阵阵声响,空旷的海滩上一股阴森森的冷气袭来——哪儿都不见晶的身影。

他紧忙起身,下意识地拍拍屁股上的沙子,正欲往下一层台阶迈步时,从伸手不见五指的漆黑中传来一丝微弱的呼喊声:

“正平——”

像是晶在呼唤。

正平觉得奇怪。晶一直称呼自己“阿正”,现在为何叫“正平”,这么生疏见外?恐怖的心情一拥而上,他感到毛骨悚然。

“正平——”

微弱的呼唤在继续,而且声音逐渐提高。

不对！他还听到了别的声音，一种混合的喧嚣声甚至盖过了呼唤声。

接着，一种异常尖锐的声音骤然响起，像是警报，仿佛向他提示可怕的危险正在步步逼近。

不要靠近黑暗里的声音，那声音太奇怪，那声音太可怕……

嘴被人堵住了，正平感到胸口淤塞，胃部胀闷——他终于醒了，而且从床上弹跳起来——由于腰部以下还裹在睡袋里，他只不过是上半身坐起而已。

周围一片漆黑。他很快辨认出这是哪儿。这里是伊都新店的二楼，他正坐在这个九十九平方米左右的狭窄仓库里。

手机在黑暗中执拗地响着。手机在哪儿？对了，睡觉前放进背包里了。正平解开睡袋站起来，黑暗中用手摸索着走到墙边，从壁橱的挂钩上摘下背包。在打开拉链前，他先摁了下橱柜缝隙间的电灯开关。

屋里的灯没亮。他接着又啪啪摁了几下，仍然没亮。手机铃声依然坚持不懈地响着。

他慌忙打开包拿出手机，在按下接听键前，觉得有一股东西烧焦了的气味扑鼻而来。

仓库的那扇小窗没有挂窗帘,眼睛终于适应了外面的光线,正平基本上能看清眼前的一切。

他按下接听键,把手机放在耳边。

立刻,一个女人大喊大叫的声音冲进了耳朵。

“正平,着火了！快逃出来啊！火势已经蔓延到一楼的玄关了,千万不要到一楼去,千万啊!”

这不是晶的声音,是早苗。

“正平,是我啊,我是早苗！你快醒醒吧！我现在就在店门前。一楼的火烧得非常大。快逃出来啊!”

屋里渐渐亮堂起来。起初他以为是眼睛适应了外面的月光,仔细一想,这阴沉欲雨的夜怎么会有月光呢?

“喂喂,你说什么？着火了?”

正平迅速打开房间窗户。窗外恐怖的景象立刻扑入他的眼帘,他意识到刚才的问话有多蠢。

仓库窗户开在左边最里面的墙壁上,对着店铺的正面,从这往下看伊都店铺已经陷入一片火海之中,火光冲天,热浪扑面而来。

“正平——”

早苗就站在窗户下面。

“叫消防车了吗?”

正平大声问道。

“已经叫了。马上就到！但火势蔓延得太快，正平，你赶快从那边跳下来吧！正门的玄关已经不能过人了。”

看到正平安然无恙，早苗的声音比刚才电话里冷静了许多。

“怎么会着火呢？”

正平喊道。

“我也不知道。赶紧跳吧，你那儿太危险了！”

这扇窗户外没有阳台，只能将身体探出窗外直接往下跳。正平首先把脚边的背包扔了下去，然后才将自己的身体伸到外面，毫不犹豫地跳了下去。脚下是一片空地，连栅栏什么的都没有。

落地的时候正平感觉左脚踝崴了一下，但手没有触地他就顺势站起身来。

他把包捡起来背好，早苗拉着他来到了店铺正前方。

那里恍如白昼。

怎么会这样！

眼前的情景令正平目瞪口呆。

正如早苗所说，一楼已被大火全部包围。他如果稍迟一会儿，不被烟熏死即被火烧焦，小命肯定没了。正平顿时吓得一身冷汗。

火势太凶猛。

“我是大概十分钟前赶到的。那时正门的玄关已经起火。我不停地给你打电话，就是没有人接。我害怕极了，以为你已经被烟熏昏了。”

早苗说。

“现在几点了？”

“可能没到五点。”

熊熊燃烧的店铺把正平的脸颊炙烤得火烫。他亲眼看见贪婪的火焰吞卷了一楼大厅，舌尖又舐向二楼。一楼的百叶窗完全垮落，从露出的缝隙中可以看到玄关的玻璃门。门上玻璃当然早就被炸碎，前厅满地都是玻璃碎片。残破的门框里是摆满桌椅的大厅，那里早已一片火海，完全没有以前的模样。

正平和早苗都不禁一步步往后退。

突然砰的一声巨响，震耳欲聋的声音令人胆战心惊。正平知道这是厨房被炸飞了，整个建筑物被烧毁只是瞬间的工夫。眼下，即便立刻开始救火，顶多剩下房梁和木料的残骸。

明天就要开业，店里当然已经通了电，装好了煤气。作为一家新开张的店铺，所有器具全部是崭新的，绝不可能因煤气泄漏或电器漏电而引起火灾，况且，昨天一天连火苗都没用过，根本不存在用火方面的隐患。

如此看来，火灾原因只有一个。

有人纵火烧店！

他们横穿店前宽阔的停车场来到大马路上。熊熊的火焰和滚滚的黑烟渐渐笼罩开始泛白的天空。附近似乎没有民宅，但仍有人三三两两聚集，边交谈边观望。正平从他们每个人的脸上一一扫过，尽管有些徒劳，但他力图记下这一张张的面孔——或许纵火犯就混迹其中呢。

在整个店铺即将被大火吞噬的时候，终于传来消防车呜呜的警报声。

正平只是呆呆地看着伊都店被烧成灰烬。

16

殚精竭虑打造的伊都店于开业前夕功亏一篑，毁于一旦，正平的酸楚和沮丧甚至悔恨可想而知，此时他回想起大师的一些话，对其中深刻的含义似乎有了新的认识。

例如，他提起早苗突然辞职一事时，大师淡淡说道：

“她的辞职恰是时候。”

现在回味这句话，正平似乎体会到其中的玄机。

六月十五日黎明时分的那场火灾，如果不是早苗一大早赶来店里，在二楼仓库熟睡的正平就不会及时发现一楼着火，结果必死无疑。

就是说，如果早苗没有和前任男友破镜重圆，就不会提出辞职；没有早苗的辞职，她就不会在那天一大早赶来给新店举办清洁仪式，或许最后一晚就由她住在店里了，况且她一直纠缠非要留宿不可。

总而言之，大师一语道破天机，早苗不早不晚提出的辞职真是恰到好处。

不仅如此。

大师还说过"好员工正在路上"，"你会找到"替代早苗的"好员工的，不必担心"，往后的事实证明他的话简直是神机妙算——

火灾后的半个多月，正平为处理善后事宜忙得不可开交，早苗也如期于六月十九日离开了公司——尽管她本人强烈要求延期，但正平没有同意。他不愿意因公司遭受灾害而影响早苗的婚期，毕竟这是她人生中的一件大事。

然而，早苗的离开确实造成了管理人手奇缺，尤其是火灾善后事宜让正平根本腾不出精力考虑经营和财务方面的事宜，管理出现混乱，人手捉襟见肘，正平忧心如焚。

早苗辞职后的第二个星期，情况出现了转机——实在看不下去的末永带来了一个天大的好消息。

——栗原提出他即刻可以加入中村团队，以助一臂之力。这个栗原就是末永原来的课长，现在的老公，在鹰城开三号店时他曾给正平提供过很大的帮助。

栗原在鹰城运营公司曾是炙手可热的人物，据说公司被外资收购之后局面急转而下，他开始郁郁不得志了。不过正平做梦也想不到如此位高权重的人物居然愿意跳槽到中村公司来。

“我们打算要孩子了，孩子出生后我希望在家做全职太太。所以之前我就和老公商量过，希望到时您能批准我离职。没想到伊都店发生了这种事，对于中村来说现在正是紧要关头啊。所以我有个请求，请您同意我们夫妻俩一起在中村工作……”

对正平而言，与其说是求职请求，莫若说是雪中送炭，正是求之不得的大好事啊。如果栗原到中村来工作，无论是人品还是能力，抑或社会资源，他都是不可多得的人才，可以毫不夸张地说是以一胜百的帅才。正平笑得合不拢嘴，怎么可能会说不呢？

仔细想来，栗原的加入其实也在大师预料之中。只是这个接替早苗的“好员工”从能力上、资历上、人脉资源上比正平预想中的要好很多倍。

随着“预言”逐一得到印证，大师超凡的神力再次征服了正平。然而，最令正平噤若寒蝉的依然是那个关于伊泽晶的“预言”。

六月六日他气势汹汹闯进箱根公寓时，大师曾说：

“我的实际预感是：一旦跟那个女人步入婚姻殿堂，你就会立刻死去！”

正平当即强烈反驳道：“怎么会有这种事！您太胡扯了！”

而现实中他真的差点丧命于十五日的火灾，由此来看，大师以前的预言几乎全都应验，正平禁不住内心的惊愕与惶遽。

更令他毛骨悚然的是晶的一番叙述——当天下午晶突然来到火灾现场，她是看到新闻报道后专门赶过来的。为了协助警察和消防人员现场取证，正平和早苗一直在废墟前待到中午。警方基本认定是一起纵火案，作案手段是先在店门口洒上汽油，然后点燃。听到这话，正平脑海中立刻浮现出一个模糊的身影。

当然，在晶亲口说出案犯名字之前，正平只能算是犹疑不定地猜想，听完晶的阐述后，正平疑虑顿消，由不敢肯定变成深信不疑。

最终，伊都店的开张只能无限期推迟。

七月中旬，总店新楼终于竣工，办公面积扩大了一倍。新总店的业务一切顺利，接着，进驻油山购物中心的新店也筹备完毕，开业在即。

正平觉得与其意气用事地重新折腾伊都店，不如后退一步，制订新的发展计划更为切实。对此，栗原表示赞成。

火灾过后约一星期，尾形社长打来电话。

收到仓岛的消息之后，他才得知伊都店遭遇了如此重大的天灾人祸，所以专门打电话过来以示慰问。他说，从六月下半月开始西日本也进入梅雨季节，四国地区一直阴雨连绵。从他爽朗的声音判断他心情应该不错，他的巡礼之旅是从德岛最大的佛教圣地——灵山寺开始，每天朝拜一两个寺院，旅程很悠闲。

“按这个速度，再过十天我就到达高知县了。”

社长并没有说些鼓励的话，但听到他轻松开朗的声音正平就倍感安慰。

到了七月，晶依然下落不明。

正平最后一次见她是六月十七日星期六。那天，正平接到电话，两人在中洲的咖啡馆见了一面。晶先是默默地掏出存折、银行卡和印章放在桌上，然后一把推到正平的面前。

“虽只有八百万日元，但这是我一生的积蓄，全都在此。我知道远远不能补偿伊都店铺的损失，作为我的一点心意，请务必收下。”

言毕，晶双手合十放在胸前，低下了头。

没有道理让晶来赔偿，正平断然拒绝了。

两人只坐了短短三十分钟就不欢而散。正平未曾料到，他们的最后一次见面居然以这种形式惨淡收场。

事隔一天，即十九日星期一，晶的身影没有出现在“银铃”酒吧。忧心忡忡的弥生一直电话联系到傍晚也没有打通，晚上，她用备用钥匙打开了春吉公寓的房门——客厅桌子上放着一封信和她上次欲交正平的存折一类东西。

接到弥生的电话后正平也火速赶来，拆开信，内容如上次见面时所述相同，并无新意。

信中希望正平收下这些钱，叮嘱他们千万不要去找她。另外还补充说，房间里的一切交给弥生来处理。

面对惊慌失措的弥生，正平情绪激动，火山终于爆发：

“你要是早点告诉我，就不至于发生这些事！”

或许对自己的行为深感愧疚，事已至此，弥生只能是不停鞠躬道歉：

“真对不起，真对不起……”

半个月过去了，一个月过去了，晶依然杳无音信。不仅正平，连她的老板弥生也得不到她的一丁点儿信息。

七月七日，潜逃至广岛的伊泽优终于落网。

面对警方的讯问，伊泽优爽快承认了他纵火的全部犯罪事实。但他坚称是通过电视新闻才知道正平当晚住在伊都店的，之前全然不知，因此坚决否认了有故意杀人嫌疑。

听晶说，十五年前伊泽优纵火烧毁晶的男友家后也矢口否认自己有杀人动机。晶前任男友的住处是一座小户型的独立小楼，与他父母家同在一个住宅小区内。那晚男友鬼使神差地住到了父母家，因此伊泽优最终只以纵火罪被起诉。六月十六日晶前来告诉正平真相时，曾悔恨万分地说："大哥绝对是想烧死他的。我知道。"

晶之所以如此坚信，是因为更早之前，晶还是小学二年级学生时伊泽优就有过杀人的前科。

二十六年前，即一九八〇年（昭和五十五年），晶兄妹三人随着母亲和她再婚的男人即他们的继父共同生活在长崎市，一家五口住在一幢小型的独家小楼，除了厨房外只有两间房。继父比时年三十五岁的母亲小八岁，当时才二十七岁。他经常酗酒，一喝醉就会对孩子们拳脚相加，大打出手，尤其是正在念初一的伊泽优和上小学五年级的弟弟伊泽贡更是他的出气筒。十二月的某一天，伊泽优和弟弟又被打得鼻青脸肿，肋骨都被打成骨裂。但继父仍然不解气，拉过不到八岁的伊泽晶，把她的衣服全剥光，对着赤身裸体的她再施拳脚。伊泽优茫然地看着声声惨叫的妹妹，眼睁睁地看着她的鼻子和嘴甚至眼睛被打得鲜血流出。突然，他跑到厨房抄起一把菜刀，以迅雷不及掩耳之势向疯狂的继父的肚子刺去。

母亲像往常一样，无动于衷，或是束手无策地看着他们挨打。

“大哥的菜刀刺进继父的腹中，立刻鲜血直流，继父痛苦地倒在地板上不停翻滚着，凄厉地哀叫‘痛死了，痛死了’。这时，大哥飞身跃起，骑到继父身上，挥舞手中的菜刀猛刺他的胸口、肚子、脸和脖子。接着，他踢翻煤油炉，将煤油倒在地板上，把报纸、杂志等所有东西一股脑儿堆了上去，用火柴点燃……

“他只把浑身颤抖的我和二哥拉到外面，而伏在继父身上痛哭的母亲却被他留在大火熊熊燃烧的房间里。”

最终，母亲在被火烧到之前跑了出来，鲜血流尽而奄奄一息的继父被活活烧死。

伊泽优当然逃不过警察的追捕，他受到了严厉的讯问和处罚。但因只有十三岁，再加上这是他遭受到继父残忍虐待后的冲动之举，他也算是受害者，因此在少年劳改所关了一年后就被释放了，回到伊泽晶他们新的住所。

“大哥出狱之后仿佛变成另一个人。或者说，亲手杀死了继父之后，潜藏在他身体内嗜血的杀气被唤醒了。”

晶说完停顿一下，两眼直直地盯着正平。稍过片刻，她补充道：

“因为我看到，他骑在满身是血、痛苦呻吟的继父身上不断挥舞菜刀时，脸上一直在笑。”

所以晶说，伊泽优这次纵火的动机绝不简单，并不单纯因为他憎恨正平没有给他的公司投资。当初伊泽优放火焚烧即将与晶结婚的男友家，主要原因是男友的父母调查了晶的身世，查出了大哥伊泽优有过刑事犯罪的记录并以此为由坚决解除了婚约。正是出于对妹妹扭曲的爱，伊泽优才有了放火烧男友的家的行径。

“只要大哥在，我就不可能结婚。所以，即使相崎是个没出息的男人，对我来说也是弥足珍贵。”

时至今日，晶仍然撒谎，继续编造着相崎的存在。

十六日上午，正平他们把对伊泽优的嫌疑告诉了警察。警察根据前科记录确定伊泽优是纵火惯犯，立即锁定他为重大嫌疑人并进行搜捕。三个星期后，在七夕的那天晚上，藏匿在广岛朋友家中的伊泽优终于被警察抓获。

17

位于川端大街的总店新楼竣工后，直到七月二十日正平才把店铺、办公室、住家的搬迁等事处理完毕。正平告诉母亲他以后仍住在冷泉町的公寓，母亲一个人先搬到新家去。

因为那件事的缘故，正平与母亲的关系一直很僵。虽不至于交恶，但内心的隔阂并没有消除。不管大师的“预言”正确与否，正平都不会原谅母亲在五年前瞒着他擅自去找伊泽晶的行为。

伊都店重新开张的计划已经宣告暂停，大家的注意力开始转向新总店的客流和油山分店开张的项目上，公司业务也基本恢复正常。尤其是栗原的加入使得团队的战斗力大大增强，对于油山分店的基本设计以及将来的开新店计划的拟订等，他都会不遗余力地发挥自己的才能。

原本打算在伊都店试卖的西瓜最终在香椎店推开，大获好评，因此七月二十日开张的新店也把西瓜列入菜单之中。

七月十四日，伊都店火灾正好过去一个月，久未联系的弥生打来电话。

“有个东西我要亲手交给你,今晚能否到我店里来一趟?”

为了应酬,正平偶尔去过一次“银铃”,最近根本就不再露面了。正平像往常一样问她:关于晶的下落有没有新消息?

“完全没有。前天给伊泽贡打电话时我也问过,他压根儿不知道。”

晶失踪了十天后,为整理她的房间伊泽贡来到博多。这是正平第一次与伊泽贡而非相崎哲也正面交锋。当时,伊泽优还在被警方通缉,并未被正式定为犯纵火罪,但伊泽贡一见正平却不停地鞠躬道歉,并把晶留下的存折再次递给正平。正平坚决回绝,提议说可以用这些钱把春吉的公寓一直租下去。他还拜托道:“麻烦你和弥生再好好检查一下房间,看能否发现一些蛛丝马迹,找到晶在这种时候可能会去找的人或是会去暂时落脚的地方。”

当晚正平来到“银铃”,弥生交给他的东西竟然是一沓中村的积分卡。无论在中村的哪个店铺,只要客人购买一杯小豆粥就能获赠一张积分卡,上有一分的积分。在攒够二十个积分之后就能免费兑换一杯小豆粥。

在晶的房间里找到很多这样的积分卡。

“昨天下午我刚好有时间就去收拾了一下晶的房间,在梳妆台抽屉的最里面发现了这个。其实,她一点都不喜欢吃甜食。”

说着,弥生的眼眶湿润了。

正平数了数,总共有二十七张,上面印的店铺除了川端的总店外,汇集了中村的所有分店。从二〇〇一年开设二号店开始,每个新店开张都会制作新的积分卡,二十七张卡片的积分栏里基本上都盖满了戳,说明她从未去兑换过免费小豆粥。

单从盖的戳的数量来看,这五年中晶至少来中村喝过五百杯以上小豆粥。五年内喝五百杯,相当于每月大概十杯。就是说,晶以每周两次的频率光顾市内中村的某个店铺。

从那以后,正平就把这沓积分卡随身携带,不管去哪儿,只要取出这些卡,看看上面盖戳的日期,他就会感慨万千。他打开以前的记事本仔细对照,发现晶去中村各个店铺的日子不全是双休日,每到两人第一次约会、第一次旅行的纪念日,两人生日,以及五月九日分手那天的纪念日,她都会去一次中村的某个店铺。分手五年后她深夜打来电话说是“第一百次纪念”的五月十六日,亦是如此。

七月末新店顺利开张后,正平才从繁忙的事务中得以解脱,终于能喘一口气了。这样,有了私人空间,他脑子就被晶填满。尽管身体从忙碌中获得解脱,轻松了许多,但心情却越来越沉重,越来越痛苦。

上次见到大师已是一个月以前的事了。

七月三十一日星期一,正平再次来到箱根。

他向大师诉说了许多——七日那天伊泽优被警方捉拿归案,他承认伊都店的纵火案是他干的;警察说伊泽优是惯犯,这次可能会重判;晶至今下落不明,没有任何线索;等等。

最后,正平郑重地向大师请求:

“求求您指点迷津,晶在哪里?”

大师笑容依旧,面容慈祥温和:

“这个,我爱莫能助。她的下落你应该最清楚才对啊。”

“难道我和她真的无缘吗?”

正平失望的神色溢于言表。她是故意躲起来的。只要她本人不露面,别人就休想找得到。

“这不好说。不过,凡事都有两面,要看你怎么对待了。无论是五年前抑或是现在,你感到绝望乃人之常情。然而这种绝望于你而言并非坏事。五年前她离开,你因此大大发展了中村;这次她离开,或许你的事业会更上一层楼。对于她而言亦是如此。如果五年前与你结为秦晋之好,或许会因她哥哥的事而导致严重的后果。尽管五年之后你遇到不测,但毕竟毫发无损啊。况且她哥哥已经身陷囹圄,罪有应得。所以,绝望也不全是坏事啊。”

大师这样说道。

“大师,就算产业越做越大又如何?晶不在我身边我根本无快乐可言。过去的五年我已经备受煎熬,如今,哪怕走遍天涯海角我也要找到她,如果她不幸福,我拥有万贯家产又有何意义?”

正平反驳道。此时,他不禁想起在医院时跟晶的对话。那是第三次去医院探望时,正平说他很担心伊都店,她笑着说:

“开了这么多家店,操心已是命中注定。早知如此,何必当初?既然已经开了,就要有必胜的信念,相信自己一定能成功。阿正,不要气馁!”

“但是,上次半夜你给我打电话时,不也说普通生活最适合我,让我不要勉强自己吗?”正平说。

晶接着说道:

“之所以这么说,是因为看到你的店越来越多,越来越成功,你也离我越来越远,我觉得很孤独啊。我相信任何事都难不倒你。”

听着正平的倾诉,大师只是端起了眼前的大麦茶慢慢喝着。

“正平,你听说过这句话吗?”

他闭上眼睛,低声说道:

“濒临绝望的人最容易成功。”

接着,他又睁开眼睛说道:

“这句话是伏尔泰说的,我喜欢这句话。”

——濒临绝望的人最容易成功。

正平第一次听到这句话,他反复咀嚼。濒临绝望的人最容易成功——可谓一语中的,确如伏尔泰所说。

“正平,绝望是希望的种子,今生斩断前世注定的因缘是需要莫大的意志力和勇气的。只有濒临绝望的时候才是我们偿还前世报应的最佳时机。可以说,我们今生的苦乃前世注定。如果你想帮她解除前世的罪孽或是宿命,首先必须和她一起感受绝望,分担绝望。

“如果说这五年是你们共同赎罪的五年,那么时间并不算长。你母亲雅枝亦是如此。当得知你的眼睛几近失明,她第一次来找我时,一直失声恸哭恳求我:‘把我的眼睛给我的孩子吧,为了换得他的光明,我宁愿失去自己的眼睛。’你能理解吗,正平?假如有两个孩子,其中一个孩子说:‘妈妈,求求你救救生病的弟弟吧,我愿意用我的生命来换他的新生。’母亲该怎么办呢?她一定不会答应。同理,即使你母亲愿意用自己的眼睛换取你的光明,但上天怎么能答应夺去自己女儿的眼睛而送给另一个儿子呢?所以,偿还前世的罪孽只能在无形世界中进行。不管你愿意承受多少肉体上的痛苦也不能成功地赎罪。如果你想救一个人,首先必须用自己的心去感受他的绝望和痛苦。不管是戒茶，还是百回参拜，抑或护摩祈福，都不是通过肉体上的痛苦来赎罪的。只有你经历了这种苦难，从内心感受到了这种痛苦，才能从中获得力量，帮助心爱的人从绝望中解脱。所以，正平你现在和她分隔两地，或许正是在经受这种苦难，在感受痛苦的同时又相互为对方的幸福祈祷。而这些，正是这些，如良药一般一点一点地缓解着你们二人所承受的罪孽、悔恨和悲伤。并不是朝夕相处就能相爱。相反，即使相隔天涯海角，甚至生离死别，只要内心思念对方也能够相爱。通过这种相爱，两人就能相互地为对方减少前世罪孽。宗教大师不论成就有多大，都会教导我们祈祷最重要，其原因即在于此。”

听罢大师的这席话，正平回想起了尾形社长曾说过的话：

“我还不想让佐和子去天堂，我想让她一直留在我身边，即使是灵魂也好。

“佐和子走了，带走了我的一切，留下的只有这痛彻心扉的回忆，那些和心上人一起的点点滴滴的快乐，现在都变成一把把利刃刺向我的心，让我痛不欲生啊。”

当初听到尾形社长这些话时正平对他抱以深深的同情，同时又暗自庆幸自己和晶还没像社长夫妇的死别那般痛苦，不自觉中产生了一种庆幸感甚至是优越感。然而，大师的这番话让正平再次清醒地认识到，即便找到了晶，即便彼此相爱，即便能跟晶幸福地生活在一起，但最终仍会像社长夫妇那般迎来生离死别的那一刻。那时，自己也肯定会像尾形社长一样，遭受不堪承受的打击。

正平恍然大悟，正因为如此，尾形社长才不得不关闭公司出去旅行的。

在绝望中找不到出口的尾形社长，最终顿悟了大师刚才说的那番道理。

“并不是朝夕相处就能相爱。相反，即使相隔天涯海角，甚至生离死别，只要内心思念对方也能够相爱。通过这种相爱，两人就能相互地为对方减少前世罪孽。宗教大师不论成就有多大，都会教导我们祈祷最重要，其原因即在于此。”

所以，觉得“再这样下去真不知道该怎么办”的尾形社长才终于迈进了无形的世界，在那个世界里他能跟佐和子永远在一起。

正平又想起了《解夏》中松村达雄说的那句台词：

——当真正失明时，你将不会为失明而恐惧。

社长一定也是这样的。自己也肯定会这样的，正平想。

当真正失去佐和子的时候，社长就从担心失去佐和子的恐惧中解脱出来；而当真正失去晶的时候，我也就从担心失去晶的恐惧中解脱出来了。并且,从担心失去一个人的恐惧中解脱出来就意味着永远不会失去他。对于人类来说,失去所爱的人本身并不恐惧,一直担心失去这个人而产生的种种不安,才是引起我们恐惧的真正根源。

如大师所言,即使心上人已经离去,只要从内心怀念对方,那么与对方之间的爱就永远不会消失。尾形社长肯定是为了这个坚定的信念而开始巡礼之旅的。

这些天来自己的想法果然正确,正平心中有些欣慰。

——假如以后再也见不到晶,那么我们的分离就是命中注定。我们的分离不是谁的错,不是偶然而是必然。这是因为我和晶一直都从内心深爱着对方……

18

没料到很快就收到有藤所长的回复。

四天之前,即八月一日星期二那天,正平通过泽田律师的介绍来到了位于舞鹤的"莱格综合调查事务所"。

"好的,我知道了,等您来到事务所后我再向您介绍详细情况。"

五日,星期六上午十一点,接到这个电话时正平还在蒙头大睡——好不容易盼来休息的一天。

难道已经找到了？突如其来的电话令人难以置信，正平狐疑地挂断电话后立刻起床，匆匆收拾一下就出门了。

约好三十分钟后和所长见面。

正平对这次调查根本没抱希望，星期二与有藤所长见面时他还反复念叨：

“只能是碰运气啦，估计很难找到……”

所长却一脸真诚地鼓励他说：

“很多场合碰运气反而能够成功，就像人的直觉有时比深思熟虑更管用一样。”

不过，居然在如此短的时间内找到了，看来所长说的那句话并不是安慰他，而是多年的经验凝聚得出的专业见解。

有藤所长在所长室等着他。有藤表情严肃，不苟言笑，符合泽田律师的介绍：“他以前是刑警，办案准确迅速，在附近一带很有名气，甚至有民谣‘办案就找福冈警，福冈警署有有藤’。”

正平十一点半准时推开所长室的门。

两人在沙发上落座后，所长立刻递来一份名为“调查报告书”的文件。

文件总共有四页，正平浏览一遍后抬起头。

“基本情况都写在上面了。接到您的委托之后，第二天八月二日我就派了两名下属去了佐世保，当晚他们装扮成客人首先来到佐世保最繁华的商业街——四町商业街，找遍了所有的酒吧和小吃店。经过一天的摸底排查，我们最终找到一位貌似伊泽晶女士的人。”

所长表情严肃地说道。

正平对比了一下报告书上附的两张照片——一张是正平委托调查时提供的照片，当时晶在住院，他用手机拍了之后又打印出来。他的手机是五一后推出的最新款，装有高像素的摄像头，即使冲印成标准尺寸的照片画面也十分清晰。另一张照片应该是私家侦探在店里偷拍的，一个穿着红色连衣裙的女人正在更换威士忌的酒杯，尽管曝光有点不足，但画面也还清晰。如今手机都如此高端了，专业隐形相机出马，肯定更不在话下。

报告书上披露小酒吧的名字叫“兰”，这个女人叫“咲子”。

毫无疑问，穿连衣裙的女人就是晶。

“没想到这么快就找到了，实在感谢！”

正平十分感激，深深地鞠了一躬。

“关于被调查人的公寓住址，虽然报告书上没有写……”

所长的话音未落，正平就急忙翻开文件查找写着晶住址的地方。那页纸还附有两张照片：一张是公寓全景，另一张是以阳台为正面拍的“被调查人”的房间。拍照日期是八月三日，也就是前天。

“樱木町的门牌号码非常混乱，我们费了一番功夫才找到她的公寓。下属还告诉我说，如果您个人要去，最好先到附近的派出所询问。”

晶的住址是“佐世保市樱木町 3 – 38 – 11 樱木区 103 号”。

“好的，知道了。我明天就去。”

“这样最好了。明天是星期日，您上午或晚上去，她在家的可能性较大。”

关于正平与晶的关系以及晶失踪的前因后果，正平全都告诉了有藤所长。

告辞之际，所长突然又补充了一句：

“对了，有件事我忘说了，被调查人一直是一人居住。”

“让您费心了！”

正平再次对有藤所长深深地鞠了一躬，离开了所长办公室。

今年福冈地区的梅雨季节直到七月下旬才结束，比往年晚了许多。

梅雨过后就迎来酷暑。

八月六日星期日。天气晴朗，万里无云。

正平六点起床，三十分钟洗漱收拾好后离开了冷泉町。在自助加油站加满油洗了车，然后从吴服町的入口上了都市高速。到达佐世保大约需要两个半小时，他转换了多条高速公路，先在太宰府中心换到了九州国道，然后又从鸟栖中转站上了长崎快车道，到达武雄中转站之后又进入了西九州高速。而西九州高速的终点就是佐世保市。

七月三十一日晚上从箱根回来后，正平一直在思考大师的话语。例如绝望是希望的种子、即使分离了也能相爱，以及伏尔泰的那句名言……但让他印象最为深刻的却是当恳求大师帮忙找晶的下落时，大师那句淡淡的回话：

"——她的下落你应该最清楚才对啊。"

跟正平分手后的五年里，晶非常珍视和正平相处的记忆。关于这一点，她留下的每一张中村积分卡就是最有力的证明。如此一来，以这种形式离开正平的晶，能去的地方不就只有一个吗？

是夜，正平辗转反侧，难以入眠。受到大师那句话的启发，他突然惊觉到了什么。

等不及天亮了！

天空刚鱼肚白，正平就打电话给泽田律师，请他帮忙联系著名的"莱格综合调查事务所"。九点半事务所刚刚开门，他已经赶到,将寻找晶的下落这件事委托给了有藤所长。其实,他对所长说“很可能在佐世保的酒吧街上班”时,心中十分忐忑,证据太薄弱,说话无底气,让他昨晚辗转反侧的亢奋已经消退,他完全不自信。

途中,正平在金立服务区吃饭耽误了点时间,进入佐世保市内时已是上午十点左右。他按照汽车导航的指示朝樱木町三丁目出发。尽管有藤所长建议最好先去派出所问问,但根据汽车导航的指令他很快找到了樱木区。

那些私家侦探们应该是乘坐电车或公交过来的吧?

居民街全是老建筑,只有樱木区的那一片有些较新的独门独院。估计几年前那里是一座占地面积较大的高层建筑,拆除之后才改建成了普通民居,建了十几户的独院。不过,樱木区右边是个停车场,左边仍是荒草丛生的空地。绕到后面后便出现了一个堤坝,登上通往堤坝的台阶之后是一小片空地。正平站在空地边缘眺望着整个樱木区。这里的公寓都是两层建筑,其外附的楼梯在当今的建筑物里已经少见了。公寓每层有五个房间,总共有十个房间。从外观来看,房间的格局应该是两室一厨。

103 号房间就在一楼的正中间。调查报告书上附带的那张以阳台为正面的照片,应该就是站在这个地方拍摄的。晶就站在那扇玻璃窗的里面——一想到此，正平不禁紧张起来。公寓正面的门上和信箱上都没有挂名牌，但只要站在后面看看阳台上晾的衣服，正平就能确定103号房间肯定住的是晶。

晾衣架上挂着的衬衫每一件正平都很熟悉。住院期间，正平给晶准备的耐克T恤代替睡衣，全都是同一款式，只是颜色不同而已。红色、绿色、白色的宽松T恤在强劲的夏风吹拂下飞舞起来。

正平看看脚下泛白的土地，找了一块稀疏地长着青草的地方坐了下来。

蝉鸣声一阵阵传来。樱木区旁的空地上有一棵枝繁叶茂的樟树，声音是从那儿发出的。

暴晒的太阳、阵阵的蝉鸣声、轻抚过脸颊和脖颈的夏天热风及阳台上随风飘扬的衣服，正平全身心地感受着这些，不禁想起了晶以前说的“人生的目标”那段话。

晶的人生目标是“健健康康活到一百岁”，她还说“要像金婆婆、银婆婆那样”。

“能活在这个世上真是太好了。我要健健康康活到一百岁，看看这个世界究竟会发生什么变化。即使成不了大人物，即使没有钱，只要身体健康，踏踏实实过好每一天，睁眼看看这个多姿多彩的世界就心满意足了。如果阿正你比我先离开，我会更加努力多看看然后告诉你。你不觉得平凡地、健康地活着就是最大的幸福吗？我真的喜欢这个世界，只要上街走一走就开心。”

听她说这些话时正平就在内心真诚地为她祈祷：祝愿她能够如愿，长命百岁活一百年。即使现在眺望她的房间，正平依然这样想。

正平举腕看表，正好十点半。

蕾丝窗帘还没拉开但已经有晾晒的衣服了，由此推断，晶已经起床了。

正平从堤坝的边缘站起身来。

为了不被晶发现，他绕到了空地那边，然后回到停放在距樱木区五十米远的车里。

正平走进四町商业街的一家体育用品店买了想买的东西后，便去了与商店街相隔两条街的夜店街，站在外面看了看小酒吧“兰”，从外观来看“兰”实际上是一个普通的小吃店。

他把车停在了公寓的正前方后下了车。这时已是十一点半。

风不知何时停了，柏油路散发着热气，正平感觉气温上升了很多。

正平站在 103 号房间的猫眼前伸手摁响了门铃。

他听到有人走近门口。晶应该在看猫眼了,正平静静地站在门前,为了让她看到手里提的东西,正平稍微往上提了提。

一会儿,朱红色的门慢慢被打开。

四目相视良久。

晶看着正平,哽咽难言。

这一个小时里她已经把晾晒在阳台上的衣服收进来了,刚才的白色耐克 T 恤现在穿在她身上,下身是一条米色的短裤。

少顷,正平晃晃手中的羽毛球拍,说:

“不介意陪我去后面的空地打羽毛球吧?”

“阿正,你打过羽毛球?”

晶脸色转晴,充满讶异地问。

“没有啊,一次都没有。”

“先跟你说明啊,我可是羽毛球高手。”

“听说了,伊泽贡告诉我的。说你上高中时还打进全国高中运动会的半决赛。”

“跟你打肯定打不起来。”

“是吗?”

“会的。”

“那我先练习练习不行吗?”

“怎么可能这么快学会呢?”

“不一定。虽然个子不高,但我有毅力。”

“这一点我当然最清楚。”

晶佯装发怒地说道。

“好吧,反正以后有的是时间,你就慢慢教我吧。以后你不能再逃走了,要一——辈——子——都陪在我身边!”

正平加重语气说道。晶却突然皱起脸,泪水哗哗流了下来。

达尔文进化论

对人类这种生物来说，最重要之事莫过于肌肤之亲——这是关口英一坚信的至理名言，也是他的人生信条。

长时间缺少肌肤之亲一定会滋生疾病。即便身体各项指标都正常，也会在不知不觉中受到心病的困扰——心理疾病同样证明身体确实出了毛病。

英一曾说：

每天若能和心爱之人肌肤接触，我们就拥有幸福的人生。

英一还说：

男人和女人的肉体接触并非全都因为爱，但是，缺少爱的身体接触一定不是真正意义上的肌肤之亲。同样，夫妻之间或情人之间缺少和谐的肌肤之亲，尽管看起来相敬如宾，相爱如初，实际上他们之间的关系已到了岌岌可危的地步，亦如白蚁蛀蚀过的堤坝一般，随时面临着崩溃的隐患。

我和老婆之间的关系已经如同这般岌岌可危——英一不时向知佳吐槽。

知佳和英一是在五一黄金周刚结束时开始交往的，现在已经有三个多月了。知佳不了解英一，但直觉让她相信英一所说的一切都是真的——尽管她也不能够熟练区分真假话。当然，她并非不明白“夸大其词”和“注水”的含义，同时，她固执地认为：为人忠厚老实者未必一定对你说实话，谎话连篇累牍者有时却对你坦露真言。

知佳觉得英一是个好男人，诚实、坦荡、毫无心眼儿，能够对自己说真心话。当今之世，这种男人乃稀缺资源，让她不得不疼爱。

从字面上来看，“肌肤之亲”有些轻浮之意，但在家庭实际生活中则必不可少——知佳一直这么认为。正如英一解释的那样，男人和女人之间、父母和孩子之间通过彼此的肌肤接触，通过感受人体的重量、血液的流动、肌肤的弹性、汗液的味道，进而感知对方的温暖与爱意。他还概括了一句话：世间有几人，谁解其中意？多少夫妻、恋人和家人之间的亲密关系就在这不知不觉中毁掉了啊。

朝夕相处、形影不离的夫妻、恋人或父母子女，他们之间的关系肯定融洽。根据英一的见识和体会，人与人之间并非没有爱才不在一起，而是不在一起才没有爱。初次听到英一的这种说法时知佳就深有同感，她觉得关口英一尖锐而深刻地揭示了问题的本质。

每当想起这番话，她总会联想到父母。

她想起已逝去十一年的父亲诚治和四十四岁丧夫后一直没有再嫁、在艰苦环境中独自将两个女儿抚养成人的母亲优子。母亲今年五十五岁，岁月已经磨尽了她的光华。今年十一月她的长女知佳就该二十七岁了，而次女笑美子在上上个月也就是六月迎来了二十五岁的生日。

父亲是知佳升入高中那年去世的，这是她心中永远的痛，父亲的音容笑貌时常浮现在她眼前，令她难以忘怀。父亲是在头一年即一九九三年年末查出患了胆管癌，第二年，即一九九四年的六月就走了。父亲去世那天恰逢妹妹笑美子十四岁生日。父亲比母亲大两岁，终年四十六岁。朋友、同事、亲戚六眷、邻里乡亲无不扼腕叹息父亲英年早逝，走得太早，当知佳看到风韵犹存的母亲身着丧服孑然一身的身影时也有此种感觉。而且，近来这种感觉越发深刻、越发强烈了。

踏入社会后，知佳接触过一些父亲的同龄人，也和五十岁、六十岁的长者一起工作过。每当看到他们精神抖擞地活跃在工作岗位时，一种痛彻心扉的遗憾从她心头泛起——终年四十六岁的父亲还未走过天命之年。

四十六岁的年龄，对于一名刚上高一的女孩来说是遥远的未来。可是，十一年的岁月稍纵即逝，如今知佳正向永远定格的父亲那四十六岁的年龄靠近，而且已经感觉到了只有这个年龄才有的现实感。和她交往的关口英一今年已经三十五岁，就是说，再过十一年关口英一就和父亲同岁了，而父亲去世距今的十一年时光如同百步穿杨一般，转瞬即逝。

假如知佳跟英一一直交往下去，而再过十一年英一就要死了——知佳完全无法想象这种场景，然而这种令人无法想象的事却真实地发生在父亲与母亲之间，每每想到这些，她都觉得恍然如梦，难以置信。

父亲生前是小学教师，外表比实际岁数显得年轻，乍一看只有三十八九岁，大家对他帅气的外表赞赏有加。母亲也曾在小学执教，她说过："为师者，大都不谙世故，年轻时就被学生一直'老师''老帅'地叫着，从不知道屈膝俯首，加之朝夕相处的尽是些朝气蓬勃的孩子，长此以往，这些老师大都不具备与其年龄相符的生活常识。不过，青春倒可以常驻，可以保持一颗童心，容颜不老。"

按这种说法，父亲的情人德永美智子出人意料地显得年轻也在情理之中了。

知佳想起第一次去见德永美智子的情景。之前估摸她应有三十五岁，当按响她家门铃，看到出现在眼前的她时，知佳大吃一惊，以为找错了人。她——美智子，怎么看都觉得只有二十五岁左右。暌违四年，知佳在夏季的某一天和她再次相逢，那时知佳念短期大学一年级——美智子的姿色依然不减当年，依旧那么年轻，那么充满活力，岁月只是让她脸庞略微发福而已。她牵着一个孩子，看上去的确不像即将步入四十岁的女人。

德永美智子也是小学老师。

闲话休提，言归正传。

每每提起英一的人生信条——“肌肤之亲”，为何知佳就会联想起健在的母亲和亡故的父亲呢？时至今日，她才意识到：或许父亲和母亲早就没有肌肤之亲了，这导致父亲有了情人德永美智子并与她发生了不正当关系，从而与母亲渐行渐远，形同陌路。

知佳陷入沉思。她记得自己在幼儿园上学时父亲与母亲就开始分床睡了。其实，分床睡或许因为妹妹笑美子身体羸弱，经常生病的原因。母亲为照料爱女，几乎每晚都跟女儿们睡在一起,父亲则把睡床搬至二楼较为宽敞的书房内并一直睡在那里。不久,知佳和笑美子都有了自己独立的卧室,但分室而睡的父母却习以为常,即使父亲病逝时,母亲依然住在二楼的另一房间里。父亲病逝前则把书房搬至一楼佛堂隔壁的一间大和室里,并一直将那里视为起居之地。

知佳从小寄宿在爷爷奶奶家。

爷爷奶奶的房子是一座老旧的木屋,位于距离福冈城门不远的大濠公园边。知佳从小跟奶奶住在一起,她念小学一年级时奶奶因突发心肌梗死溘然离世。爷爷出生于筑丰,一生坎坷,饱尝艰辛,后来在当地一家银行混上行长一职。爷爷为人善良,结婚很晚,父亲还未完成学业时爷爷就走了,享年六十五岁。爷爷去世后,这座老旧的大屋留给了独生子的父亲。目前,这座房子的所在区域成了福冈的商业繁华区,可谓寸土寸金。

母亲独自一人住在那座空旷的大房子里。

短期大学毕业后,知佳一直过着单身贵族的生活,而妹妹爱美子却不喜欢单身,三年前的春天就结了婚,时年二十一岁。如今,她跟丈夫和两岁的儿子住在在城南租的一间公寓里。

对于知佳一家人来说,房间太多反而不利,她和妹妹年幼时,父母两人同床共枕的生活已不复存在。夫妻间不再同衾,肌肤相亲的概率也就大大减少。知佳的父母在婚姻“七年之痒”阶段肉体关系就如此淡薄,情感上的纽带就更不用提了。

借用英一的话说,他们的夫妻关系“已到了岌岌可危的地步,亦如白蚁蛀蚀过的堤坝一般,随时面临着崩溃的隐患”。

“女性容易产生一种错觉,觉得自己生完孩子后夫妻彼此就近如咫尺,甚至灵肉一体了,云雨之欢也就适可而止了,于是对肌肤相亲不再重视。丈夫出轨是跟妻子的这种轻率和粗心大意分不开的,甚至可以说是直接原因。”在知佳向他言明父母情况后,英一说道。对此,知佳十分赞同。

英一还说,处于青年期和壮年期的男性至少每三天要将储存于精囊里的精液释放出来,这跟女性每月一次排卵并以新鲜卵子为受精做准备是同样道理。总而言之,在“新鲜的卵子 + 新鲜的精子”这一人类的生存法则之中,重要的一环是老旧的精子必须每三天排泄一次。每三天射精一次,也就是说每月有十天射精,这正好跟女性的生理周期数基本吻合。

听英一这么解释,知佳立刻心领神会。但试问一下作为人妻、作为情人的女性,你们都能完全配合男性这每月十次的生理需求吗?英一慨叹道,世界上几乎不存在如此完美的夫妻或情人。

“无性的夫妻是根本不可能的。依我看,妻子如果做不到帮助丈夫完成每月十天的生理需要,那就不能称之为和谐夫妻。在日本,除新婚宴尔以外,几乎没有其他家庭能够达到这个标准,当然包括我家。然而在美国和南美等国家和地区,即使耄耋老人依然有正常的性生活。从这个意义来讲,再加上居住空间的狭窄,日本夫妻保持和谐关系的基础比其他任何国家的都要脆弱。”

“在妻子或情人不能配合时,那男人怎么办呢?”

男人这种生物每月至少有十次射精——知佳对英一的说法惊愕不已。

“二十几岁时,没办法只得背着妻子或情人偷偷自慰。到了三十多岁,尽管人与人之间有些差异,但能够忍耐的只是小部分人,绝大多数人仍然需要自慰。我和你交往之前,也只能在夜深人静时妻子和女儿睡熟之后,一个人偷偷解决。”英一答道。他说得十分坦率,毫无保留。知佳觉得,能够这样赤裸裸地坦陈心迹的男人,在这世上确实少见。

“我们每周才见一次面啊！你不是说每月至少十次吗？那其余的六次你是怎么解决的呢?”

疑问突然盘旋于脑海中,知佳不假思索地脱口而出。

“我一直强忍着,把精液储存下来,直到每周跟你在一起时,才像刚才那样喷薄而出。”

当初,知佳对英一所做的这番解释并没有简单地相信。她觉得英一即便如此诚实,也不可能理直气壮地承认除了知佳外仍未间断跟妻子做爱。不过近来,知佳开始相信英一的话无一例外全是真的,包括这句话在内。

自与他交往伊始,他有妻室一事从未隐瞒过我——有一天,知佳突然意识到了这一点,她顿然强烈地感受到关口英一这个男人是真心地爱她,那份真爱犹如沸腾的开水突然注入胸中一般灼烧着她的内心。

知佳跟英一每周只见一次面。自两人初次发生肉体关系已过去三个月,但这一频率从未改变。英一在毗邻博多港的须崎码头工作,负责一家大型仓库公司的管理兼营运,每月有两个周五值夜班。夜班结束之后也就是周六,英一便会去知佳的公寓。早上八点一过,英一就会拖着疲惫的身躯现身于知佳的住所,然后跟她一起睡到中午。下午,两人再一起吃饭、看碟或购物,如此消磨半天的时光。傍晚时分,英一就该回家了。其余两次见面,都是英一临时安排时间。一般选在周一或周二,黄昏时两人走进一家高级酒店,在房间里用餐,然后在凌晨前一起离开酒店。无论在知佳的公寓还是在酒店,他们都会云雨一番,尤其在酒店时他们都会激烈地做爱。

在认识英一之前，知佳只跟两个男人发展到肉体关系，所谓“激烈地做爱”只是相比之前的两人而言。

知佳原本猜想，选择配备SM道具的房间，绑在性爱座椅上用振动棒或按摩器刺激多次达到高潮等行为，一般都应该视为激烈的性爱。两人有时在知佳的房间看成人片，英一借来的碟片中有一部分涉及这种行为，知佳对其中露骨的画面非常反感，从未想过英一本人居然也提出同样的要求。

英一常说：“我们见面次数少，所以一见面就想激烈地做那个事。如果我们经常在一起，这种事其实就适可而止，两人搂搂抱抱，耳鬓厮磨，仅仅如此就足够了。”他还叹息说：“婚姻的目的就在于让夫妇二人从性爱中得到愉悦，获得快感。但事实正好相反，婚后，随着男女相处时间的增加，大部分夫妻只是单纯地满足一时之兴，敷衍了事而已。长此以往，别说性生活，就连最基本的拥抱或肌肤接触都没有了。

“我认为，相爱的男女应该建立起一种全新的肌肤之亲的关系，即使不做爱，也永远保持比做爱更亲密的关系。每天晚上搂在一起睡，坐在沙发上紧紧贴着彼此，我想，即便如此，也能使对方感到无比安心。我相信我们之间一定能做到，就像完全没有性欲的孩童时代，仅仅被母亲抱在怀里就能获得莫大的幸福感一样。我相信我们这些成年人一定能够重新获得这种最纯粹的安心感。”

“每个月不是至少有十天需要射精吗?”

知佳插嘴问,英一表情认真地说道:

“用手用嘴每次不到五分钟就烟消云散了。我想迅速结束这种无聊的性爱,恢复一颗无欲、纯洁的心,跟自己心爱的人拥抱,这样我会觉得幸福无比。”

英一跟他妻子和泉同岁,两人好像是高中同学,刚过二十岁就结了婚,第二年生了一个女儿名叫加奈,现已读初二了。

英一最近告诉知佳,他跟妻子和泉已经三年多没有真正意义上的性生活了。卧室是分开的,和知佳家里的情况一样——在孩子小的时候妻子就跟女儿加奈一起睡,等加奈长大之后,两人分床习惯了,最终也没能重新合床睡到一起。英一又说他在结识知佳之前从未出过轨。

“真觉得自己快憋出毛病来了。”

坦诚的告白,当时的表情十分诚挚,似乎没掺一丝虚假。

和泉是博多车站前一家大型星级酒店的前台经理。知佳曾瞒着英一去窥视正在上班的和泉,只见她穿着黑西服套裙,铭牌上写着“关口”,苗条的身段和优雅的风度令知佳大为惊讶。

知佳想说,跟这么漂亮的女人生活在同一屋檐下居然三年多都不碰她一下，我看英一这家伙才有问题。英一曾不无愤懑地诉说，他一直背着妻子偷偷自慰，知佳觉得即便是作为女人的和泉势必一定背着英一做同样的事，就连知佳自己也偶尔会这样做。并不是只有男人才需要性，女人也同样需要，只是男人来得更快些、更外露些罢了。随便扫扫遍布街头巷尾面向男性的性爱小广告就可以得到证实。毫无疑问，一名身体发育正常的女性对异性产生欲望是天经地义的，男性尤其是丈夫如果不能满足其欲望，女性当然会不满。

知佳跟前任男友西田努分手后，尽管对他的人品极其厌恶，但对他魁梧的身体拥抱自己时的感觉，每晚却依然暗自渴望。

英一跟妻子和泉之间没有了性的交流，妻子肯定陷入深深的绝望之中。从这一层面上讲，和泉与英一感到痛苦和悲哀的程度是同等的。如英一所说，身为夫妻，两人却整整三年未曾有过肌肤之亲，这种情况本身就难以想象。

令知佳迷惑不解的是，他们为什么还能保持着稳定的婚姻关系呢？

知佳冷静分析自己的父母，多半也是这样一种令人难以理解的关系。在自己五岁时，也就是父亲跟现在的英一年纪相仿时，父母究竟是以一种怎样的频率肌肤相亲呢？恐怕是零吧？

知佳现在才意识到。

父母之间为什么会渐渐丧失“性爱”这一最为亲密的肌肤之亲呢？难道是因为对彼此的爱淡薄了吗？知佳觉得不是。应该有更确切的理由，具体说，应该是母亲找到了其他的方法疏解了性的饥渴，从而导致夫妻之间的性事迅速减少。

知佳很早之前就隐隐感觉：母亲生下了她和笑美子，是导致父母之间丧失原本应有的肌肤之亲的罪魁祸首。

夜间，母亲躺在一张大褥子中轮流抱着躺在她两侧的知佳和笑美子。英一说过他想找回那种感觉：“完全没有性欲的孩童时代，仅仅被母亲抱在怀里就能获得莫大的幸福感”。但这种“莫大的幸福感”并非只有孩子才能体会到，抱着知佳和笑美子的母亲不是也能从中获得十二分的满足吗？

如此，母亲抱着两个女儿睡觉时就与孩子之间产生了亲密的肌肤接触，这种亲密的程度较之和父亲的肌肤之亲是有过之而无不及的。与此同时，父亲则被孩子们夺去了与妻子肌肤相亲的机会，从而只能长年独自度过无数孤寂的夜晚。父亲当然不会愿意，于是，父亲有时也会讪讪地来到孩子们的房间里，试图和妻子、女儿睡在一起。但知佳和笑美子总是异口同声地驱赶他：“爸爸，不要你，你走。”知佳从小就讨厌父亲下巴上扎人的胡子和身上的烟臭味。不过，她每次将父亲赶出房门的最大原因无非就是想和妹妹两人独占母亲既温暖又柔软的身体。

现在回想起来,自己和妹妹的所作所为对父亲似乎太残忍了。英一曾说,处于青壮年时期的男性每月至少有十次射精,而父亲却长年地被迫处于一种欲求得不到满足的饥渴状态,这种境况下,年过四十岁的父亲找到了除妻子之外的喜欢的女人,似乎也无可厚非。

逼迫父亲出轨的人或许就是知佳自己。而一心扑到孩子们身上,完全断绝跟丈夫肌肤接触的母亲也负有重要的责任。当时,年幼的知佳从未考虑到这些。岂止如此,在发现父亲跟德永美智子交往一事后,知佳曾气愤地谴责父亲居然做出这种事来,于是决定作为对父亲的报复,自己也要做一件让他震惊的事。

父亲出轨的时候知佳十四岁,笑美子十二岁。女孩子到了这个年龄就开始进入叛逆期,开始反感或回避母亲的搂搂抱抱。从这个意义上讲,父亲选择出轨的时机并不合适。因为母亲跟女儿间的肌肤接触渐渐断绝了,这时她开始感到了寂寞。如果父亲再坚持一下,母亲肯定会重新回到父亲的怀抱。然而,父亲历经千辛万苦的长达十年的忍耐却功亏一篑,最终没能修成正果。

如果父亲母亲都年轻且孩子们都还幼小,或许母亲对于父亲的背叛行为不会有那样激烈的反应。

在激烈的反击这点上,知佳觉得自己也是如此。

母亲突然告知知佳父亲有外遇了,知佳闻之怒不可遏。当时是初二的学期末,正是父亲发现癌症的一年前。

现在冷静地回忆一下,知佳难以理解当时为何那般厌恶父亲对母亲的不忠。根据英一的分析,可能是知佳当时正好处于"肌肤接触"的青黄不接的过渡期,以致对父亲产生了过度的反抗情绪。

"从初二到初三这一阶段,正是女孩子完全脱离父母怀抱的时期,和其中的谁都不可能再有肌肤接触,她们在精神上和肉体上都处于一种寂寞的空当。因此这个年龄段的很多女孩子很容易早恋,交男朋友,从而失去处女之身。其实,她们的内心并非一定要偷尝禁果乃至怀孕堕胎不可,只是为了找一个能够可以每天接触的伙伴,以此来取代她们的父母。当你得知父亲有外遇的时候,最直接的情绪是嫉妒,非常嫉妒吧?原因不是父亲被谁抢走了,而是自己还没有找到一个能够亲密相处的人,父亲却抢先一步找到了这样的对象——一个并非母亲的女人。正是因为父亲抢先了,所以才感到嫉妒和恼怒。"

知佳觉得这种推断言之有理。

跟父亲和母亲不再有“肌肤之亲”，的确是在知佳成为初中生之后。她升入初中之后就不再跟父亲有近距离接触了。在初一和初二的上学期，她还会和母亲、妹妹一起牵着手逛街，有时会主动拥抱对方，有时对方也会靠近她。在父亲出轨的事情曝光之后，这种事便完全销声匿迹、不见踪影了。跟父母、妹妹不再有“肌肤之亲”之后，知佳觉得自己的性格突然变得乖戾起来。或许青春叛逆期就该如此——离开了父母的怀抱，开始朝着寻找一个能够跟自己亲密接触的人的目标跨出第一步，这个时期应该就是青春叛逆期吧——听了英一的话后，知佳有了新的认识。

或许由于知佳的介入和干扰，父亲与德永美智子在第二年九月就分手了，父母之间的争吵也暂时告一段落。之后三个月，父亲被查出患了癌症。到第二年的六月，也就是父亲去世之前，虽然母亲一直照看着病中的父亲，但知佳觉得母亲从内心深处并没有原谅父亲的出轨行为，母亲的护理并不是出于真心，而父亲似乎也没有对母亲重新敞开心扉。

“父亲在人生的最后阶段究竟想些什么，我真的搞不懂，他明明是那么一个温和又稳重的男人。看来夫妻之间也终究只是路人而已。如果他活得再长一点，一直跟我们在一起，结果或许会有所不同。”

“七七”法事那天，骨灰安放完毕后，亲友们会有一个小型的聚餐。

母亲对来参加葬礼的大姨淡然说道：“结婚已经十七年了，恍若一梦，真是过得飞快啊！”听母亲如此冷淡的语气，知佳觉得自己能够从中悟出母亲对父亲的强烈不满。

另一方面，面对父亲突然病逝这一现实，知佳却产生了一种无地自容的罪恶感。

之前，知佳一直认为父亲与德永美智子分手是理所当然的，也从未对自己的所作所为感到丝毫不妥或羞愧。然而三个月之后父亲被查出患了癌症，之后的半年父亲与病魔进行了惨烈的斗争，而母亲则一直无动于衷冷漠处之时，知佳开始对自己破坏父亲与德永美智子关系的行为是否妥当产生疑问了，为此她陷入深深的不安和羞愧之中。

父亲去世三年后——时隔四年，知佳再次见到了德永美智子。当知佳目睹美智子谈起父亲去世一事所呈现的与母亲迥异的痛苦表情时，知佳内心的羞愧之情无以复加。知佳不得不承认，自己拆散他们关系的所作所为是完全错误的。

父亲去世之后，知佳开始讨厌母亲。

她渐渐觉得母亲是个自私任性、性格乖僻的女人，试图用肤浅的道德观约束女儿们。尽管她摆出一副含辛茹苦、无时无刻不在关心孩子成长的样子，但实际上这种关心永远只是口头上的说教，她并没有主动接近孩子，和孩子们进行思想上的沟通，了解孩子们的心灵，以致妹妹笑美子从高中时就瞒着母亲肆意频繁地更换男友。最后，笑美子和知佳一样从短期大学毕业后进入了爷爷以前任职的银行工作，不到一年，笑美子和一个在银行支行工作的年长的男人迅速结婚，从而离开了家。

两年前，笑美子生了孩子后，母亲的性格似乎发生了变化。她很疼爱外孙俊辅，知佳看着母亲抱着他亲吻他脸蛋的情景，方想起母亲已经有十多年没跟他人如此亲近了。和知佳不同，笑美子为人颇有心计，八面玲珑，明年一月份她就要生第二胎了，所以她近来经常回大濠的娘家，跟妈妈相处得十分融洽，而知佳每月最多回去一次。由于跟外孙肌肤接触的机会大大增多，母亲也重新变得温柔起来。在这一点上，知佳非常感谢笑美子。

上个月去看望母亲时，知佳从母亲的话中隐约察觉到笑美子近来频繁回娘家似乎另有所图。对此，知佳感到失望。很快就到八月的盂兰盆节了，知佳不得不和笑美子夫妇见面，每想到此，她就头疼。

母亲优子正站在门前点送魂火吧？——知佳眺望着眼前的大海若有所思。

十三日周六那天，大家回到大濠老家。妹妹笑美子说要去丈夫健辅的老家大牟田住段时间，周一就得离开。今天十六日的送魂火应该是母亲一个人点的。十三日的迎魂火是知佳和母亲、笑美子一起在一片喧闹中点燃的。

四月，麻秆在浅砂锅中熊熊燃烧，冒起一缕缕白烟。已满两岁的外甥俊辅对着那缕缕白烟发呆，表情相当严肃。或许，年幼的外甥看到了知佳的爷爷奶奶和爸爸，觉得他们的魂魄定是乘烟而来。知佳有时这么想。

知佳仍清晰地记得一件事——小学一年级时曾为奶奶守灵，奶奶明明躺在棺木里，知佳却看见奶奶站在殡葬场颇有气派的祭坛对面，两眼直直地盯着陆续前来吊唁的宾客。坐在旁边的笑美子似乎也看到了，只见她突然站起身来，指着祭坛大喊道："奶奶在那儿!"一时间，惹得亲友们惊惶不已。

穿着和服的奶奶伸展一下双臂，一直静默地看着大家，直到最后一位亲友上完香离开之后，她才"嗖"的一声从知佳眼前消失。

知佳永远忘不了那一幕。随着时光的流逝，儿时记忆像旧墙皮一样一块块地剥落以致消失殆尽，守灵那晚所看到奶奶的尊容却清晰依旧，铭刻在她的心中。在父亲的葬礼上，知佳表面上也是听着僧人诵经，恭敬地朝吊唁的人鞠躬，其实她在法场上拼命地寻找父亲的身影。始终没能找到那身影，她不免悲哀——自己不再是孩子了，已经看不到那种身影了。悲哀之余也很自责，或许父亲没有原谅多管闲事的她，甚至讨厌她，所以不愿意出来见她。

"七七"过后的某天，知佳突然梦见了父亲，这是她生平第一次在梦里与父亲相遇。她哭着向父亲道歉，请求父亲原谅，而父亲却笑着摇摇头安慰她："这样就好。知佳，以后不必再责怪自己了。"多亏这个梦，知佳心中的罪恶感才稍稍减轻一些。

知佳幼小时就随着父母参加各种拜祭，无论是爷爷奶奶的忌日、春分秋分的扫墓，还是盂兰盆节的祭祖，抑或是参拜神社、新年初次参拜等，即使跟着家人去参加亲友的葬礼，听着僧人们冗长的诵经，她不仅不觉得无聊乏味，反而自得其乐，妙趣横生。在诵经期间，一旁的笑美子和同辈堂兄弟们由于不堪忍受而不停地扭动着身体，遭到大人们的大声斥责。那时，知佳却很是诧异，他们为何就那么忍受不了呢？所谓人死了，就是脱离肉体这层厚重的外衣，回归本来的面貌，知佳一直这么固执地认为。人死之后是否到另一个世界？若真有那个世界，它又是怎样的呢？当然，知佳无从得知这些问题的答案，但她一直坚信，人在停止呼吸停止肉体活动的一段时间里，仍然保持清晰的意识。

从奶奶静静地看着每个吊唁者时的神态和表情中，知佳清楚地感受到奶奶依然保持着“自己”清醒的意识。

一跨进寺院或神社的大门，知佳就会产生一种奇妙的感觉，觉得自己如同站在另一个世界的入口，而那个世界跟自己每天所处的日常世界完全不同。

这种神奇的感觉不同于我们平时所感受的大自然景观，譬如：置身于森林中、漂浮于宁静的海面上，仰望头顶璀璨的星空，翻山越岭，跋涉一望无际的平原……我们每个人都是那般渺小，像蚍蜉一般游荡于广阔的天地和无限的时间之中。只有进入寺院或神社时我们才会归属于一种宁静，才能感受到自己仿若世界的中心，而蔓延在周边无尽的事物只是世界中一场虚幻的梦境而已。

知佳不断拷问自己为何产生这种感觉，但始终没能找到答案。或许是寺院和神社是神灵镇守的所在，祭奉在此的诸神们掌管着自然界的一切生命，当人们身处于这个场所时，便会产生一种跟造物主直接相通的感觉。这样，凡夫俗子、碌碌无为的我们，其人格也相应提升到一个相当高的水准。

知佳将视线从广阔的博多港美景中收回。她从提包里拿出手机，扫了一眼手机屏幕，确认了时间——她和英一约定五点半在码头的凸显处玄海筒仓见面，现在已经超过约定时间五分钟。英一昨天就上班了。不过，须崎港口上的仓库和物流公司、海运公司、饲料厂等好像全部都是放假到今天，知佳的公司休假的时间也是这样。因此，偌大的码头上几乎不见人影。知佳穿过码头来到停泊口。其间，只有在路过英一公司办公楼和仓库前时才有稀疏的几个人影。粮仓的大铁门敞开着，只见工人们操作着叉车，将沉重的大豆一袋袋堆在停靠在一旁的卡车上，牛皮纸包装的袋子上标注着“非转基因大豆”几个大字。

须崎码头是九州最大的粮食进口港，每年有几百万吨的大米、小麦、大豆、玉米等从国外进口的粮食运到这里，然后，再通过陆路运往日本九州各地。大型粮仓、筒仓、饲料厂、制粉厂、食品公司等依港口而建，就是为了方便这些物资中转及储存。今年三月二十日福冈西部海岸发生了五级地震，地面剧烈动荡，须崎码头也出现了地基下沉和地裂，损失惨重，尤其饲料停泊口的公路地面上出现了十五厘米左右的落差，至今仍存在几处严重起伏的路段。另外，由于路面下沉，有些建筑物的地基都露出地表，仍未修复。听英一说，地震结束时采取过一些应急措施，但类似因停泊口沉没而导致护堤破损这样的修复工程，要到本月末才能动工。

英一估计是监装大豆发货而耽误了约会时间吧？知佳刚看到大豆装车作业，估计大豆装车作业不完成，作为仓库的负责人的英一是不能离开现场的。

知佳把手机放回手提包，视线再次转向海面。

长满铁锈、变成黑褐色的护栏前面就是护堤，而护栏与护栏之间连接着布满黄黑色斑点的老虎绳。老虎绳上原本挂着一个黄色警示牌，上面写着："危险，禁止进入，NO！"但现在已经垂落在地，起不到任何警示作用。知佳刚到这里时，亲眼看见三个年轻人跨过护栏坐在堤岸边就开始钓鱼。

下午五点半已过，夏日的阳光依然耀眼。海浪很平静，不时有一艘艘快艇从眼前划过，白色船体在阳光照耀下熠熠生辉。

晴空下，一群海鸥展翅飞翔，不，是一群鸽子。

来时，知佳看到成群的乌鸦盘踞在 3 号筒仓附近，肆无忌惮地啄食着散落满地的玉米。乌鸦们一旦发现有鸽子进入玉米阵地就会发起猛烈的攻击驱走它们。这种景象让知佳觉得无奈，可怜的鸽子是不是只能眼睁睁地看着乌鸦们吃完了才能得以靠近？在此之前，难道它们只能漫无目的地在空中乱舞呢？知佳感到迷茫。

随着盂兰盆节的到来，之前的酷暑缓解许多，天气骤然凉爽起来。但白天依然闷热，气温超过三十三度了。即使站在海风徐徐吹过的海边，知佳的衣衫仍被汗湿，豆大的汗珠不断从额头冒出。

直到五点四十分，英一才赶过来。

“对不起，真对不起！”他一脸歉意地跑了过来，满脸通红。

“看到我的工作单位了吧？”他问。

昨天，他在电话中说“我想让你看看我在什么样的地方上班”，于是指定了今天的见面地点。看到知佳点点头后，英一笑着再次问：“怎么样，这里的环境？你满意吗？”知佳再次点点头，然后警惕地看了看无人的周围说道：“被别人看见，会招闲话的。”

“没关系。今天是盂兰盆节，即使有人，也只是垂钓者而已。”

随着知佳的视线，英一的目光转向三个年轻人。他们坐在五十米远的堤岸边，擎着鱼竿聚精会神地钓鱼。

“那些人在钓什么鱼？”

“这个季节只能钓到黑鲷或竹筴鱼吧。”

“啊？这个地方能钓到黑鲷？”

“当然能啦。前段时间，我们单位的年轻人趁休息日来这里钓了很大的一条呢。他们说白天用螃蟹或珠蚌做饵就能钓到很多黑鲷。”

“真的?”

“你在这样一个港口城市长大,居然一点儿不了解博多。”

他愉快地笑了起来,又开始拿家常话来调侃她。

英一个头很高,自诩一米八〇。皮肤晒得黝黑,身材显得精瘦——这只是穿着衣服时的错觉,实际上他是典型的壮硕男,赤裸身体时他结实的肌肉块壮硕得令人惊愕。

大学毕业后他被一家大型仓库公司录用,刚开始在天神的福冈分公司上班,后来申请调至须崎码头仓库,说来已有七年。他参加工作时已经结婚,确切地说是在大学还没毕业时结的婚,奉子结婚,由于从高中时就一直交往的女友和泉怀孕了。

公司招录本地人且不会外派到外地工作,他觉得不错就进了这家公司。

“进了大企业总部工作一般都会外派。我不想离开福冈,对于派往东京或国外这种事,我从来都是敬而远之的。”

知佳下班后会去中洲一家名为“达尔文”的酒吧做兼职,每周打工四次。就在这家酒吧里,她认识了英一。他们曾隔着吧台侃侃而谈,当时他是这样说的。

“关口先生怎么这么喜欢福冈?”知佳问。

“小时候,爸爸工作调任,我只是跟着他转校来过这里。”英一当时这样回答道。

跟英一确立关系之后，知佳又详细询问了他不愿离开博多的原因。英一出生于东京，父亲是一家电机制造商的职工，经常外派工作，在他读小学二年级时，父亲被派往泰国两年，他读初一时，父亲又被派往中国台湾一年。他读高一时，父亲却突然去世了。父亲死后他跟随母亲从东京回到姥姥家——博多。母亲只能依靠父亲的抚恤金和打零工来维持生计，当时姥姥还在世，她家位于西区，他们就寄宿在那里，生活并不是很艰难。英一是一个有骨气的人，他不想当啃老族，从学生时代就开始四处打工。他当过码头装卸工，干得很顺心，甚至觉得一直在码头上工作也没什么不好。

“为什么会这样想呢？”知佳问道。

“工作有固定时间，到点就下班，其他不用操心。女儿那时还小，那么可爱，我当时只是希望工作简单一些，能有时间陪陪孩子，照顾一下家庭。”说完，英一傻笑起来。

其实，这段话是知佳跟英一第一次去酒店开房那晚说的。他们在房间里喝酒，但还没有上过床。知佳目光环视只有一张大床的房间，问道：“我俩怎么会发展成这种关系呢？”

从今年一月份起，知佳在“达尔文”酒吧打工，遇到英一的那一瞬间就产生了好感。她觉得英一酷似演员仲村亨——精悍的脸庞,优雅的言谈,温和的笑容。知佳接待他四个多月,了解到他在码头工作并已经结婚,有一个读初二的女儿,他是知佳短大的学姐兼本酒吧的妈妈桑琴子的堂兄。知佳想,如果英一对自己发起进攻,自己肯定难以抵御。

在黄金周结束后的五月九日,那天是星期一,知佳正准备下班,突然接到电话。英一邀她晚上“能不能一起吃个饭”。

对于知佳刚才提出的那个问题,英一是这样回答的:“我也不知道为什么,只知道最近总是在想,自己跟老婆并非同路中人,性格迥异相处不可能融洽,并不是指责谁对谁错。念高二那年搬到这个城市时我就打定主意终老此城,在新学校遇见她,她虽说是土生土长的本地人,但给我的感觉却是一直想逃离这里,她在等,等一个能带她一起逃离的人。开始她以为那个人就是我,因为我来自东京。而我也卑鄙地利用了她的误解,毕竟那时我也年轻并且喜欢她。实际上我并不是她等的那个人,双方察觉时为时已晚——她怀孕了,没办法,不得不跟我结婚。”

听到这样的答案,知佳沉默良久,英一平静如初,他继续说:“如果你后悔了,我劝你趁早赶快离开。不知为何,我总觉得如果跟你发生了什么,就再也回不去了。”

知佳默默地眺望着海面,英一在旁边静静地站着。夕阳西下,不知不觉间暮色已至。

“我们走吧。”知佳说。

英一看看表,接着说:“去吃点东西吧?”

昨晚给英一打电话时,他说和泉的娘家已搬到长崎,从今天起和泉与加奈要回娘家住一个星期。

“还是回我的公寓吧。出了一身汗想洗个澡,我已经做了晚饭。”

“那回去的路上借几张碟吧。”

英一欣喜同意。他一直有这样的主张:“跟自己喜欢的人在一起,做什么都是开心的,愿意陪她旅游、看电影,哪怕逛街轧马路。其实,最幸福的事莫过于跟她单独在一起,哪儿都不去,只在家里发呆。”

知佳的公寓位于住吉四丁目,从JR博多站沿着住吉路朝那珂川步行约十五分钟就到了。这幢公寓是有着二十五年楼龄的老房子,混凝土材质,五层高。二〇〇二年三月末,知佳从工作三年的南区保育园①辞职,半年后开始在“诚屋食品”上班,于是

---

① 属儿童福利机构,归厚生省管辖,父母均工作或者其他原因白天无法照看的〇到六岁儿童可入园。

就从以前住的公寓搬到这里。那是三年前知佳即将步入二十四岁的时候。

其实,这周围的环境并不适合单身女性居住。住吉小学和精华女子高校虽说在附近,但从地理位置来看,距离这里最近的是博多站前的繁华街和有着“九州最大娱乐街”之称的中洲,人声鼎沸一直到凌晨时分。母亲优子来一次就劝一次,劝她尽快搬家,最近还在絮叨:“居然住在这种地方,还不如回大濠的家里住呢。从家里去上班也不远啊。”周六见面时,知佳隐约感觉母亲似乎倾心于笑美子经常回家,或许以后不会再极力劝她搬回家了。就算母亲不说,知佳也知道此地不适合单身女性独居,但她喜欢这个地方。在短大念书期间,她一直是住在幽静的区域,即便后来到保育园工作,也未接触过像中洲和天神这样喧嚣的地方。因此,知佳感到新鲜,整天沉浸在这种动感的喧闹的空气中让她感觉全身充满活力。近有近的好处,从公寓出来溜达一下就到中洲和天神了。

知佳的房间位于三楼拐角处。房内布局颇为奇特。虽说一室一厅一厨,但房间面积极不均匀——餐厅兼厨房和入口处的房间狭小,各为二十一平方米,里面的一间狭长的和室居然有六十三平方米。英一第一次来时就调侃说“进了这间屋子就像来到温泉旅馆”,想想也是。

知佳对她的住处非常满意。

辞去保育园工作后,她旋即跟男友分手了,所以英一是第一个进入这个房间的男人。记得英一初次在此过夜的那天,知佳从壁橱里拿出她平时用的双人被,英一的兴致立即消失,陷入难以排解的忧郁之中。知佳望着他突然一下阴郁的脸色不解其故,直到后来两人同床共枕时才恍然大悟,于是急忙向他解释道,双人被子并不意味双人用,这床被子一直是她一人用,住在这么宽敞的和室里索性盖床双人被岂不更加舒服?听完她的解释,英一夸张地松了一口长气,心中的忧郁才得以排解。

从须崎码头乘坐公交车来到住吉站,两人走进附近一家租碟店。在英一的提议下租了四张《24》系列三的碟,总共八集,一张碟收录了两集。一个晚上是绝对看不完这么多的。知佳猜想英一可能打算在妻子回娘家期间一直待在这里,既然如此,就把剩余的八张碟也就是十六集全部租下。

这些话知佳并没有说出口。她知道即使家中无人,英一也不可能连续一个星期都不回家。

回到房间已过六点半。轮流洗过澡后,英一打开电视,看了一会儿有关选举的新闻。他特别关注时事新闻节目,住酒店时也这样。但他从不主动发表自己的评论,也不询问知佳有何见解。关于本月八日小泉纯一郎首相突然宣布解散众议院、邮政民营化法案等重大新闻,知佳没有听到英一发表过任何评价,两人也从未对此话题进行议论。

不过,当时他随口说了句:“这个家伙总是傲气地呼喊自己的名字‘小泉、小泉’什么的,他是个真正的自恋狂。”知佳听到后附和了一句“我不喜欢小泉”,英一立刻接上:“我最讨厌自恋狂了。”

知佳准备的晚饭是清炖雏鸡。

这原本是母亲的拿手好菜,后来知佳也掌握了其中的诀窍并以做好这道菜为荣。英一每月有两次会在周六早上过来,而两人总是过了中午才起床,一般都是知佳做午饭,像今天这样一起共进晚餐的情况还是第一次。早上,知佳把洗净的鸡肉放进大锅开始慢炖。现在,炖了很久的鸡汤泛出浓浓白色,香气扑鼻。博多人习惯把粗盐和葱丝先放进汤里,然后盛到碗里喝。

英一关上电视,神情严肃地看着锅在电磁炉上吱吱作响。

“怎么这么可怕的表情?难道不喜欢清炖雏鸡?”知佳把汤盛进伊万里烧制的汤碗,问道。

“很喜欢,只是不好意思,让你费这么大的功夫。”他神情怪异地说。

“喂,怎么突然变得这么生分了?”知佳笑道。

“我像一家之主一样坐在那里享清福,却烦劳你做这么丰盛的晚餐,很过意不去。好不容易盼来个盂兰盆节假期,我应该带你去泡泡温泉,然后吃顿大餐的。”英一抿了口汤,发出“真是美味啊”的赞叹后,嘟哝了这样一句。

“这些事都不属于我们两人啊。”知佳不知如何回答,闪烁其词地应了一声。英一对此毫无反应。

开始吃饭时,知佳准备了啤酒和日本清酒,英一却说不想喝。之前,英一每次来这里也是照例不上酒的,除非在酒馆见面。英一作为“达尔文”的常客,知佳早就见识过他的酒量。知佳暗自思忖,他大概一会要回家,不想酒气冲天地出现在妻子身边吧?

“今晚不是要住在这儿吗? 喝一点没关系的。”饭吃到一半,知佳再次劝酒。

“我只是不喜欢在家喝酒。”

“为什么?”

“不知道,没什么特殊理由。”

“那你从不在家喝酒喽?”

“是啊。你是知道的,我不讨厌酒,也经常喝得酩酊大醉。”

“你老婆也这样吗?”

“什么意思?”

“我是说她也从不在家里喝酒吗?”

“哦,她滴酒不沾。”

“这样啊。”

“嗯。”

知佳走进厨房拿出刚买的四合瓶日本酒和两个酒杯,每人面前各放一个酒杯。她拧开瓶盖,迅速地倒满两个杯子。英一默默地看着她操作。

“今晚我们喝点吧。我明白了,你其实并非讨厌在家喝酒,而是讨厌一个人在家喝酒。今晚我陪你就是了。”

知佳说完,英一立即举起酒杯,轻轻地跟她碰了碰,一口气干了半杯。

“真香。”他笑了。

知佳酒量很好,完全有能力奉陪英一喝到底。

“这种酒叫寒北斗,地方特产,是间宫酒店老板推荐的,她常给我们酒吧送酒。你经常喝烧酒,这种酒你肯定没喝过。”

“哦,这样啊。不过,咱俩相看两不厌,和你一起喝酒就像坐在‘达尔文’里。”

“比起在外面陪酒,我更喜欢回家喝。”知佳说道。

“那今晚我们就一醉方休吧!”

于是,两人就着清炖雏鸡推杯换盏,不知不觉把四合瓶喝得精光。这次知佳为自己调了杯“赤雾岛”稀释烧酒,之前英一向她推荐过。其实,英一非常喜欢这款红薯烧酒,经常存放在店里。他啜了一口,露出满足的神情。知佳也微醺,感觉身体飘飘欲仙,心情无比痛快。

知佳从不在酒吧独自喝酒,在酒店开房时最多跟英一喝点啤酒,像今天这样开怀畅饮还是头一回,知佳非常珍惜,特别开心。

“对了,‘达尔文’也放假到今天?”英一问道。

“昨天就开业了。”

“啊,真的吗?”英一大声吼叫起来,他有点发酒疯的味道,似乎已经管不住自己的舌头了。

“你不去上班,没问题吗?”他的嗓音也变得怪怪的。

“今天才周二,我明天去。”

跟英一交往后,知佳决定周三至周六这四天去“达尔文”上班。周五她一般到半夜才回家,这样就可以去接刚值完班的英一,然后两人回来一起蒙头大睡到第二天中午。周六知佳一般都会送英一出门后才去酒吧,匆匆忙忙地见面,匆匆忙忙地分离,让她没时间为两人的离合感伤。之前,周六她是不去酒吧的,而会在周一、周二过去,这样加起来总共才五天。现在,跟英一的约会一般都在周一或周二,知佳不得不把两天时间空出来。当然,英一作为客人出现在酒吧时,他们不会做出过分亲密的举动。

即便如此,他们仍将两人的关系告知了妈妈桑琴子。

知佳在当地一所短期大学读保育系,毕业后成了一名保育员,工作就是照顾不满周岁的婴儿。毕业实习时她觉得这份工作很有意思,但真正在托儿所干了一段时间后,她又深感自己其实并不适合这个职业。每天不停地给婴儿换尿布,哄他们睡觉,喂他们吃饭,久而久之,她觉得烦腻不振,心情沮丧和失落。对于这些刚刚降临人世的小宝宝,她只得整日整夜守护照顾,寸步不离。她觉得保育员实乃另一个妈妈。在工作的三年间,她一直这样度过。代替孩子们的父母去照顾他们,孩子们越是依赖她,她心里就越发难受,越难受就越疼爱他们,越是疼爱他们就越发弄不明白,他们的父母怎么能为了工作,把小至新生婴儿,大至两三岁幼童完全托付给陌生人呢?每想到此,知佳就不愿再去照看那些孩子,身临其境的她甚至想责骂这些父母:"只管生,不管养,不负责任啊!"

诚然,为了养家糊口不得不努力工作,但抚养孩子也是父母的一项"工作"啊,知佳日渐感到为人父为人母的并没有尽职尽责地做好这项“工作”。不仅如此，更可悲的是他们居然丝毫没有察觉自己的失职，甚至对此不以为然。那些被送到保育园的孩子，在这种教育环境中成长，即使长大了也浑然不知自己缺失了很多重要的东西。正是这两方面的无知，才导致日本保育园这种不合理的教育制度一直延续至今。

知佳认为，为人父为人母有义务有责任亲眼见证孩子成长的每一个细节。

当孩子询问：“妈妈，我是什么时候会笑的？什么时候会爬的？什么时候学会站立的？什么时候学会走路的？什么时候会说话的？”如果父母不能清晰告诉孩子那时那景，就不是“称职的父母”。

有的孩子呱呱坠地仅五十天就被父母送进保育园。日后，当孩子问及上述问题时，父母只能对孩子说：“你去问问当时照顾你的保姆吧。”确实，大多数情况下保育员总是会比孩子的父母更清楚孩子成长的细节。幼儿第一次牙牙学语、第一次摇晃站立、第一次蹒跚走路、第一次穿衣照镜等等，保育员总是比父母抢先一步见证孩子们这些重大的人生成长历程，然后再向其父母报告。可笑的是，对于这种本末倒置的做法人们竟习以为常。

笑美子上小学之前，也就是知佳升小学三年级之前，母亲优子一直在学校教书。笑美子即将步入小学之际,哮喘病不仅未见好转反倒日趋严重,优子这才下定决心放弃工作,专心照顾家庭。同时,也是基于小儿科医生的诊断:"笑美子的哮喘病有精神方面的原因,主要是缺少关爱。"知佳在保育园长大至八岁,其间一直由保育员照顾。后来母亲每晚都跟知佳和笑美子睡在一起,也是觉得母女之间平时少有肌肤接触机会。在知佳看来,直到女儿长大成人,母亲始终没能成功进入孩子们的心灵世界。

英一的妻子和泉也一直在工作。女儿加奈未满周岁就被送进了保育园。英一曾力劝她辞去工作在家专心照顾孩子,但大学刚毕业的和泉踌躇满志,依然故我地选择在外工作。

"即便如此,我觉得老婆把孩子照顾得很不错,她尽力了。不过,夫妻关系却渐行渐远。我的观点是,孩子出生了,妻子应该辞去工作在家专心抚养孩子,此乃天经地义之事。作为丈夫当然也会极为配合,尽自己所能。那些兼顾工作又兼顾养育幼儿的女人是抽不出闲暇和丈夫相处的,夫妻关系势必会疏远。如果在家专心养育孩子,白天一直跟孩子在一起,晚上就能有时间陪丈夫了。其实,作为男人不是不可以同样如此——放弃工作回家专心照顾孩子,但现实生活中幼小的孩子是更愿意和母亲待在一起的。我在这里并非讨论男女同权,而是另一个不同层面的话题,如同鸟儿能够翱翔于蓝天而马儿跑得再快也飞不起来一样。”

前些天,英一还这样说过。

当两人把一瓶赤雾岛完全干掉时,已过午夜十二点。

其间,知佳又打开了一瓶威士忌,英一跟着畅饮如注。最终英一烂醉如泥,瘫倒在地上呼呼大睡起来——因为,知佳把糙米年糕放进喝剩下的鸡汤里当主食,英一在吃主食的同时又趁机喝了不少;知佳本人却频繁进出厨房,一会儿切乳酪,炒豆芽香肠咖喱菜,一会儿又把焯过的秋葵放进胡麻酱油里腌制咸菜,来回走动和劳作令她酒醒了许多,而英一一直在喝个不停。

酒品即人品——知佳第一次看到英一酩酊大醉后的窘态,听见他不停地呼唤知佳的名字,絮叨一些同事间无关痛痒的小事,间或嘟哝着感慨几声:“尽兴啊,今晚心情真爽啊!”

突然,他一脸认真地说:“蒙古有这样一句谚语,你知道吗?——早晨拥有的温暖并非真正的温暖,思春期的幸福亦非真实的幸福。”

他像诵经一般吟哦着。

“总而言之,我与和泉结合根本感受不到婚姻的幸福,我们整整三年没有同床,居然若无其事和平相处在同一个屋檐下,不管怎么说,我们之间是有问题的。”

他淡淡地说了这些，突然正襟危坐，面朝知佳鞠了一躬。

“辛苦你了，对不起，真的对不起。”

他再次向她低头鞠躬。

平日喜欢空谈的英一现在却突然做出如此的举动，着实让人颇感意外，但知佳却欣然接受了。

父亲出轨的事情曝光后，知佳对婚姻不再有所期待了。准确地说，她已经不认为婚姻乃人生头等大事。纵观周围，跟她年龄相当却不结婚的女性大有人在。还有不少人即便结了婚又闪电般地离婚，例如“达尔文”的妈妈桑琴子就是如此。她比知佳大两岁，二十四岁那年结了婚，半年后就离了。其实，知佳并不知道琴子跟她丈夫离婚的真正原因，套用她本人的话说：“我们的结合本来就是一个错误。”妈妈桑的这句话让知佳顿悟了其中的真谛。人生在世，孰能无过？都有犯错或失误的可能。知佳觉得英一与和泉的失败婚姻只是芸芸众生中发生的一桩普通小事而已。正如英一所言，谁都没有错，只是对于彼此来说对方不合适罢了。

父母也属于一对不合适的夫妻，知佳如是想。否则的话，父亲不会出轨，母亲也绝不会那样冷漠地对待即将离世的父亲。

跟关口英一这个男人交往了三个多月后，有一件事令知佳有所领悟，即每个人都会有一个与自己“情投意合”的对象。

不仅在床上，哪怕彼此坐着拥抱一会儿，英一也会自言自语道：“我已经离不开你了。”而知佳此时亦有同样的感受。这些，无不应验英一所说的那句话：“男女关系，肌肤之亲有着不可估量的作用。”

一对恋人从相爱到结婚，如果一方一味忙于工作或是照顾孩子而忽视彼此的肌肤相亲，他们之间的爱恋将被岁月消磨殆尽。而且，人这种生物从骨子里是很难恒久只跟同一对象保持肌肤之亲的。尽管过了几年或是几十年，一旦不中意对方了，双方的肉体上的关系就有可能终结。因此，知佳的母亲选择了女儿们，而父亲选择了德永美智子。如果父母之间也能像知佳与英一现在这样彼此和谐中意，就不可能发生多年分居的状况了。

知佳跟英一交往之后才明白，真正恩爱缠绵、滋润相扶的夫妻世间鲜有，是有多方面原因的，其中最根本的原因在于他们肉体亲密接触的程度无人出其右。否则，在几十年的漫长岁月中，一对男女不可能白头偕老。

知佳能认识到这一点多亏英一，怎么言谢都不为过。这十一年间知佳一直陷于对于父亲之死的深深自责之中，而在与英一有了肉体关系后她忽然有了新发现——这是对她真正的救赎。

她已经离不开英一了——无论是身体还是心灵。

自从第一次跟他上床起,知佳就觉得已经无力抵御那种诱惑。行也思君,坐也思君,一日不见,如隔三秋。只要和英一在一起,两人就是世界的中心。

知佳此前身材偏瘦,跟英一交往三个月后体重竟然不知不觉增加了四公斤。随着身体日渐丰满,皮肤明显变得光泽润滑而富有弹性,每当洗完澡做肌肤护理时,知佳总是惊叹这些细微的不可思议的变化。百年修得同船渡,千年修得共枕眠,她深切体会到英一就是自己最情投意合的男人,当然也是她寸步不离的男人。因此,她不停地自言自语地告诫自己:绝不能放弃这个男人!

躺在榻榻米上的英一已经进入梦乡,知佳没有叫醒他,只是尽快地整理了锅和餐具,把餐桌挪到墙角,然后从壁橱里取出被子铺在英一身旁。知佳脱掉他的裤子和衬衣,只留下内衣,然后把他推到被子上。这时,熟睡中的英一浅浅一声呻吟,仍没有醒来。

最近每一次见面,英一都会对知佳说想跟她在一起。

对知佳而言,即使一直保持现在的状态,她也毫无怨言。只要每周能跟英一见一次面,缠绵一次,她就知足了。知佳清楚他们这样的幽会不可能长久下去。毕竟纸包不住火,偷情迟早会被和泉发现的,到那时,不仅是英一,恐怕知佳也会卷入这场婚姻爱情保卫战中去。

——即便如此,我这辈子也绝不会离开他。

脸颊通红的英一鼾声大作,看着他端正的脸庞,知佳平静地做出了这个决定。

在小学和初中时,知佳是大家眼中的文静稳重的女孩,班主任在成绩单的评语栏里肯定会写上"性格冷静、坚强,希望今后更积极主动一些"等字样。在大学,第一个交往的男朋友向知佳表白说"我喜欢像冈崎知佳你这样既成熟又稳重的女孩子"。进入保育园工作那年知佳交往了第二任男友西田努,他经常对知佳说"你有着这个年龄不应有的成熟和稳重"。可是知佳每次到这些评价就像听到别人说她"你是一个没有主见、没有自我的人"一样,内心颇为不快。她时常扪心自问:"你真的只是一个文静稳重的人吗?"答案自己也不得不承认。事实上,回首过去二十多年的岁月,她发现自己从未真正疯狂过。从初二到高一,她唯一的"出格"举动就是喜欢SMAP而和另外两个朋友一起疯狂追星,现在看来,这种事算不上什么疯狂。跟第一任男友交往时中规中矩,丝毫没有亲密的举动;跟第二任男友西田努一起经历了一切，但随着三年时光的流逝，像一张古老的风景照片一般渐渐褪去了颜色。

好友一般都用“非常理智”这个词来评价知佳。当她向闺密琴子学姐透露自己跟英一交往时，琴子学姐说的第一句话是：“我有点吃惊，觉得你绝不会做别人的情妇。”

总而言之，自己是一个沉着、冷静、缺乏人情味、不为外界一切所动的人？对这种评价，知佳觉得似是而非。

例如，跟西田努分手时，她受到了很多好友的责难。“分手的决定太过草率了吧？”“怎么能因为这种小事就分手呢？”“你不是很喜欢他吗？”如此云云。的确，她跟西田努交往两年半，关系很亲密，甚至在分手前夕他们还一起参加了妹妹笑美子的婚礼。但知佳觉得跟他缘分已尽，分手是必然的。

知佳在读短大时和西田努相识于一家居酒屋，他们俩都在那里打工。知佳参加工作的半年后又与他邂逅，二人正式开始交往。西田努出生于熊本，是九州大学工学院的研究生。他比知佳大两岁，当时二十三岁，是一个精通机械、喜欢摩托的热血青年。平时，知佳下班之后常去工作单位找他，然后带他回自己的住处吃饭。假期，他们两人经常骑着摩托车四处旅游。

两人关系亲密融洽，从未红过脸。知佳的母亲和妹妹笑美子也都看好他们的关系。在当时,彼此的朋友们都认准了:两人继续交往下去,定能很快步入婚姻殿堂。

实际上,跟西田努交往不到半年知佳就开始厌烦了。每周最多跟他见两次面。虽然休假时几乎天天见面,但平时知佳一直都非常忙碌,西田努也在拼命打工和做学术研究,以致大部分日子两人只得通过电话联系。

这个男人或许不适合我——第一次产生这种想法是在他们认识还不到三个月的时候,因为知佳记得那晚是第三次在她长住的公寓里共进晚餐。

第一次晚餐知佳做的是荤菜,第二次图省事做了铁板烧和炒面,所以第三次那晚知佳想展示一下厨艺,决定烹饪鱼肉。她买了一条鲷鱼,根据菜谱做了煮盔形鱼头。那天西田努也提早结束兼职,刚过七点就来到知佳的公寓,坐在餐桌前。然而,西田努对知佳做的鱼头却完全不动筷子。“你不喜欢吃鱼?”知佳问道,他点点头。

“吃肉太多并不好,但鱼肉富含脂肪酸,多吃鱼是有益健康的。”

知佳夹起一块鱼肉放进西田努的餐盘里,然后撕成碎块,蘸满汤汁放在西田努的米饭上。

“尝尝吧,鲷鱼没有腥味,很好吃的。”

西田努沉默地把一小块鱼肉塞进嘴里，之后再也没吃过一口。

晚饭后，知佳洗完餐具回到房间，西田努一脸认真地对她说："我想和你聊件事。"

两人在小矮桌两侧落座后他开门见山："以后你不要再做鱼了。听你刚才的语气是打算以后也要让我吃鱼喽？我从小就讨厌吃鱼，并且在今天之前也从没吃过鱼。我觉得这样挺好的。对于过去那个你不了解的我，你没必要干涉，我也不希望你干涉。同样，对于认识我之前的你的所有事情，我从没想过要插手或者去调查。你理解我所说的意思吧？"

知佳当时点点头，鞠躬赔礼道："对不起。"

然而，她对此却耿耿于怀，内心从未释然。

接下来的两年里，西田努依旧是十分珍惜自己的时间，依旧是争分夺秒地学习或是打工，而且时常提醒知佳要珍惜时间。说实在的，知佳把除了跟西田努约会外的其他事情都排在末尾，而西田努却不同——每周务必回一次熊本跟老家的朋友聚餐，还要跟大学的摩托友一起旅游，跟高专的学生一起参加机器人大赛等，除了兼职打工和做研究之外，他还有很多事要忙。

西田努喜欢交际，好朋友一大群，其中大部分是初、高中同学，甚至大学同学。他们整天厮混在一起，知佳一点也不担心他会背叛自己或做出什么出格的事来。不过,西田努也没有表现出整天想跟知佳黏在一起的样子。

高中期间一直酷爱足球运动的西田努,身体强壮,床上功夫当然也是一流。不过,知佳觉得跟现在的英一相比根本就是小巫见大巫,不值一提。

西田努对知佳从保育园辞职一事未置可否,只嘟哝了一句“你自己考虑清楚就行”。

二〇〇二年三月底知佳辞职,十天后是妹妹笑美子和男友健辅举行婚礼的大喜之日。西田努跟健辅早就相识,算是老交情了,那时他也会参加婚礼的,更何况这本来就是理所当然的事。

当天,西田努身穿正装,骑着摩托车来到婚礼现场。

他三月份顺利通过论文答辩拿到研究生学历,四月份进入大阪一家机械制造厂实习。工作之余,他狂飙着摩托车从大阪飞驰而来。

穿上晚礼服的西田努显得风度翩翩,温文尔雅,帅得令人惊呆了。当他帅气而又潇洒地出现在婚礼现场的那一瞬间,知佳如幡然醒悟一般:“这个人不适合我。”

一旦产生想法,知佳就会付诸行动。她当即决定放弃他,她的行事风格一贯如此,这也是别人称她“理智”的原因。

为何会当即认定他“不适合”呢？知佳说不清个中原委，只是凭借直觉，而且依这种直觉做出的判断至今没有出过任何差错。

婚礼结束一个星期后知佳来到大阪，正式向西田努提出分手。西田努大吃一惊，如堕五里雾中。不过，他没有因为惊慌而显得失措，也没有以吵闹的方式加以挽留——或许是他刚入职不久，正踌躇满志地想在事业上大干一番，根本无暇顾及男女私情；或许是突如其来的分手让他无所适从，需要一段时日才得以反应过来。总之，不管怎么说，知佳算是如愿以偿，大功告成。

“我爸去世得早，我妈只知道关心体弱多病的妹妹，从小我在孤独和寂寞中长大，从未感受过父母的关爱。通过我们两年多的交往，我发现你并不能抚平我的孤独和寂寞。是的，心冷了，就难以再暖过来，一个男人愿意给女人多少时间，就给了她多少爱。总之，我们还是分手吧。”这是知佳的说辞，理由似乎牵强附会但又不容置疑。

西田努立刻反击道：“你孤独时寂寞时直接告诉我不行吗？平时冰冷冷的，跟我欠你什么一样。现在却又说你的寂寞我不懂，你不觉得这样做很卑鄙吗？”

“阿努，如果不告诉你你就永远不懂，那么爱也就走到尽头了。”

这是知佳最后的忠告。

受台风影响，博多城从二十号开始连续一周将是清新宜人的凉爽天气。知佳公司的所有员工都期盼这种凉爽湿润的天气能够持续更久一些，然而天不遂人愿，月末，酷暑再次来袭。

知佳所在的诚屋食品以生产和销售博多特产而闻名，是一家辛子明太子①的老店。由于辛子明太子乃生鲜食品，炎炎盛夏是销售淡季。酷热一过，初秋刚至，生产和销售量会迅速飙升，人气再度回升。所以，公司全体员工大都期盼夏天尽早结束，秋天快点来到。辛子明太子销售的黄金期并不长，持续到八月七日立秋前后，随着中元节的礼品大促销的降温，公司销售战役也将告一段落。

八月二十九日周一，白天气温再度攀升至32℃。傍晚，母亲优子突然打来电话，希望知佳明天或后天回老家大濠一趟。其实，手机刚响时，知佳正收拾行李打算回老家呢，真是心有灵犀啊。

---

① 是以明太鱼（一种小型鳕鱼）的卵为材料，使用辣椒等调味料制作而成的美食，也是闻名日本全国的福冈县博多市特产。

英一本周五要值夜班，知佳只得跟他约好周六见。

这一周来，英一每天都来知佳公寓。两人连续一周每天见面，天天不间断鱼水欢情，对他们来说都是第一次，两人耽于其中，缱绻缠绵，极尽欢会之乐。二十三日一早，英一说老婆和女儿今日回来，两人不能这样天天见夜夜欢了，知佳禁不住潸然泪下，仿佛身体的每个毛孔里都残留着跟英一缠绵的余味，欢愉嫌夜短，寂寞恨更长。当知佳孤衾独寝、枯坐凝思之时，与君夜夜欢的短暂光景如同针刺一般，令下半身产生了一种麻痹般的疼痛，使得她难以忍受。尽管随着时光流逝，如初的兴奋感有所消退，但知佳也清楚地知道自己对英一的依恋比以往任何时候都要强烈。

英一不能再来，知佳甚觉无趣，于是便想起家来："要不，今晚我就回大濠吧。"她不想孤身一人独守闺房，周一、周二不用去"达尔文"，时间相当充裕。现在只要一闲下来，知佳满脑子就是英一，魂牵梦绕，自不必言。

"不行，今晚有客人来。"母亲优子吞吞吐吐地回答，知佳隐约猜到母亲的心事。

"那我明天回去。"

"好吧，明天我们一起去吃烤鳗鱼，还有……"母亲的语气明显放松不少。

“有什么急事吗?”知佳打断她。

“是的,有件事想跟你商量一下。”母亲语气慌张地回答。

知佳心知肚明,无非是老房子改建之类的琐碎事。“今晚有客来”想必就是妹妹笑美子无疑,她们定是在商讨如何说服我。

知佳没往下再问,只说了句“明天大概七点到家,烤鳗鱼就拜托妈妈了”,便戛然挂了电话。

诚屋食品位于博多站东三丁目,马路对面是小巧又舒适的中比惠公园。此处不仅是公司总部办公之地,也是社长的宅邸,五层高的狭长建筑,社长家住在五楼,一楼是其夫人经营的直营店。

知佳选择这家公司没有什么特殊原因。从保育园辞职后的那半年里,知佳靠着失业保险和一定存款赋闲在家,日子过得也算逍遥自在。九月时,通过招聘广告她投了几份简历,面试了几家公司,最终选择了诚屋食品。公司职员包括社长、专务董事等领导高层在内共计二十三人。其中,有些员工派到工厂和市内三家直营店工作,以致在总部上班的只有十三人。知佳是文员,负责一般事务。保管发票、安排配送发往九州各加盟店的商品、电脑录入销售数据等繁杂事务都由她和另外一名女同事川田共同处理。川田今年五十二岁,有两个儿子,都是温文尔雅的大学生。她比知佳早一年进入诚屋食品工作,先是临时工,三年前的十月份知佳来公司时她随之转正,成为正式工了。

近几年来,辛子明太子大受欢迎,公司的销售业绩随之节节攀升。但知佳的月薪很低,每月二十万日元。公司奖金每年发两次,相当于三五个月的工资。如果折算成年薪的话,大概三百万。这种薪酬水平如果再打算存点钱以备不时之需,平时的开销就会捉襟见肘、囊中羞涩。

知佳今年去了琴子学姐的"达尔文"酒吧打工。每周工作四天,每天从七点工作到十二点,每小时的工资是一千五百日元。这样的话,每月工作十六天就有十二万日元的收入,是个不容小觑的数字啊。琴子离婚后回到故乡长崎,三年前来到博多(即知佳进入诚屋食品之际),然后进入中洲春吉桥附近的"达尔文"酒吧。店主是一个叫山内的男人,琴子是他雇来做妈妈桑的。山内先生五官端正,眉清目秀,不失为一名美男子,尽管头发已经花白。据说他今年五十五岁,跟母亲优子的年龄相仿,在市内还经营着一家建筑公司,其他情况就一概不知了。山内先生算是琴子的资助人,知佳不知道他们是怎样认识的,只知道他每周来店里三次,跟琴子相处得十分融洽。"达尔文"是他取的店名,听说山内先生非常崇拜生物进化论的奠基者查理·达尔文。知佳没觉得"达尔文"作为店名有何特别之处,相反,琴子却异乎寻常地喜欢这个名字。

出了公司大门才发现气温已降,比白天去银行存钱时凉爽很多。中比惠公园里聚集着一大群家住附近的孩童,像是在燃放烟花。知佳匆忙穿过公园向博多站径直走去。先经过筑紫路,望了一眼淀桥相机公司大厦,然后从音羽十字路口穿过一座大高架桥到达住吉路。从公司步行回到住处最多二十五分钟,无论春夏秋冬,只要不是雷雨天气,她都坚持徒步上班。

博多站附近车水马龙,人潮涌动,尽是着急回家的上班族。知佳原想顺便去站楼里买点东西,但一时却无精打采,提不起神儿,购物的冲动似有若无。这时分邀请其他朋友小聚一番也来不及,没有他法,心绪惶惶的她只好悻悻回家,瞟了一眼银行大厦的时钟,指针指向六点半。

要不独自去喝一杯?已经很久没单独喝酒了,知佳暗自琢磨。

公寓附近有一家“博多七福”饭馆,便宜又美味。所用的鱼贝类食材都是从长崎五岛直接运送过来的,新鲜得很。知佳觉得即使在盛产鱼类的博多,这家饭馆海鲜的美味也绝不逊色。以前每逢加班回家较晚时,或累得不想做饭时,知佳经常光顾这家餐厅饱餐一顿。知佳三年前就认识店老板阿形,那时她刚搬到此地住，这样说来也算是店里的老客户了。阿形脸庞粗犷，不善言语，加上剃个秃瓢头，初来之客大都觉得他难以相处，待慢慢熟悉后发现他心地善良、诚信经营、童叟无欺，于是渐渐都喜欢他了。阿形原是工薪阶层，因酷爱钓鱼而扔掉了朝九晚五的铁饭碗下海经商，三十五岁那年开了“七福”这家店，如今已匆匆十年了。饭店一般都是晚上十一点半打烊，为了准备第二天的食材，他一直坚持夜间捞鱼。想必这种生活非常适合爱熬夜的单身女性吧。

时钟指向七点，知佳走进“七福”，坐到吧台最里面。这是她的老位置。

“今天有什么好吃的?”点了一杯常喝的“山猿”冰镇威士忌之后，知佳问道。

“时令青花鱼，还有从呼子运来的墨鱼，味道好极了。”

“好吧，可以尝尝。”

只要确定了生鱼片，其他配菜老板都会依客人口味而定，主食也是如此，即便这样，知佳的消费金额从未超过三千日元。

知佳慢慢品着钟爱的烧酒，想着妹妹笑美子的事……

一个月之后，笑美子的次子就要出生。看来，她准备换一个生活环境——一家三口现居住于城南区的公寓，次子出生后，房子难免狭窄逼仄,笑美子早就动了霸占老家大濠地皮之念。其实,她丈夫健辅在当地银行上班,家境殷实,努努力,加加劲,买套公寓或独门独院自是轻而易举、不在话下的。金融危机时,笑美子就异常关注房产信息,不断估量着老家大濠地皮的价位。笑美子还是三四年级的小学生的时候就热切关注房产每月的行情,发现房价上涨后就无比兴奋,逢人就说“家里的房子能值两亿多日元”。即便现在,她仍自信地说:“在福冈寸土寸金的市中心,再也找不到像我们家这种三百多平方米的大房子了。”对于母亲百年之后势必要跟知佳平分遗产——老家房子这件事,笑美子肯定很不甘心。正因为此,她借这次怀孕的时机,提出了跟母亲同住的请求。

上个月知佳回老家时,母亲不慎说漏了嘴:“你妹妹说,次子出生后,她负担难免太重,想回来让我帮忙照顾一段时间。”听罢,知佳觉得这句话心怀叵测,似乎有事情要发生。母亲后来察觉自已失言,跟知佳闲谈时变得甚为谨慎。原来笑美子在精打着小算盘,她一直鼓动母亲把老房子拆了,然后由他们夫妇出资重建家园,新房子盖好之后,笑美子一家人住进去与母亲共享天伦之乐、三世同堂之乐,房子下的地皮归为己有岂不是顺理成章、水到渠成之事?这是不言而喻的。

明天所谈之事肯定与此有关。和疼爱的外孙俊辅生活在一起，母亲是求之不得的，她这一行为无形中又坚定了笑美子的决心。这不是变相将大濠的房子拱手相赠给笑美子吗？若谈及姐姐的那一份额，笑美子肯定会用"姐姐不是有唐人街停车场吗"来搪塞母亲，唐人街停车场是一块近一百平方米的土地，在家附近，是爷爷当年随着房产一起遗留给父亲的。

笑美子自幼患小儿哮喘症，及至上小学仍十分严重，因此，她集母亲百般宠爱于一身，在溺爱中成长。这样的孩子特别会撒娇，笑美子幼童时代就长袖善舞，令知佳自愧不如——她永远知道该怎么出牌，出哪张牌能让父母心甘情愿地为她奉献一切。但是，父母却看不到她恣意妄为、一反常态、自以为是的另一面，其巨大的反差令人大为咋舌。

"——笑美子虽然很任性，她跟我一样，表里如一，老实憨厚。知佳你呢，或许更像爸爸，总让我搞不懂你究竟在想些什么。没想到你如此大胆，太令我吃惊了。"

自知佳闯进父亲情妇德永美智子的家里大闹一场后，这句话就经常挂在母亲的嘴边了。其实，母亲的话只说对了一半。在姐姐知佳看来，妹妹笑美子漫天撒谎，信口开河，在父母面前若无其事大玩伎俩的行径才是真正令人吃惊的，也是无人企及的。

——果断结束职业生涯，二十一岁结婚，二十三岁生下长子，二十五岁生下次子且二十六岁在娘家土地上大置豪宅——一路混完高中、短大的笑美子，在人生的路上却走得如此坚定，一步一个脚印朝着既定目标前行。对于她这种工于心计、巧于钻营甚至不择手段的本领，知佳不得不甘拜下风。

世界上有这样一种精明人，无论平时多么放纵任性，但对自己脚下的那块薄板却小心翼翼，任何时候都不会踏离。知佳觉得笑美子就是典型的这种人。关于各自的人生，姐妹两人从未深入交谈过，但知佳明白笑美子对爱情和婚姻绝对泾渭分明，她是一个从内心深处坚信“恋爱和结婚完全是两码事”的女人。

“两个深深相爱的人即便修成正果，永结同心，但其中一方也不可能靠回忆度过漫长几十年。如果所嫁男人身体不好，或是囊中羞涩，抑或公婆矫情难处，最终做媳妇的免不了吃亏，百年好合从何谈起？不管男人还是女人，过了二十岁就不能再做无意义的事了。女人就要现实些，不能一辈子都做梦啊。”

接受健辅求婚时，笑美子当面发表了这番高论，说得斩钉截铁。知佳当时吓了一大跳，下意识地看看健辅的脸色，没想到他居然微笑着点点头。

人不能仅靠回忆而活下去，不能一辈子都在做梦——这是个老生常谈的话题，知佳认为。难道人真的不能靠回忆生活下去吗？其实，世界上这样的人并不少，他们拥有一段强烈而难以忘怀的记忆，这些回忆足以支撑他们走完余下几十年的人生岁月。

还有，人真的不能一辈子都做梦吗？其实不然，梦是人在艰难困苦的环境下所唯一拥有的现实，唯有梦，才能支撑现实人生度过困难时期，难道不是吗？古往今来不胜枚举啊。知佳认为，在人世间，绝对存在着永不醒来的梦，绝对存在着不管经历多少沧桑岁月都不会褪色的鲜活记忆。只是对于我们这等凡夫俗子，对于我们这种蝇营狗苟的生活方式，岁月或许根本就不配拥有这样的梦，也不会拥有这样闪光的回忆，然而在世界其他地方，一定有人拥有这些，她一直坚信。

知佳甚至觉得父亲或许就是这样一个幸运儿。

三杯烧酒下肚，她觉得有一种眩晕感袭上心头，宛如泛舟于微波荡漾的湖面上。跟心爱之人举杯共饮，飘然欲仙，可谓享尽人间其乐啊。然而，更多的场合知佳却是顾影自怜，一人独酌，尤其是在思考一些重大问题时，一人独酌是别有一番滋味在心头——有了酒，思想会更有深度，有了酒，能使自己更坦然面对真实的自我，有了酒，知佳会心神飘荡，意气风发！酒是一位无声的挚友，只有与酒对话，自己内心真实的情感才会源源不断地涌现出来。何以解忧？唯有酒知我心啊！

父亲花心，感情出轨，情人是一个名叫德永美智子的女教师，这些事是母亲告诉知佳的。母亲说，几年前他们两人在同一所小学任教，最近在一次教师进修会上邂逅，因彼此眷恋而旧情复燃，以致发生不同寻常的关系。美智子和母亲并非陌路之人——美智子刚入职时，母亲跟她在同一所小学共事过几年。自尊心极强的母亲，为何一五一十将父亲情人的情况向孩子们开诚布公，知佳大为不解，感到不可思议。如今想来，或许是因为父亲出轨一事暴露半年多来，父亲仍我行我素夜不归宿，母亲早已不能以平常心来处理这件事了吧。

兔子不吃窝边草——美智子居然和父母都是同事，知佳在内心深处无法接受，觉得深受其害，从而产生了一种强烈的对抗情绪，以致正值青春期的她单纯地将这种关系归为龌龊下流，为君子所不齿。

而今，知佳恍然觉得青春期的这种厌恶感并非真正之厌恶——尽管英一前几天所说的蒙古谚语中没有这句话。

她竟然站在德永美智子这一方了。

初三暑假时，知佳从一位要好的男同学那里获得了德永美智子的住址。德永美智子是男同学小学五六年级时的班主任，他们一直保持联系，春节还彼此邮寄贺卡。

美智子已经调到东区某所小学，住址变更为东区千早一丁目。

东区离知佳老家大濠的住所非常远，一直住在市中心的知佳并不熟悉东区，只是小学时为了拜访一个搬到贝塚的好友而来过一次。既然德永美智子住在千早，那么父亲肯定每次都要跑大老远来这里和她幽会。想起这些，知佳更觉得这对男女的做法十分龌龊，为了淫乱而避人耳目。

知佳永远也忘不了见到德永美智子那天的情景，即一九九三年九月六日星期一。她暗自思忖，难道这就是所说的能够支撑人们活下去的那种回忆？

——知佳放学回家后对母亲说要上补习班，于是傍晚再次出了家门。当时，学校正值考试复习期，每天去上补习班是天经地义的，一般都是到十点多才回家，知佳有充足的时间去找德永美智子，且不会被母亲察觉。

知佳在唐人街坐上地铁，在贝塚换乘西铁宫地岳线。她事先在地图上查明路线，在名岛站下车，从北口出，然后穿过国道三号线到达千早二丁目，而目的地一丁目就在旁边。

在名岛站下车时将近六点半，距日落还有一段时间，华灯初上，但周围光线还很明亮。小小站前广场十分寂寥，只有零星几人匆匆而过。

德永美智子在千早东小学任教，应该在七点多就能下班回家。知佳举腕看表且与车站的大钟核对了一下，然后，在站前张贴栏里的地图上找到了大致方位，开始朝美智子家走去。地址是以“303”结尾的，所以她肯定住在某栋普通或高级公寓里。如果美智子不在家，知佳打算在门外一直久等下去，直到她回家为止。父亲也许正跟她在一起，但这没关系，知佳下定如此决心，将一切皆抛在脑后。

在名岛交叉口穿过三号线后走进小路，然后来到九州电力营业所门前，右拐至羊肠小道，然后顺着小道走上不久就是工业区，千早二丁目就在前面。

知佳顺利抵达这个旧工业区的入口处。

知佳看看表，六点四十五分，才花了十分钟而已。天色已暗，估计七点之前能找到德永美智子的住处，知佳放下心来。尽管这里也属于市区，但在自己十分陌生的区域，知佳心里仍是忐忑不安的。

就在她穿过工业区后，担心的事终于发生了——她彻底迷路了。朝目测大致方向径直走到工业区的尽头，只见前方迎面一堵高墙挡住去路，知佳无奈之下只得返回。走到工业区外，知佳眼前出现一片老旧住宅区，大小不一、各式各样的住宅分布在马路两侧。此时，天色已经完全暗了，路灯稀疏，忽明忽暗，一种莫名的孤独和伤感涌上心头。刚刚七点,路上却完全不见行人影踪,更为奇怪的是,住宅群里也没见多少房间有亮灯。

知佳怀疑自己产生了幻觉,难道走进了一座幽灵城市?

她努力抑制这种不安的情绪,凭着直觉从纵横交错的小路中选择了一条,开始向前走。时间一分一秒地过去了,她觉得走了很远,没有看见电线杆上的住址牌从“千早二丁目”变成“千早一丁目”。不仅如此,十五分钟之后前方突然出现一个大型运动场,使得她完全没有方向感,不得不再次原路折回。知佳确认一下时间,已过七点半。她想向行人问路,但不知为何,稀疏路过的行人中除了衣冠楚楚的中年大叔外,就是骑着摩托狂飙的年轻人,没有一个人能让她鼓起勇气上前问路。

知佳心中倍感不安,呼吸和心跳变得急促起来。

空气中泛着潮湿的气息,无风的晚上更是闷热烦躁。

这种不安转眼变为恐惧——虽然知佳一路顺利地折了回来,但却又走到另一处陌生之地。这里没有她刚才路过的密集住宅,而是一条排列着几家店铺的小商店街。每个店前都挂着红灯笼和绳帘,透过窗户磨砂玻璃完全看不清内部,而且这些店里进进出出的全是穿着半长灯笼裤、眼露凶光、形体剽悍的男人,周围完全找不到女人的身影。

知佳从这些店前快步走过,害怕有人突然从后面抓住她的胳膊将其拽走。她一路小跑，想尽快离开此地。

终于跑到了一个无人的地方，知佳这才慌乱地停下脚步来喘喘气——之前她害怕走在没人的路上，现在更怕有人的地方。这时她突然看到电线杆上的住址牌，上面写着“名岛三丁目”。不知不觉她已经走出“千早”的地界。再这样往下走岂不是永远到不了千早一丁目？将近八点钟，而自己已经在这个迷宫一般的街道里彷徨徘徊了一个半小时。事到如今，知佳居然连名岛车站在哪个方向都弄不清了。

此时，知佳大汗淋漓，嗓子火辣辣地疼。

她想喝点什么，目光转向道路前方，只见前方约五十米处有自动售货机亮着灯光。先喝点水解解渴，平静一下，然后随便按响某一家的门铃，向他们问问路不就行了？知佳重新振作起来。

当她满怀期待地来到这台自动售货机前时，才发现售货机只售啤酒，没有其他饮料。

知佳大失所望，火辣辣的嗓子却不能再忍耐了。

喝点啤酒也没关系，她心想。尽管此前从未喝过啤酒，但常常看见父亲洗完澡后就来一杯，她早就想尝试一下了。

下定决心后她不再犹豫，从钱包里取出一枚五百日元的硬币迅速投了进去。“咚”的一声，一罐啤酒掉进了售货机的出货处，啤酒罐的掉落声在四周十分安静的氛围中显得格外响亮。

知佳取出啤酒,毫不迟疑地打开拉环,大口喝了起来,一股香醇的苦味立刻灌满鼻腔,喉咙感到一阵冰爽。不过,这冰凉的液体进入胃里后,整个身体像是突然发起烧来。

——真好喝！太爽了！

她觉得。

现在回想起来,当时这样大胆狂饮啤酒的动机从何而来呢?记忆已经淡薄了,或许是迷路了、忐忑不安、不知所措的情况之下的一种自暴自弃?至今,唯有啤酒的苦涩与清凉让她无法忘怀——她当时接连喝了两罐。

醉酒之后是一种什么样的状态?刚满十四岁的知佳从未经历过,她也无法辨别自己是否已经喝醉,只觉得心情突然兴奋起来,全身都变得软绵绵的,但精神头却很饱满。这种感觉很奇特,知佳并不讨厌。她不再担心时间过得飞快,也不再烦恼找不到德永美智子的住宅在哪儿。她只要抱有一定能够找到的信念并且坚持往下找,就一定没问题。

知佳从名岛三丁目再次朝着千早一丁目出发。刚走五分钟就在左边发现了一个小神社。她打算从前面经过时又不经意看到了立在牌坊对面的一面白旗上写的字,于是不由自主停下了脚步。

白旗上写着几个大黑字“断缘巫术消除灾祸”。

知佳迅速穿过牌坊走进神社。已是晚上八点，神社里空无一人。知佳站在拜殿前，从钱包取出一张千元纸钞，塞进香资箱里。即便是一直注重烧香拜佛的知佳，也是生平第一次投下一千日元做香资。但她毫不迟疑地这样做了，当时她已经完全醉了。

知佳双手合十，开始祈愿。

——各位神灵，请您一定要让父亲和德永美智子永远分开……

父亲死后，每当回想起当时的这个祈求时知佳就会感觉心中像锥刺一般疼痛，一种罪恶感的折磨在绞痛着她的心。自己为何那样多嘴多舌要求他们“永远”分开呢？真是一语成谶，如果没有说出这个词，或许父亲就不会过早去世。只有其中一方死去，才是跟另一个人“永远分开”，当时的知佳并没有意识到这些。

拜完神社之后，知佳开始往回走。真是踏破铁鞋无觅处，得来全不费功夫，德永美智子的家就在眼前，千早一丁目就在神社正对面，中间仅隔着一条双车道的马路。穿过马路往前走不到五十米，就是德永美智子的住所——知佳终于在刚过八点的时候到达了美智子的房门外。

美智子出来后自己跟她说了些什么，知佳现在已经完全不记得了。唯一的印象是看到美智子的那一刻知佳大吃一惊——美智子是一个风姿绰约、清丽脱俗的绝色佳人，外表完全不像所说的三十五岁。

原本打算确认了对方身份之后，把早已准备好的尖酸刻薄的话语一股脑扔向对方。然而，美智子站在自己对面的一瞬间，知佳全身血液一下子从脖梗儿逆流冲上脑门，大滴的汗珠从脸上滚滚而下，接着，身体完全失去了控制，朝着斜前方即美智子的方向直挺挺地倒了过去——依稀觉得美智子伸出双手接住她的身体，她似乎又在大声呼喊什么，一个个黑影匆匆从眼前掠过，之后的事情她一点都想不起来了。

醒来时，知佳发觉躺在自己的床上。她一时发蒙，完全搞不清到底发生了什么事。恍惚记得去了德永美智子的家里与之对峙，为什么却躺在自己的床上呢？知佳慢慢搜索着，好一会儿才渐渐想起之前发生的事来。

恐怕是因为空腹连喝了两罐啤酒而醉倒了，以致昏倒在美智子的门前。大吃一惊的美智子肯定是叫来了父亲，最终把自己带回了家。再仔细回想，一些片段又浮现出来，知佳隐约觉得是父亲抱着自己，然后一起坐上了出租车。

知佳想坐起身来，但身体刚抬起一半就感到一阵头晕目眩。这或许就是宿醉的感觉吧？她看看书桌上的闹钟，确认时间之后又躺了下去。指针正指向一点，从周围的寂静和房间的昏暗来判断，现在应该是凌晨一点。

她又昏昏沉沉地睡去了。再次醒来是因为楼下传来激烈的争吵声。知佳下床来到楼梯口，头痛已经完全消失了。

“居然逼女儿做出这么丢尽颜面的事，你还配当爸爸吗？还配当一名教师吗？我已经忍无可忍了，我会让你和那个女人永远永远无法登上讲台！”

这是母亲尖厉的叫声。

知佳悄悄地回到自己房间。她坐在床上，披着毛毯，任凭眼泪夺眶而出，哗哗流下。母亲居然认为她的所作所为是“丢尽了脸”，知佳感到羞耻万分，恨不得立刻死去。她觉得母亲的话令她的心灵深受打击，她对自己的行为追悔莫及。

早上，父亲和母亲见到知佳都没有提及昨晚的事。知佳也没说什么。

一周之后，母亲告诉她，父亲和德永美智子分手了。

“他们之间，好像已经结束了。”

母亲冷淡地说着，脸上没有一丝表情。

十点左右，知佳走出“博多七福”。就在刚才老板阿形请她吃了特制的海苔泡饭，跟往常一样向她订了一批辛子明太子，所以知佳在回去的路上心情非常好。回家的路也就是从七福走到知佳所住的公寓，其间的距离用不了五分钟。

到家之后，为了醒酒，知佳打开电视消磨了一个多小时。原本打算洗个热水澡，后又觉得麻烦，只在卫生间洗了脸就直接倒在床上。关了灯，她开始望着天花板发呆。

知佳在琢磨，当时的德永美智子老师究竟是一种什么样的心情呢？

跟美智子老师分手不到一年父亲就撒手人寰了。假如没有自己当时的那种举动，或许父亲就不会跟美智子分手。如果两人不分离，或许父亲就不会得癌，或许会健康到终老。虽然家庭有可能破裂，但自己就不会过早失去父亲……

时光不能倒流，人生没有假如……

父亲去世后第三年的夏季，知佳突然遇见了德永美智子。那天知佳在天神百货商店闲逛，刚走进西街一家咖啡厅准备休息一下时，看到美智子推着婴儿车竟然来到她旁边的桌子坐下。

两人立刻认出了对方，美智子向她点头施礼。知佳稍稍迟疑了一会儿，端着冰咖啡凑到美智子桌前坐下了。

孩子在婴儿车里熟睡,两人顺利交谈了近一个小时。

美智子说父亲死后没多久她就从学校辞职了。第二年她结婚了,后来生了一个儿子,刚满一周岁。

“您好像没来参加葬礼。”

美智子默默地点头,说道:“其实,在诚治去世前,我去医院看过他。”

“我爸肯定很吃惊吧?”

“不知道,或许没有吧。看他的表情好像猜到我会去。”

“什么时候呢?”

“什么?”

“您去看望我爸爸的时间?”

“听说他住院我就去了,应该是在他去世那年的二月份吧。”

那时候父亲的精神还可以,知佳回忆着,于是不由得松了口气。

“你们都谈了些什么呢?”知佳猜想她不会告诉自己,但依然脱口而出问道。

“谈话的内容,我想一想……”

美智子陷入回忆之中。

沉吟片刻之后,她眼中浮现一丝明媚的光亮。

“那天我去医院实际上是打算带诚治离开的。我跟他说,我们的生活从现在开始也不晚,我们去另外一个城市吧?我一定会把你的病治好。"

知佳沉默不语,注视着美智子的脸庞——她依旧那么年轻,那么漂亮。

"然而,诚治却这么回答:'智子,我要走了。我们已经无能为力了。得了癌症我才明白,我只有你,而你不一定非我不可。'他眼中噙满泪水,表情里流露出酸楚与悔恨。这席话真是令人心酸,令人肝肠寸断。与他分手时我曾这样自我安慰:这样结束也好,但看着即将永远离我而去的诚治,我在心里承认,我只是在欺骗自己,我最终还是抛下了我最喜欢的人!"

对于她的话,知佳感到无地自容。

美智子接着说:"你并没有做错。你那样跑到我家来真的很勇敢。当时你满脸通红,像钟馗一样,后来还醉倒了。诚治来接你时一脸的莫名其妙,他的那副表情现在想来也很好笑。"

说完,美智子开心地笑了起来。

知佳不理解"钟馗"是什么意思,回家后专门查了字典。字典解释说是中国一位传说中能驱除恶魔赶走瘟疫的神。看了解释,知佳觉得自己无话可说。

今年一月份知佳就在"达尔文"酒吧上班了,跟老板山内先生单独接触和私下交流，今天还是第一次。山内先生每周来店三次。每到晚上十二点打烊时，知佳就会先行离开，独留琴子和山内于店里。知佳这么做是想给他们两人留些空间。

今晚山内突然向她发出邀请："知佳，下班后我们三人一起去吃寿司吧？"知佳一头雾水，却欣然接受了。

明天是九月二十三日星期日，秋分节气，公司从明天开始放假三天。这半个月以来，知佳从未跟英一见过一面。

九月七日那晚最后一次见面时，知佳对英一说："关于咱俩的未来，我想单独冷静地思考一下，这期间我们不再见面。想清楚之后我会打电话的，请不要主动联系，也不要到'达尔文'找我。拜托！"英一果然遵守约定，之后如同人间蒸发一般，完全淡出她的视野——这是英一的一贯作风。不过，足足半月杳无音讯，连个问候的短信都没有，知佳反倒忐忑不安起来——尽管这个要求是她提出的。不过，知佳依然坚定地相信英一，直到后来连加奈、和泉也不曾出现过，她的不安开始演变为担心，进而骤变为恐惧——难道英一出事了？

不曾与英一见面，知佳度日如年，过得分外痛苦。尽管之前每周才幽会一次，半个月最多两次，但英一时而出现在"达尔文"酒吧，时而与她电话聊天，时而短信问候，回想起来，每隔两天肯定会有一次较长的交流。如今，这种交流完全断绝，刚过一周知佳就迫不及待地想去找他了；十天之后，她开始憎恨英一，这家伙居然如此绝情，真的完全不联系了；克制了半个月，知佳今天却无法抑制了，牵肠挂肚的是他的安危。

敬老日三天的假期里，知佳满脑子装的都是英一，于无尽思念中苦度每一天。情绪低落、无精打采的她什么都不想做，唯一做的是在十八号周日那天回了趟大濠看望母亲，告诉她自己同意改建老房子，同时希望母亲能把唐人街停车场那块地皮正式转到自己名下，以作为补偿。而这次放假，知佳也只有一件事要做，就是再回大濠一趟——一是为了秋分时节的扫墓，二是拿回名义变更完成的停车场产权证。

有了以上安排，知佳稍许平缓了心情。今晚，她表示乐意陪山内先生和琴子去寿司店用餐——尽管她一点儿都不饿，但是好久没有喝酒了，借此放松一下亦未尝不可。

山内先生带着她们穿过明治街，来到中洲五丁目的“岩庄”——博多一家颇具名气的寿司店。他们两人像是常客，尾随其后的知佳谙熟门径地走进厅堂坐在吧台前时，一名中年服务员立刻取出寿司材料箱，详细介绍今日的各种鱼类。知佳心情有些紧张，毕竟初次来这种高档餐厅。已过深夜十二点，只见店内高朋满座,觥筹交错,酒气弥漫。

“知佳,你有什么忌口吗?”

听到山内先生这样的问话,知佳很想回答:“我只喝酒就行了。”环顾四周的气氛后似又觉得不妥。无奈,她只好说:“吃什么都可以。”或许山内原本就是一个体贴入微的人,只听他随即对服务员说:“她年轻,正是吃饭的年龄,给她多安排些。”知佳莞尔一笑,暗暗叫苦连天。

知佳不喜欢这种“挑选客人”的餐厅,总感觉哪儿“不对劲”。尽管端上来的生鱼片和寿司都是极品佳肴,知佳还是觉得七福料理要亲切得多、美味得多。可能是不熟悉这种高雅环境的缘故,她决定加快饮酒的速度,喝完啤酒后改喝日本酒。

只有进入醉乡,心情才稍微放松一些。

看到知佳如此痛快地大杯畅饮,坐在她身旁的山内先生脸上露出惊讶的神情。

之后,琴子和山内聊起酒吧近来的经营状况,知佳便停止饮酒凝神谛听。其间,趁着酒劲,她向山内先生提出心中一直以来的疑问。

“先生为什么那么尊敬达尔文呢?”

突如其来的问题,使得跟琴子聊得正起劲的山内先生有些不知所措,他目光转向坐在左侧的知佳。

鼻梁高挺的他酷似影星宇津井健。

“尊敬倒谈不上,但我很欣赏哥白尼、达尔文、马克思这样的伟人,是他们第一个发现了别人从未发现的客观存在的事物,并且揭示了这些事物的自然规律。另外,我认为像提出‘大陆漂移说’的魏根纳和提出‘人口增长过快会引起战争’的马尔萨斯这些人也非常伟大。”

前三个人知佳倒是知道,后两个她都没听过。

“达尔文,就是那个说人类是由猿进化而来的人吧?”

“这么说也对,达尔文因为达尔文法则才名垂史册。”

“达尔文法则?”

知佳明白自己和上司说话时的语气有些放肆,但借着酒劲她也顾不上那么多了。山内似乎并不介意,跟平时一样笑眯眯的,时而朝琴子投去一个鬼脸。

“这个解释起来有点难,不过简单说就是下面这句话。”

山内从西装上衣口袋取出圆珠笔,然后抽出啤酒杯下面的纸垫盘,在背面迅速地写了几行字,递给知佳。

上面写着:

——生物是处于不断的生存斗争之中的,个体为了生存下去须将能够产生即使些微但却有利的变异基因保存下

来，并扩展到整个种群中去。这样才能产生新的物种，从而使生物得以进化。

知佳仔细阅读这些高深莫测的文字，这时，山内从旁边窥视她，说道："总而言之，只有灵活应对环境变化、不断完善自我的人，才能在这个世界上继续生存。这也是经商的铁的法则。我尤为喜欢'即使些微但却有利'这种说法。应对环境变化这种事，并不需要我们有多大的作为，只要抢先一步，完成一点点别人的未竟之事，那么我们就能进化一步。这句话多么令人鼓舞，令人勇气倍增啊！"

知佳对"产生变异"这个词不理解。既然产生变异，那么说变异是我们天生就有的？另外"个体为了生存"是什么意思呢？假如是指自己的生存，那又如何被"保存下来"呢？还有"扩展到整个种群中去"是指什么呢？"产生一个新的物种"又是什么意思呢？

不过，看着那些文字稍作思考，知佳大致可以理解其中含义。也就是说，天生就具备较强生存能力（产生变异）的人理所当然能够从众多动物种类中脱颖而出，从而继续生存下去（被保存下来），当他们与很多异性频繁发生性交关系后，就能生下更多的同样具备较高生存能力的孩子（扩展到整个种群中去），后来他们以前的那些同伴全部灭亡，只有他们这些具备较高生存能力的后代不断增加（产生一个新的物种）——达尔文将这一过程称为“进化”。

“也就是说，只有强者及强者后代才能在这个世界生存下去，那么在进化成新的物种之前，强者还必须生下足够多的子孙才行喽？”

知佳将对此的理解说了出来。

“达尔文法则，就是这么回事。”

“如果强者很花心，经常出轨，跟很多异性生下了孩子，也没关系吗？”

“当然没关系啦。动物世界本来就是这样的。人也是动物，花心或出轨并没什么错。”

“哦，是这样？真的是这样吗？”

知佳若有所思地发出感叹。

“知佳，你怎么了？怎么突然恍然大悟似的？”

坐在山内右侧的琴子嘲笑道。

“不过，问题在于人类不是一种低级动物。”

山内一口干掉了杯中残酒，话锋一转，语气轻松地说道。他一直喝啤酒，在“达尔文”时也从来都是喝啤酒，是一位地道的啤酒迷。

“但人终究还是一种动物啊。达尔文不是说人类是由猿进化而来的吗?”

知佳把手中的纸垫盘放进包里。

“达尔文只说对了百分之九十九,还有百分之一是错的。”

山内陡然提高声音。他好像也醉得不轻。

“那错的百分之一是什么?”

“就是刚刚你说的那句,人类是由猿进化而来的。”

“为什么错了?”

“这是显而易见的。仔细看看那些大猩猩和黑猩猩,知佳,你觉得它们需要多长时间才能变成人呢?”

山内端起刚送过来的生啤,又津津有味地喝了起来。知佳也准备结束喝日本酒,改喝烧酒。

“那人是什么变的呢?”

琴子学姐刚好要了一杯稀释烧酒,于是知佳立刻说了一句“给我也来一杯”,然后继续向山内问道。

“人并不是由什么东西变成的。人一开始就是人。只有人才是有灵魂的生物啊。或许是神将灵魂赋予猿类,最后猿才成了人。猿能自然进化为人这种观点是大错特错的,只是达尔文的痴心妄想而已。”

山内饶有兴致地说完,大声笑了起来。

“正如我刚才说的那样，假如人只是一种低级动物，那么花心或出轨什么的根本不是问题，但人一旦有了灵魂，再做这种事就等于犯罪。”

“原来如此……”

山内先生口若悬河，知佳只觉得云山雾罩，晕乎乎不知所云。

“不过，就探究人的内心而言，既想成为高级的人，又想成为低级的动物，左右摇摆不定。不过，最终都会脱去动物这层外皮而回归真正的人。死，就是这个过程。虽然达尔文没有提出来，但我认为，人的终极进化就是经历死亡。”

知佳终于理解他的意思了。只是她心中还有一个问题没有解决，即现在的自己，是想成为动物呢，还是想成为人呢？为了维持与英一的关系，不惜破坏他的家庭，这种行为只有动物才做得出来吧？然而事情并非如此，无论英一还是自己，都想像人那样一辈子活得真实，活得有意义，彼此才不愿意分开的。

直到凌晨一点半，三人才步履蹒跚地离开寿司店。知佳坚持要徒步回家，说走路能够醒酒，但被山内和琴子强行摁进出租车。引擎发动不到一分钟，知佳就觉得胃里翻江倒海，一股不可压制的酸酸的胃液直顶嗓子眼。她立刻告诉那位年轻的司机自已坚持不住了，要呕吐，吓得司机立即让她在横跨那珂川的桥头下了车。

知佳缓步走到桥中央，瘫坐在空空的长椅之上——没想到今晚竟然喝醉了。

那珂川畔，出售博多土特产的店铺鳞次栉比。已经没有任何顾客的深夜时分，几十家店铺却灯火通明依旧，没有一家有打烊的征兆。

时维九月，序属三秋，深夜凉风四起。

知佳又想起英一来，他在做什么？从明天开始的三天假期他打算怎样度过呢？他真的不再联系我了？他是想跟妻子和女儿重新开始平静的生活吗？有家室的男人大概都是这样的。

知佳凭直觉认为英一不是这样的人。仔细再想，爸爸也不是这样的人。尽管有了妻室，一旦遇到真正心爱的人他们一定会抛家舍子，在所不惜。当然，在婚姻与爱情之间痛苦抉择，在道德与良心之间悲伤徘徊也是在所难免的。吾妻是吾妻，我妾是我妾，能够将二者理性分割开来且活得潇洒旷达的人，世界上几乎不存在。

刚才晚餐接近尾声时，知佳跟山内互换座位，和琴子聊了一会儿。知佳并未问起英一的近况，但琴子却主动且直截了当地告诉她："他最近过得不怎么样。"同时，她还说，"如果两人纯粹是肉体关系，那么合得快，分得也快。人的本性如此，无论爱得多么死去活来，过了三十年、四十年后也有可能会形同路人。男人最重要的是事业，能否赚钱养家是评判男人价值的唯一标准，其他都是其次。英一是个好男人，但他没有能力保护妻儿以外他所珍爱的那个女人。”

这是琴子发自内心的忠告。可知佳冷静琢磨半天，仍无法断定是否有道理。

知佳并不要求她爱的那个男人必须有雄厚的经济实力，只希望他也爱她，想她，和她相濡以沫，相守终生。也就是说，她想找一个心心相印、“过了三十年、四十年之后依然亲热似当年”的对象。她想跟这样的人一起终老。

她也不想要孩子，当今社会生个孩子是一件不容易的事。当然，如果有了孩子知佳也会兴奋无比，她坚信自己有能力照顾好他，把他抚养成人。即便如此，最重要的人依然是丈夫，是陪伴自己终生的那个男人。她会对孩子说：“我最爱的人是你爸爸，其次才是你。”同时，她会让孩子慢慢喜欢最喜欢爸爸的妈妈。

夜风拂面，知佳醉意渐消。她从包里取出刚才的那张垫盘，目光再次停留在山内写的“达尔文法则”上面。

——生物是处于不断的生存斗争之中的，个体为了生存下去须将能够产生即使些微但却有利的变异基因保存下来，并扩展到整个种群中去。这样才能产生新的物种，从而使生物得以进化。

知佳再次认真体味这句话的含义。

她觉得山内先生说得千真万确。

看到这句话，她甚至感觉突然有一股热流涌遍全身，浑身上下莫名地充满力量。“能够产生即使些微但却有利的变异”从而生存下去的个体，是指自己呢，还是指和泉与加奈呢？

再往下细看，才发现这个结果最终只能通过“生存的斗争”来决定。

知佳大失所望，怎么会这样啊？

达尔文的进化理论归根结底是“结果论”，即他是在“人的出现”这一结果之后才认定“人的出现”与猿的进化有关，并据此推断出人是由猿进化而来的。

假如，达尔文生活的时代只有猿类存在，他能够预测猿类会如何进化吗，就如同无法推测现在的人类经过几万年或几十万年后会进化成什么结果一样？如果这样理解，山内刚才说的“猿能自然进化为人这种观点是大错特错的，只是达尔文的痴心妄想而已”，就完全正确了。因为无法预知未来的“法则”并不能称其为“法则”。

不要做出错误的决定——知佳暗暗告诉自己。

对自己而言，什么重要什么不重要唯有自己知道。当对婚姻爱情这样关系自己一生的大事做出选择时，要保持冷静，步步为营，独立思考和客观判断，绝对不要存有侥幸心理和试图大冒其险。

当然，到了最后的最后，只能听从内心选择，凭自我感觉做出决定——知佳如此认定。

知佳从酩酊大醉中完全清醒过来，步履稳健地朝着住吉的方向走去。慢慢走过那珂川沿岸的步行街，在清流公园前左拐跨过清流桥，博多运河城出现在眼前，从这儿到住吉的交叉口只需七八分钟。

一群女孩子聚集于运河城入口处。她们没穿校服，但从年龄判断是一群高中女生。已是凌晨两点多了，她们还在街头玩耍嬉闹，放声大笑，丝毫不顾忌寂静沉睡的街道。擦肩而过的知佳看着她们一张张朝气蓬勃、充满青春气息的面孔，心中泛起一阵酸溜溜的感觉。

——九月五日那天晚上的情景又清晰地浮现在知佳的眼前。是夜,关口加奈和同学——一个叫真由美的女孩突然出现在知佳的家门前。

加奈楚楚动人,比她的母亲还要漂亮。英一本来就是一个美男子,加奈长得漂亮是理所当然的,但出乎意料的是她的容颜和身材足以令初次见面的人自惭形秽,甘拜下风。和她同来的那位叫真由美的女孩也是亭亭玉立,气质不凡。

晚上八点左右,知佳正吃着晚饭,突然门铃响了。透过猫眼,她看到两个陌生的漂亮女孩站在门外,于是问道:"请问哪位?"对方语气坚定地答道:"我是关口英一的女儿。想和你谈谈。"

知佳有些吃惊,但没有丝毫畏惧。

应该说她早有思想准备,预感这一天迟早会来,因此内心很平静。

知佳邀请她们进屋来,但加奈走到玄关就止步不前了。她先向知佳介绍身旁的女伴:"这是我的同学真由美,她是陪我来的。"

"我想,你应该清楚我来的目的。"她开门见山,神情镇定。

"算知道吧。"知佳点点头。

"冈崎知佳小姐,你跟我爸爸只是玩玩呢,还是真心的呢?"

她的声音依然冷静，完全不像一个刚满十四岁的初二学生，知佳不免感慨。

“冈崎小姐是酒吧女郎，看来是为了钱才和爸爸在一起的。”

加奈见知佳沉默不语，再次语出惊人。

“你们突然跑来胡说八道些什么？谁告诉你们的？难道是你妈妈？”尚在惊愕中的知佳终于开口，大声喝道。

“你别管是谁告诉我的。但妈妈确实因为爸爸的事非常生气，大骂他‘居然跟酒吧女郎混在一起，真是丢死人了’。”

怎么能说我是酒吧女郎呢？知佳似乎有口难辩。

“不管你是玩玩而已还是真心实意，要是害得我父母离婚，我绝不会饶过你。你毁了我家的声誉，又让父母丧失钱财，更是对我的前途带来毁灭性的影响。”

“现在，我请你立刻走开。这些话你应该先跟你爸爸去说！”

“你想逃避？”一旁，一直沉默的真由美突然插了一句。

“我不是想逃避，我没有必要向你保证些什么。”知佳怒目直视真由美。

“你爱我爸爸吗？”加奈突然问。

知佳沉默，一会儿点点头：“是的，很爱很爱。”

“你真是太蠢了。”加奈的嘴角泛起一丝讥笑，用嘲弄的口吻说道。

“你说谁蠢?”

“当然是你喽。你是一个又脏又臭的小偷!”

旁边的真由美也冷笑起来。

“你才蠢呢,一个毛孩子却满嘴脏话,没有教养。”

“你准备发淫威了?”加奈冷漠地回击说。

“加奈,我们回去吧。不值得和这个女人浪费口舌!”

她们似乎时间有限。真由美的口吻更加冷漠和尖刻。

“我正式警告你,如果再纠缠爸爸,我就让律师去告你,让你赔我一大笔精神损失费。”加奈扔下最后一句话,“啪”地打开门,与真由美一起扭着胯慢悠悠地走了。

望着两人的背影,知佳立刻抄起电话打给英一。时间已过八点,英一幸好还在公司办公室。知佳哭诉了刚才发生的一切,英一很是震惊,在电话那端沉默良久。

英一做梦都没想到家人居然对他们的关系了如指掌并且登门造访加以威胁。女儿擅闯知佳家里这事对他来说无异于晴天霹雳。

“给我一天时间好吗?后天,也就是九月七号,我们找个地方见见面。在此之前我会把一切都弄清楚的。”

他对知佳如是说。

第二天，在十四号强台风的影响下，福冈市遭遇特大暴雨。清晨伊始，电车和公交车全部停运，中小学校停课，中午过后很多大型百货商店陆续关门歇业。大风下午开始肆虐，风助雨势，雨借风力，整个城区完全混沌迷蒙，根本无法外出。知佳的公司上午十一点就提前下班，她顺路在一家超市买了晚饭的食材后，就赶紧回家了。

电视一直反复播报有关台风的消息，告知十四号强台风将于下午五点至七点在福冈地区登陆，因此，知佳赶紧把晾在阳台上的毛巾、挂在竿子上的晾衣架以及母亲送来的盆栽都移至室内，然后紧闭门窗，把手电筒和袖珍收音机放在桌子上以备不测。

窗外狂风大作，在强台风的吹拂下，雨点哗哗如飞瀑一般横冲直撞。知佳在阳台上稍停片刻就淋成了落汤鸡。

洗过澡后，知佳打开空调，闷热的房间渐渐凉爽起来。她冲了杯热咖啡，端着来到窗前，久久凝视着窗外景象。

狂风呼啸，大雨横飞，街边树木摇摇晃晃，电线被吹得呜呜叫——对面的世界虽然只有一窗之隔，却让人心烦意乱，心生恐惧和不安。电视新闻刚刚播报说，短短的几个小时内，台风已经造成数名人员死亡，很多人下落不明。宫崎县还发生了大规模的山体滑坡，一些人被埋在沙土之下。

——这个世界究竟怎么了?

知佳至今仍感到不可思议。

当初去找德永美智子时,知佳决心大骂她一顿:“是你毁了我们家!”“无耻的婆娘!”“肮脏的女人!”她要用这些话来羞辱她,以出心头之恶气。可是当她真的见到美智子的那一瞬间,却茫然不知所措,如同梦话一样哽咽嗫嚅道:“求求您,不要破坏我的家庭。老师,求求您了。”

她不断鞠躬施礼,再三低头恳请。

父亲“七七”过后,知佳梦见父亲笑着原谅了她:“这样就行了。”此后不久,知佳再一次来到美智子的家。这次她并没打算对美智子做些什么,只是想跟父亲深爱的人好好聊一聊。

跟上次一样,知佳在傍晚时分来到名岛车站。这次她一路畅通无阻地抵达美智子的家,但是,她只找到了美智子的公寓,却无论如何找不到那个神社。知佳想,在不到一年的时间里,神社是不会无缘无故消失的。于是她再次以美智子家作为起点,凭借记忆找寻大致方位,还对周边地区进行了一次地毯式的搜索。遗憾的是,最终没能找到那个神社。

知佳害怕起来,恐怖的心情一拥而上。于是,她放弃去见美智子的计划而径直回家。路上她一直在想,难道上次去神社参拜的记忆本身就是在酒醉之中产生的幻觉和臆想吗？反复思索回忆之后，她又觉得那不是幻觉。

知佳像观望一个与己无关的电影场景一样，平淡地看着窗外肆虐的暴风雨。她突然意识到，其实，发生在这个世界上的所有事情，都跟当时的奇妙记忆一样，既是真实发生过的现实，也是完完全全的幻觉。

第二天。

台风过后天空一直阴沉沉的，但过了下午就没再下一滴雨。傍晚时知佳接到英一的电话，于是决定在家里等他。英一如约在晚上七点赶了过来。

英一说，两人关系的暴露是在和泉与加奈一起回长崎娘家的时候，也就是八月中旬。据和泉解释，其间她曾委托一家私家侦探对他们俩进行了调查；至于加奈跑到知佳家里大肆吵闹这件事，和泉也吃惊地表示完全不知情。对此，英一表示怀疑，当然他也询问过加奈："为什么要这么做？"加奈的回答是："是闺密真由美怂恿我去的。我只是好奇而已。"知佳认为事情绝不像她说的那么简单，英一也表示同意"加奈的话并不可信"。

"我那个女儿成绩优异，人也长得漂亮，在外人看来似乎是无可挑剔的好孩子，其实她有很多毛病，令人头疼。说实话，作为她的父亲，我竟然也讨厌她。加奈与和泉是亲母女，跑到你家捣乱这件事肯定是她们两人商量鼓捣的，目的是想给你来个下马威。”

英一这样说道。

女高中生们的吵闹声已渐渐远去，知佳从加奈一事的回忆中缓过神来，于是，收回直盯着脚面的视线，将目光投向远方。这时，她正好走到一个三岔路口。

如果是白天，她会选择右边那条穿过住吉神社的近道，但是现在时间相当充裕，她决定走左边往博多车站方向去的那条路。离开运河城之后，她来到一条宽敞明亮、行人更多的大路上。

知佳以博多警察署为路标健步向前，路上没人的时候，她朝天空恣意地伸开双臂，放松身体，做了深呼吸。醉意消退的身体开始感受到秋季夜风的冰凉。

——这次假期结束后，我要主动联系英一。

九月七日那晚最后一次见面时，她对英一说：“关于我俩的未来我想单独思考一下，这期间我们就不再见面了。”其实，她早就决心已定，无须思考。

面对前来探望的德永美智子，父亲诚治曾泪流满面地说：“我们已经无能为力了。我只有你，而你不一定非我不可。”但是，知佳觉得父亲错了。如果对方真的是命中注定的那个人，那么，于对方而言，你也是她的唯一。

不管梦多么难以实现，也要在唯此一次的短暂人生旅程中，努力寻找那个属于自己的独一无二的人，寻找属于自己的真命天子。对每个人来说，最重要的并不是“物种的保存与进化”，而是要让自己充实地、富有深情地走过仅此一次的、无可替代的人生之路。

——为了这个目的，什么困难我都能克服！绝不会像父亲那样轻易放弃，我绝不言败！

知佳在心中默默说着，然后加快脚步，从昏暗小路走向前方的光明大道。

致二十年后的我

1

出了西铁格兰酒店，岬径直奔向养生馆。

这次聚会她本想只露个脸，稍稍逗留片刻就托词离开，然而，竟在这种场合遇见了他——离婚三年的前任丈夫。她毫无心理准备，逃也似的狼狈离开会场。此时，她匆匆行走在大街上，心情烦躁得无以复加，原本打算回公司加班的心情也荡然无存。

先压压惊，安抚一下起伏的心绪。

岬快步向养生馆走去。

养生馆与刚才聚会的天神 IMS 大楼近在咫尺，步行十分钟就到。岬打算享受一个小时的脚底按摩，让身心彻底放松。如果心情好转，再考虑回公司加班。

岬在国民航空公司是负责旅行社票务的，每天都要跑外勤。

她通常是中午离开公司,拜访所联系的几家旅行社,傍晚五六点才能回到公司。回来后,还要给客户回电话,处理电子邮件,等等,一直忙到七点多钟。如果再整理一下旅行社要求的单据和第二天的会议资料,或是通知旅行社机票折扣政策的变更、新促销活动内容之类,转眼就到十点、十一点了。

岬就职的国民航空公司把每周三定为“无加班日”,要求全国所有的营业部此日不得加班。然而,由于工作量并未减少,岬在其他的工作时间里更加忙碌,至少有两天不得不加班至深夜。

今年五月满三十九岁的岬,深感外勤业务烦琐吃力,体力不济。由于每天都要跑旅行社,她的小腿和脚踝经常硬得发胀。因此,一到周末她就会去按摩和足疗,以祛除疲劳,近来甚至觉得每周按摩一次已远远不够,加之睡眠不足,每逢今日这样倍感压力之时,一定会增加去养生馆的次数。

六点刚过,天神街上如往常一样热闹非凡,熙熙攘攘挤满了从密集的办公大楼内拥出的上班族。

岬不愿回忆刚才与鲛岛弘明不期而遇的情景,尤其是一想起他的那番话语就恶心。她不由得加快了步伐。

今天恰好是与鲛岛弘明离婚三年的日子,在离婚纪念日这天与他相遇让岬倍觉沮丧。早晨出门时,她看看日历还自言自语说:“已经三年了,不,终于三年了。”

岬和鲛岛弘明在三年前的今天,即九月二十六日正式在离婚协议上签字。

这也是岬的姓氏从“鲛岛”改回娘家的姓氏,再度成为“长尾岬”的值得纪念的日子。偏偏在这天和一直避而不见的鲛岛弘明邂逅——岬不禁深感郁闷,自认倒霉。

五点在西铁格兰酒店凤凰厅举行的聚会,是全日本旅行株式会社福冈分公司创立三十周年的纪念大会。全日本旅行社博多站前分社是岬负责联系的旅行社,她当然非出席不可。全日本旅行社是日本旅游业界第二大旅行社,也是前夫鲛岛弘明的工作单位。

岬是在弘明调任到福冈分公司时和他相识的,经过一年的交往,两人于一九九五年步入婚姻殿堂,当时岬二十九岁。

一九九九年,弘明调回东京总公司,岬随之申请调到东京。三年后,岬发现弘明出轨,便独自一人返回了福冈。

岬毕业于福冈的短期大学,毕业后进入国民航空公司,作为“特定地勤”人员,被安排在业务促进总部工作。

岬的薪水略高于一般职员,与综合职员的待遇相当。但是综合职员按规定需要定期轮岗,即每隔一段时间会被总部派到北至稚内、南到石旦岛的日本各地分支机构去工作，而岬则完全无此之虞。

岬是一九九九年四月调到东京总公司的，当时公司在系统内部招募赴东京工作的人员，因丈夫鲛岛弘明的缘故，岬报名参加了应聘，得到了这个赴东京总公司工作三年的机会。离开福冈时，岬认为自己不会再回来了——三年工作期满后应该是离职成为“专职太太”的。

世事难料，没想到等待她的却是离婚的结局。

通常，周六和周日去养生馆必须事先预约，今天是周一，或许因为这个缘故，养生馆内顾客寥寥无几。当然，对于岬来说，即使不预约也无关紧要，她是老客户，是不可能因突然造访而被拒之门外的。

“我又来了。”岬对前台小姐说。

两天前刚来过，想必这位前台小姐还记得她。

“若杉小姐有空吗？”

她报出按摩师的名字——若杉彩乃。

“不怎么忙，我马上叫她。”前台小姐笑容可掬。

岬坐在前台附近的椅子上。

很快，出现了若杉彩乃的身影。

“岬姐，哪儿不舒服呀？”彩乃似乎忧心忡忡，想必是她觉得岬的身体出了况状，要不前天刚来过，怎么今天又来了？

“没有，只是心情有点烦，拜托你帮我再来按按，一个钟。”

一个钟的按摩费用是六千三百日元，通常她只按二十分钟或四十分钟。今晚非同寻常，即使消费奢靡也值得，她要把今晚奢靡的消费作为离婚纪念日的礼物，送给自己。

“嗯。”彩乃松了一口气，抿起嘴角笑了。

彩乃今年二十四岁，膝下有一女，已三岁。虽身为按摩女，但她衣着装扮却十分时髦，无论发型还是脸上的淡妆都与众不同，显得有些另类，或许称为叛逆更为合适——她很有个性。

彩乃的老公是美发师，在天神一带的发廊上班。夫妻俩打算日后开家小店，做美容美发兼足疗。

岬初来此店恰巧是彩乃为其服务，她的按摩手法很合岬的口味，之后，岬每次来都指定彩乃。一晃便是一年，两人一来二去也成了闺密。

彩乃的老家在长崎县对马市，每逢中元节和新年返乡时都是岬帮忙给她弄的打折机票。

“请吧。”

彩乃在前，岬紧随其后，两人走向更衣室。岬进去换上了平时穿的米色短裤和白色T恤,然后跟着彩乃走进按摩室。

按摩室很宽敞,设有十张按摩椅。

岬找到角落的位置坐下。这是她的固定座位。

彩乃放下椅背,把毛巾垫在岬的脖颈下。

灯光幽暗,轻缓的音乐充盈其间,氛围显得柔和优美。泡浴后,彩乃把岬的双脚抬起擦干,用毛巾裹住右脚——一般情况下先按左脚。

“是工作上的烦心事吗?”彩乃轻声探问。

“怎么说呢?”岬犹豫了一下,说,“算是吧。”

彩乃为岬的脚涂抹按摩霜,由左膝盖至脚底,之后,开始按摩。

“力度不合适,请告诉我。”

岬很欣赏彩乃的这种专业态度。俄顷,一阵快感从岬的脚底泛起渐渐遍及全身,刚才烦躁的心绪如一缕缕青烟随之消散。

过了五分钟,彩乃说:“岬姐啊,你前几天喝醉过了?”

“哪有啊,我没喝多少。”

“哦?”

“怎么了?”

“胃肠穴有点问题。”

彩乃的穴位诊断颇为高明。

“是的。”

岬轻声回答。

她眼前渐渐浮现鲛岛弘明的那张脸,而且越来越清晰。“一定是因为见到他的缘故,让压抑已久的怨恨一下子爆发了。”

按摩给岬带来舒爽的感受,这种感受让她昏昏欲睡。如今,当鲛岛弘明的那张脸浮现在她眼前时,她睡意顿消。

在聚会现场,岬突然听到有人叫她,回头一看,是鲛岛弘明在向她招手。之前,岬压根儿没有注意到他会在会场,他应该在东京才对啊。这一场面令她大惊失色。

“久违了!”弘明轻松地打招呼。

无奈,岬只得跟他寒暄,聊起了彼此的近况。这一聊,十五分钟的时间就过去了。岬的内心非常腻歪,根本不想和他多说一句话,但在众目睽睽下也不好意思掉头离开,况且,出乎意料的是,弘明说:“明年我就要来这里了,今天先跟大家打个招呼。”

这句话使得岬停下了脚步。

鲛岛弘明今年四十三岁,比岬大四岁。尽管身体有点发福,但依然英俊挺拔,分手三年来,在他身上丝毫看不出岁月流逝的痕迹。

当年，当鲛岛弘明突然告知岬自己已另有新欢时，岬觉得那个笨女人一定是受骗了，至少是被他帅气的外表所蒙蔽。旋即，她恍然大悟：原来，自己也被他欺骗了。

往事历历在目。

明年，这位年富力强的新领导就要来此任职，如不出意外，应该担任福冈公司副总经理。在职场上作为他的下级，岬也不能对他太怠慢。

岬竭力保持平静，却总忍不住继续往下想……

上周六，由于预约已满，彩乃只为岬匆匆按了二十分钟，以致岬意犹未尽。今天，彩乃有充裕的时间让岬的身体完全放松下来，她娴熟的手法从岬的脚底、脚踝一直揉到小腿以上。

不言而喻，他一旦调任到福冈工作，那个笨女人肯定会跟过来——想到此，岬感到烦躁的心情像海潮一阵阵涌过来。

鲛岛弘明丝毫没有察觉岬的反应，以一种居高临下的口吻说道：“你们公司的事，还真不好办啊。”

他开始聊起岬所在的公司。

鲛岛弘明所说的“不好办”是指岬目前就职的国民航空机票

销售公司的业务重组事宜。岬所在的公司将于明年,即二〇〇六年四月一日前全盘接手总公司的机票销售业务,并且独立成为一家新的法人机构。

公司独立后,岬的人事关系必须从总公司正式转至目前的公司。换句话说,就是明年春天岬就自动降为子公司的员工。新公司员工的薪水和福利与总公司相比是有天壤之别的。

尽管如此,也轮不到鲛岛弘明操心啊。

岬平时跑机票销售,有一套向各旅行社游说的言辞,尽管平淡无奇,她也例行公事一般甩给鲛岛弘明。

弘明居然一本正经地专心倾听,俨然一副主管的态度,让岬颇觉滑稽。

岬心情稍稍好转,在转身离开之际问了句:“孩子很可爱吧?”

之前,岬听博多站前分公司经理说过鲛岛弘明已有了孩子,现在提出这个问题显然有些尴尬,但话已说出,覆水难收。

“是一对龙凤胎,很可爱哦。”弘明眉开眼笑。

竟然是龙凤胎!岬完全不知道。

“为了孩子也应该回到博多来,这里环境好,工作悠闲,对吧?”

弘明语气淡然，仿佛在征求故交的同意。

岬忍无可忍，转身离开。失落的她，黯然神伤，拂袖离开了聚会现场。

此时，彩乃已为她按完左脚，开始按右脚。

岬微闭双眼，享受她灵巧的手法。彩乃一言不发，专心按摩，岬从脚底的每个穴位都深切感受到彩乃全神贯注的精湛技艺。

"简直就是陌生人。"黑暗中，岬闪过一个念头。

即便是同衾共枕七年的结发夫妻，一旦分手内心居然形同陌路，想到此，岬惊骇不已。

2

按摩结束后，岬没有喝养生馆提供的免费花茶便径直出了门，途经警固神社时，她在一家 Am Pm 便利店买了一瓶减肥饮料，边走边喝。最近她一直坚持步行以减少日渐增加的体重，并且晚餐也尽量简单一些，通常从冰箱里找点剩的食物煮煮就打发了。

到家了。

岬的公寓位于药院二丁目,邮电医院的正对面。到她上班的单位直线距离仅一点五公里,而且地面公交和地铁一应俱全,即便徒步也仅需要二十五分钟,是一块交通便捷的风水宝地。

离婚后,岬立刻买下这套两房一厅的公寓。她觉得在福冈市中心地段花八百万日元拿下面积六十三平方米的公寓,十分值得。她用离婚所得的赡养费和以前的积蓄付了首付,申请了十四年的房贷,这样,到五十岁的时候还清所有贷款就毫无悬念了。

岬年收入七百多万日元,月供十万日元于她而言不会有太大压力,但如果明年关系转到了新公司,或许就另当别论了。

时值九月,秋意渐浓,晚风凉爽拂面,让人颇感舒适,即使在街上大步行走也不会流汗。

岬到家已经八点,她打开信箱拿出信件。

她的房间在三层,走廊尽头凹进去一小块门廊便是她房间的大门。推开门是细长的玄关,在此脱鞋换鞋;正面是客厅兼厨房,有六坪①多;两侧各有一间房,左侧为书房,两坪多,右侧是卧

① 日本房屋面积计量单位,1 坪约为 3.3 平方米

室，三坪多，岬的衣物几乎都收纳在这间房的衣柜里。

室内家具摆设非常简单——开放式的厨房旁摆放一张小餐桌，通往阳台的落地窗前放了双人沙发和茶几。除此之外，还有贴墙的液晶电视和靠墙的两个书架。岬在家的活动几乎全在这里进行。

岬径直走到客厅，把信扔到桌上，拿起遥控器打开电视。她不停地切换频道浏览着各个电视台的节目，最后停在FBS台的综艺节目频道上。其实，她只是开着电视发出一些声音而已，很少专门去看。

位于福冈大野市的娘家只有母亲一人，岬返回福冈后就和独居的母亲生活在一起，待办完离婚手续，买下了这套公寓后就立刻搬进来了。毕竟是第一次独处，岬感到格外孤独和寂寞，她十分讨厌这种感觉。在繁华的市中心买房的初衷也是害怕孤寂，没想到闹市区的氛围令形单影只的她的这种孤寂感觉越发强烈。她问公司同事米泽舞子，作为闺密的舞子认真建议她回家后立刻打开电视，不一定去看，只要听到人的说话声，感觉就大不一样。

这一招的确见效，看来作为资深单身美女的米泽舞子确实经验丰富。从那之后，岬一回家就立刻打开电视，继而慢慢成为一种生活方式和习惯——在上床之前电视画面始终亮着，只有在接听电话时才会按一下静音键。

岬把手中剩下的减肥饮料一饮而尽，然后走进厨房，打开冰箱，察看一下里面的食物：菠菜、速冻水饺、固体鸡骨高汤颗粒。好，一个鸡蛋菠菜炒饭，再煮一碗水饺汤，晚餐就搞定了。

炒米饭最好不要用剩饭。于是，她舀了两杯免淘米放进电饭锅的内锅稍加冲洗，加入一点水后放到电饭锅里，接上电源，按下“快煮”键。

“快煮”也需要二十分钟，她决定乘机去洗个澡。

走出浴室，换上居家服，岬拉开一罐啤酒喝起来。其实，菠菜炒饭很简单，只要把搅拌好的鸡蛋放入油锅，随后将煮好的饭倒进去，再切一小段菠菜随意扔在上面，撒些胡椒盐再倒少许酱油就大功告成了。

不到十五分钟，一切就绪，岬把炒饭、汤和番茄沙拉端上桌子，开始大吃起来。

上周六和周日，岬连续两天下馆子，像今天这样在家里吃饭她感到格外开心，尽管是简单的蛋炒饭。

不得不承认，女人天生具有一项特殊的本领：即便悲痛欲绝、泪水涟涟，居然也能耽于锅碗瓢勺之中，专心于烹调料理之上，借此排遣心灵的痛苦。离婚后的那段日子，岬一下班就立刻赶回家，独操厨具，不惜采购大量高级食材和调味料，亲自做晚饭。她不愿见任何人，不愿向任何人吐露心事。她用这种独特的方式让自己重新振作起来，自此之后，下厨便是岬独居生活中的一件大事，她引以为乐。

而且，大快朵颐之时把喧闹的电视调为静音模式也是她的癖好，她不愿让声音影响味蕾。

此时，她正品味着炒饭，打开了第二罐啤酒。

酒足饭饱，身心俱定。岬真切地体会到彩乃的按摩，还有啤酒、炒饭给她带来的内心平静，也让她切实感到：身与心既相连，也相通。

昨天买菠菜时她也买了一些葡萄，现在，她把它放进盘子，碗也懒得洗，一屁股坐在沙发上吃起来。

目光盯着无声的电视画面，她默然思索。

情况确如弘明所说，“不好办”。

说句心里话，岬是不甘心被调到新公司的，至少在薪水方面会减少三成，何况她最近打算攒点钱，如果收入锐减，恐怕积蓄的计划就泡汤了，况且，还有比金钱更为急迫的问题。

她目前借调的这家公司是以旅行社的团体机票为主营业务

的,对于原本就是总部"特地"身份且一直在总部工作的她而言,由于公司改制而阴错阳差地成了新公司职员,实乃屈驾,简直开了一个大玩笑。

明年她就将进入不惑之年,女人过了四十即名副其实地人老珠黄,与其说找不到再嫁的男人,不如说她对婚姻已经完全失望。余生唯一的寄托就是这份工作,眼下,如不想乖乖就范被调往新公司,只能拼命争取一切的可能性,况且来日无多,时间只有短短几个月。

对于岬而言,留在公司总部的唯一途径是利用公司的考核制度晋升至主管职位。假如岬是三十五岁以下,则可凭年龄优势直接参加综合职的转换考试。不过,对于眼下的她而言已是时过境迁,明日黄花。唯有升入主管职位,别无他法——晋升到主管职位就自动成为综合职职员,当然,亦会任凭公司四处调遣而不能有半句怨言。

因此,只要岬在明年春天的职位晋升考试中脱颖而出,就能顺利回到公司总部工作,这是唯一的也是最后的机会。像岬这种业务经验丰富的人担任主管职务概率极大,总公司当然也是希望她留在总部效力的。

晋升到了主管职位,工作范围就大大扩展,除了促进总部外，运航总部、机场总部以及后勤管理总部等都是不错的选择。这样，一旦对国民航空公司的各项业务了如指掌，就会一直工作到退休，毫无后顾之忧。

岬的闺密米泽舞子也是以“特地”身份进入公司的，比岬早一年。去年，她通过考核并顺利晋升为主管，当上了部门经理。尽管不知明年“沦落”何处，也为随时调派外地而提心吊胆，但她更觉得趣味盎然的工作内容和丰富的人脉关系重要，况且她不在乎颠沛流离，压根儿没有结婚意愿，所以岬一直认为米泽舞子早就该转任综合职职员了。

最近，米泽舞子也被借调到了国民航空机票销售公司，对于明年春天的公司改制当然不会释然。不过相比米泽舞子，不是主管职位的岬忧虑更甚。这也是米泽舞子频频建议岬去参加主管考核的原因。

“学英语找家教很有效果，临近考试的冲刺阶段我也请了家教。”舞子向岬提出了切实可行的建议。

舞子有成功的经验，主管考试通过的最低分数线是六百分。尽管岬在短期大学读的是英文专业，但英文听力早就退步了，为此，她不得不慎重思考，认真对待这场考试。

一想到此，她的心情就起伏不定，这一两个月来尤甚。

可是——

我真的想当主管吗？我真的愿意过那种整日奔波于北方雪国、南方港湾的生活，一辈子都在劳碌中度过吗？

这个念头死死地纠缠着她，让她难以安宁。

原本她并没有打算工作这么久。

岬三十二岁时丈夫鲛岛弘明被调往东京总部。她原打算辞职随夫赴任，恰逢公司内部招募赴东京任职人员，她又顺利通过了考试，这样辞职就成为多此一举了。岬认为，到东京总部最多工作三年就会生儿育女回家做专职太太，因此她对是否转任综合职职位无任何兴趣。一九九九年一月，鲛岛弘明到达东京。四月一日，岬的人事调动通知才下来，岬未能与鲛岛弘明同期到达东京，而是晚了三个月。

孰料，正是这短短的三个月，使得岬的人生之路发生了根本性的逆转。

三年多来，岬一直蒙在鼓里，完全没有发现丈夫的偷情背叛行为，直到最后关头弘明突然向她摊牌：我们离婚吧。

在东京生活的第三年，即二〇〇一年年底的一天晚上，岬与鲛岛弘明商议，可否在翌年三月工作期满之日向公司提出辞职而回家孕育孩子。孰料，这项提议竟然成为引爆炸药的导火索——鲛岛弘明借此向她坦白了一切。

此前,鲛岛弘明总是千方百计地阻挠,甚至不停地给岬灌输心灵鸡汤,建议她不断拓展业务,延长在东京的工作期限。岬到达东京后便全身心地投入工作,第一年拼命学习业务流程;第二年拼命忙业务,整天加班;第三年已经业务娴熟的她更是疲于奔命。当然,这一切并不意味岬改变了离职回家生孩子的决定。

商议提出离职的结果竟然是离婚,这无异于晴天霹雳,让岬大吃一惊。在她的严厉追问下,鲛岛弘明才如实相告:原来,他在外面已经有了女人并且交往了三年。对方是公司的同事,岬见过两次。那女人身材苗条,容貌姣好,今年二十七岁,比弘明小十二岁,比岬小八岁。

岬如果不工作就失去了经济来源,离婚时鲛岛弘明势必要支付昂贵的代价,所以,无论如何都不能让岬离职——这是他的精心算计和如意算盘。

至此,岬似乎恍然大悟——三年来,弘明以各种理由避免和她身体接触,屈指可数的几次也是小心翼翼地采取避孕措施,原来他外面有人了！意识到此,岬意气沮丧,面如土色。

然而,弘明却大言不惭:“都是因为你不让我做,才逼我在外面找人的。”

开始,岬并不理解弘明的意思,追问之下方才明白:由于岬晚弘明三个月到东京,孤身一人的他饥渴难耐,开始寻找新的床上伴侣。“我就是那段时间开始和她交往的。”弘明居然理直气壮,承认从那时开始就一直跟那女人交往,已经有了三年的性关系。

如此荒谬绝伦的借口,令岬不禁怒火中烧,她绝不会相信!

结婚不到七年,这男人竟有一半的时间在寻花问柳背叛我。想到此,岬恨得咬牙切齿,当即决定分手,绝无半点商量余地。

最让岬无法原谅的是他为什么不早提出来,如果鲛岛弘明当初就告知她,当时就离婚,岬才三十三岁。年龄是金,对女人而言一切可以从头开始。

他竟然自私到了极点,完全无视女人的生理特点,若无其事地把她一直拖到三十六岁,这让岬尤为愤慨,有一种猛然间被人掏空了五脏六腑的感觉。

当晚,怒不可遏的岬把鲛岛弘明轰出了家门。翌日,岬向上司报告,她将服从公司的一切安排。

之后,尽管鲛岛弘明一再要求沟通,岬始终拒绝和他直接接触,一切交由律师协商。当然,在离婚协议中,岬断然否定所谓的三个月“情感空档”，认定婚后出轨完全是鲛岛弘明的道德原因，是单方面的过错。

岬只接过一次弘明母亲打来的电话，婆婆难掩护犊之情：“弘明年轻，热血贲张，老婆三个月不在身边，找别的女人在所难免。”絮絮叨叨挖苦一通后，不等岬开口就挂断了电话。

最后，鲛岛弘明支付了八百万日元的离婚补偿费，解除了婚姻。

岬依然于心不甘，每每想到鲛岛弘明以每年一百万日元的微小代价买走她七年的青春时光，心中就怒火难平。

不过，律师一再告知，普通的离婚案获得这样的补偿已经相当不错了。

岬心里清楚，尽管自己并非真心热爱这份工作，尽管刚入职时压根儿就没打算三十岁后会还待在这里，但毕竟在国民航空服务了十八年，十八年的光阴不会重来，尤其是经历工作调动、婚姻破裂、公司改制等一连串人生重大事件后，锐气早已丧失殆尽，如今，孑然一身的她绝没有贸然辞职的勇气。

当然，也不会像米泽舞子那样全身心地为公司卖命。尽管对重组家庭已完全断念，但内心似乎仍在期待着什么，她不能断定：有朝一日当真正属于她的“他”出现时，她不会义无反顾地扑上去。

思绪突然中断。

岬瞟了一眼墙上的挂钟,不到十点。她看着电视屏幕上无声的影像,脑海中突然浮现向安西晴夫借 DVD① 一事。

安西晴夫是公司的同事。早上例会结束后,岬回到座位刚打开电脑,安西走了过来递上一张 DVD,说:“岬姐,这个片子好看,抽空看看吧。”这是一部片名为 *Swing Girls*(《摇摆少女》)的日本电影,封套设计像是音乐剧,岬从未听说过,不感兴趣,正欲婉拒时,安西又说:“是矢口史靖导演的,就是《水男孩》的那位导演。”《水男孩》是名噪一时的电视连续剧,故事情节很好,岬看后便成了妻夫木聪的铁杆粉丝。其实,那是她第一次看妻夫木聪主演的作品。

“那就借我看看吧。”

岬接过影碟,从钱包里掏出一枚硬币递给安西。

“谢谢惠顾!”安西接过一百日元的硬币,回到自己座位上。

岬发现影碟描写的是一群东北地区的女高中生自组爵士乐团的事,很像女性版的《水男孩》。难怪安西近来说话带着东北味儿,想必是看电影看得走火入魔了吧?岬不禁哑然失笑。

---

① 数字激光视盘。

“对了，先去洗碗，然后看碟!”想到此，岬从沙发上一跃而起。

3

翌日醒来，岬觉得神清气爽许多。

昨晚看碟直到十二点多。*Swing Girls* 这部妙趣横生的影片令岬捧腹大笑，因看碟而产生的愉悦让她心情大为放松，很快就入睡了。她对这部影片很满意，认为丝毫不逊于《水男孩》。

一年多来，安西总是借给岬一些风格明快、喜剧色彩浓厚的光碟，每月至少有两次。这些影片符合岬的口味。当然，遇到沉重压抑的题材她也会断然拒绝——不愿意因看碟而影响心情。

不过，一旦想到自己竟然和安西晴夫这家伙臭味相投，她内心就隐隐有些不安。

安西比岬小三岁，是综合职职员，较之她晚五年进入公司。今年三十六岁的安西跟岬一样借调到国民航空销售公司，同属福冈公司旅行社销售部，是岬的下属。

安西性格开朗，为人随和，人缘不错，从为岬精心挑选影片的热心举止中可见端倪。不过，岬对他的工作能力却不敢恭维，即使罔顾事实,睁眼说瞎话。

七年前,他到福冈公司工作后即与公司一位女同事闪婚,而在岬去东京期间,即二〇〇〇年他们又离了。短短一年婚史,原因不外乎男人有了外遇。

他妻子樋口裕美是公认的大美女,而且性格开朗,行为举止得体,口碑甚好。与妻子离婚后,安西的人际关系一落千丈,至今仍有些女职员在背后议论纷纷、指指点点:“瞧,就是这个让裕美伤心的负心汉!”

岬经历过婚姻破裂的刻骨铭心之痛,能够客观地看待男女之间的分分合合。不过,她和樋口裕美的亲密关系,使她不可能对安西抱有好感。

如今,岬时常会提起樋口裕美,打听一下她的近况,甚至不经意间向安西询问。安西对此一无所知,二十六岁步入婚姻殿堂的樋口裕美今年三十三岁了,时光飞逝,令人怅然。时至今日,岬仍为自己当时因人在东京没能帮樋口裕美出点主意而内疚。回到福冈后,岬再也没见过樋口裕美,岬内心倒是期盼与她邂逅。

美丽端庄、富有涵养的樋口裕美怎么会跟安西晴夫这种庸俗的男人走到一起的?岬对此一直疑惑不解。

岬通常是八点二十五分出门,二十分钟地铁时间,八点四十五分准时到达公司。现在，她已吃完早餐，打算早点出门。

在玄关换鞋之际，岬想起向安西借的影碟忘带了。

于是，她返回客厅拿起桌上的 DVD，突然发现昨晚顺手堆在桌上的一沓信件中有个牛皮纸信封特别醒目。

寄信人是"高幡司郎"。

此何许人也？岬一时想不起来。

扫了一眼墙上的挂钟，岬急忙坐在椅子上撕开信封，打开对折的信纸——有四五张 A4 纸大小，看起来像是文稿，另外还有一张被折成三折的单页。文稿上面的标题是:《致二十年后的我》，署名为"长尾岬"。

"哦，原来是高幡老师呀。"岬不由得喊出声来，高幡司郎老师模糊的影像倏然在她眼前晃动，尽管名字早已淡忘。

她打开那张折成三折的信纸，整齐的打印文字扑面而来：

诸位同学：

久疏问候。

我是高幡司郎老师。诸位在福冈女子短期大学就读期间，我有幸给大家讲授过日本文学。或许仅凭这些还记不起来，但如果提起那个在课堂上经常念一些稀奇古怪的现代诗的干瘪老头，想必能够唤起大家依稀的记忆吧？

逝者如斯夫，二十年一晃而过。

写这封信，是为了履行二十年前与各位的约定。

一九八五年九月二十六日，大家交给我一篇作文——《致二十年后的我》，当时，我和大家约定二十年后会把这篇作文一一寄给你们。没错，信中所附的正是这篇作文。

想必诸位已想起这个约定。

当时，有人认为仅仅是一篇作业，按时交差，不过尔耳；有人却十分认真，把对未来的憧憬仔细描绘给了二十年后的自己。尽管情况各异，但今天重新读来让我感慨万千、唏嘘不已。尤其是当时正是风华正茂的诸位，对二十年后的生活充满宏伟大志的同时又饱含惴惴不安之忧虑，令我颇感意外。

时光不能倒流——二十年前的今天，田中角荣脑溢血病倒，中曾根康弘上台组阁；戈尔巴乔夫就任苏联共产党总书记；从羽田机场起飞的日航巨型客机在御巢鹰山坠落，机上五百二十名乘客全部遇难。还有，拥有巴斯、挂布和冈田强打三连发的阪神老虎队时隔二十五年再次荣获冠军；*Focus* 和 *Friday* 进入了全盛时期；众议院通过男女雇佣平等法案；世博会在筑波举行；任天堂游戏机一夜爆红。这些，都是发生在一九八五年的大事。

光阴荏苒,二十年来大家都好吗?

相信在收获快乐的同时也品尝了艰辛。

如今,诸位已经三十九岁了,明年将迎来不惑之年。

回过头来重温自己的青春和梦想,感受曾经年轻的脉搏,实在是件很有意义的事,我相信对大家未来的人生旅途会有帮助。恕我不再赘言。

衷心祝愿诸位,百尺竿头,更进一步。

老师:福冈女子短期大学教授高幡司郎

二〇〇五年九月二十五日

匆匆读罢信,岬把它和那篇作文一起塞进牛皮信封,顺手扔到墙边书架上。

何时约定的?二十年的岁月湮没了有关这篇作文的记忆,在脑海里已找不到任何踪迹,她甚至怀疑是否有此约定——请高幡老师二十年后把当年的作文邮寄给自己。

岬平时大都是读历史一类的书,对小说、诗词等兴趣不大。大学期间她从未认真听过日本文学课,对那位老师的印象当然模糊。如果当年他四十多岁,现在也该退休了吧?

或许这篇作文是请同学代劳提交的，岬当天压根儿没去上课，如此而已。这个念头刚一浮现，就立刻得到岬的认可："一定是这样。"

十九岁那年，岬立志当一名空姐，正忙于参加民航机构的各种培训，以致经常不去上课，点名时也由同学帮忙喊到。岬想，那篇作文一定是描述自己立志成为国际航线上的一名空姐，胸怀宏伟抱负，周游世界云云。高幡老师在信中说重读这篇作文"对诸位未来的人生旅途会有帮助"，最终没有当上空姐的岬只能为梦想的破灭而遗憾、羞愧，不会觉得有任何帮助。

进入国民航空公司负责内勤业务后，岬熟悉了航空公司的一切，有时为自己没当空姐而庆幸。空姐这职业根本不是女孩子干的活儿，整天在天上飞，工作单调辛苦，时刻命悬一线，一般的女孩子根本撑不下去。况且，招收空姐都是聘任制，三年试用期过后才能转正，何苦呢？

不知不觉中，时钟指向八点二十五分。

"哎呀，来不及了。"岬急忙走向玄关，决定回头再看那篇作文。

4

岬打算午饭后再去旅行社。

销售部全体会议开了整整一上午，这是每月一次的例会。会后，岬邀请安西晴夫一起去天神街餐厅吃午饭，顺便把 DVD 还给他。

他们走进南大街一家意式餐厅，岬点了意大利面套餐，安西要了今日特价餐：米兰炸猪排。

“这部片子不错，谢谢你啦！”岬从包里拿出光盘。

“你喜欢就好。”安西笑容可掬，一如往常。

“不过，每次一百日元租金，杯水车薪而已，对你扩大收藏不会有实质性帮助吧？”

一年前岬就问过。记得安西当时问：“岬姐喜欢看电影吗？我有很多电影光碟，可以借给你，每次收费一百日元，归还不限期。”

安西晴夫是个影迷，岬知道他收集了不少电影录像带和 DVD。

“出借光碟不是为了赚钱，只要有一点点进项就行……我把这些微薄收入积攒起来，用于扩大收藏。”

但凡市场推出新影碟，安西都会悉数纳入囊中。如此一来，每月必定有一笔不小的开支，于是他打起了出租光碟的主意——向熟人、朋友出租故事片 DVD，每次收费一枚一百日元的硬币，希望借此举收回光碟购买成本的三分之一，也就是说，只要发展十名客户就能完成指标。但岬充满狐疑，因为她发现除她之外公司再无其他人向安西借碟。

“公司只有我一人租碟，你怎么实现收回买碟成本三分之一的目标?”岬好奇地问。

“目标人群主要是我高中或大学同学，还有酒桌上认识的新朋友。反正一直没有低于十名顾客，问题不大。”

安西毕业于九州大学，老家也是福冈，亲朋好友、同学应该不少。

“现在集了多少部电影?”

岬很少关注新片上映时间，接受安西推荐的影碟是她看电影的唯一渠道，但她相信其他人会主动提出要看的片子。

“光 DVD 就有五百片。”安西十分得意。

五百片 DVD！完全是一个电影资料库，至少花费了一百五十万日元吧？安西对这项业余爱好的投入令岬大为吃惊，深表钦佩——如此庞大的数据库，开一家专门租碟的店子也绰绰有余啊。

鲛岛弘明的背叛和婚姻破裂，一度令岬心绪极度恶劣，意志销蚀殆尽。精神上的巨大创伤直至一年前才开始愈合，慢慢从离婚阴霾中走了出来——以不再拒绝安西推荐的DVD为标志，她参加同事的下班聚餐的次数也多起来了。

岬在努力回忆安西第一次借给她的是什么影片。哦，想起来了，是韩国电影《八月的圣诞节》。

"下周，我会带部新片给你，敬请期待。"安西脸上露出生意人的狡黠笑容。

菜端上来了，两人开始吃饭。

饭后，他们喝着咖啡闲聊。

"你这一段的销售进度如何？没有问题吧？"岬颇为担心。按目前的状况，安西将如去年一样完不成销售任务。

"大概没问题……吧？"他强作轻松地回答道。

"'吧？'可不行，你今年的销售任务比去年少多啦。"

国民航空公司每年都给业务人员下达一定的销售任务。虽不能说任务完成与否决定员工的一切，但这一定是业绩考核的重要指标，而且也是人事升迁考核的重要依据。负责旅行社团体机票的销售业务不仅有销售总额，而且公司对每家旅行社也设定了销售目标，只有这两个目标双双达到才算圆满完成任务。

目前岬和安西所在的销售部除了部长以外共有员工二十五名，每人负责三十多家旅行社。以福冈市为中心向四周都市圈辐射有大大小小七百余家旅行社，这二十五名员工必须完成他们的全部机票销售。安西去年因没有完成任务，今年任务额减少了五千万日元，但仍有三亿五千万之巨。而岬今年的销售任务是五亿五千万。

提起这件事，安西顿时沉默下来。

“其实，我也不愿提工作上的事。但我觉得你应该注意统筹安排，精力不能只花在某些客户身上。”岬说。

“什么意思？”安西满脸疑惑。

“依我看，你对长岛旅行社的投入就有些过分。”

“佐伯当时直接找我，说想和长岛旅行社合作，借助新闻媒体搞一个旅行团，而且还指定了合作的媒体，况且十一月份飞名古屋的航班销售数字简直没法看，你说我该怎么办？”

佐伯组长是部门的二把手，职位仅次于部长。所谓借助新闻媒体，就是指在报纸上大事登载一些软文来招徕游客，佐伯组长估计每年十一月份是福冈至名古屋航班的淡季，必须采取一些促销手段，因此暗示安西考虑与旅行社策划几个去名古屋的旅游团。

“在一家旅行社身上花掉整整一个月的时间，哪有可能顾及其他客户?”岬说。

企划部是旅行社的一个内设部门,专门设计策划旅游产品。安西上个月完全耗在长岛旅行社,与企划部的人员策划产品、讨论方案,甚至确认了行程。

“岬姐,你是说我出差的事吧?虽然占用了两天上班时间,但毕竟利用了中元节自己的假期时间啊。而且,能够实地考察酒店,拿到如此优惠的价格,连旅行社的人都认为这种超值的旅行方案绝对抢手。”

“我知道你很尽力,但毕竟旅游团收益最大的还是旅行社,指望团体票很难提高业绩,功夫要下在个人机票上。”

为何要在饭桌上以教训的口吻对共事十三年的同事说这番话?岬自己也不得其解。

非业内人士鲜有人清楚机票销售收入的构成。一般说来,真正给航空公司带来收益的是散客票,即个人机票。散客票带来的收入占航空公司销售收入的八九成,而团体票所占比例不足两成。岬所在的国民航空公司亦是如此。随着网上订票的普及,由旅行社大包大揽的传统方式的出行已大为减少。不仅机票如此,而且连住宿和餐饮都在网上搞定的大有人在。如何把折扣或优惠政策给予这些个体客户,是扩大公司销售的关键所在。

说得更直白一些,对航空公司来说,一旦个人票达到一定的比例,旅行社的作用就可有可无了。

“你说得不错。公司最近对经济效益的考核越来越严,似乎已经不太重视航空公司和旅行社这种传统的上下链条关系。但我觉得与旅行社的合作模式是经过多年磨合的,已经驾轻就熟了,尤其是彼此相互信任、相互依赖的那种情感。这些一旦失去,受损失的恐怕还是我们,很多大企业都有过这种教训。岬姐,你应该知道,每天飞名古屋航线上的六百张座位能否销售一空,旅行社的策划方案是关键啊。”

“话虽如此……”岬无言以对,举杯把咖啡一饮而尽,说,“但完成不了销售任务,说破天也不管用。”

下午,岬刚从旅行社回到办公室,就接到野上慎治打来的电话。

“方便吗? 晚上可否一聚?”

岬拒绝了——她想在公司把手头事务处理完,话说出口又颇觉语气生硬,不由得脱口而出:“明天应该可以。”

明天——星期三,公司法定无须加班日。

“不好意思,明天我去东京出差。”这回轮到野上慎治尴尬了。

最后,双方经过商议达成了彼此都能接受的结果:争取周末共进晚餐。

岬如释重负般松了口气——幸好他因出差而抽不出时间。上周六和周日的晚上岬和野上慎治连续两晚一起吃饭,腻味透了,岬实在不愿见他。

上月中元节后,岬经人介绍和野上慎治相亲。

母亲贵子完全不能接受岬三十岁左右就离婚的现实,在她这个年龄的人眼中,女人大龄仍单身无异于人生的悲剧,绝不能让这种悲剧在女儿岬的身上上演。因此,她不遗余力频繁说亲,隔三岔五拉着岬与男方见面。

“总之,必须尽快再婚。都混到这地步了,不能再挑三拣四,要有自知之明,弄清楚自己的处境。”

岬不记得自己是否用过“再婚”字眼,母亲竟然口口声声提及这两个字,一再刺激她的神经。而且,一到周末,岬就会收到快递寄来的男人简介和照片,有时母亲甚至自己亲自送来。

岬已经忍无可忍,但凡母亲寄来的任何信件她一概不拆开。半年后回到娘家,岬把一摞从未打开过的信件扔还给了她。母亲见状不由得勃然大怒。

“不生崽的女人就是不下蛋的鸡,这一生算是白过了。既然你自己无所谓,我还有什么可说的?不会再管你的闲事。”

果然,自此之后的两个月,频繁相亲的节目戛然而止。不过,快递仍偶尔送来相亲资料,平均每月一份。

野上慎治并不是母亲贵子介绍认识的。

和野上慎治认识是弟弟海太牵的红线。海太在东京一家汽车公司上班。

野上慎治今年四十三岁,十年前离婚独居。他在县政府工作,是海太妻子莉香的哥哥的同事,也是她哥的上司。

岬于二〇〇一年年底和鲛岛弘明分居后回到福冈,心情极度沮丧郁闷之际承蒙海太夫妻给予不少帮助。现在海太的妻子莉香热心快肠帮忙张罗她的人生大事,岬实在不好意思拒绝。莉香还说:“男方是公务员,知根知底,颜值高,一表人才。”

岬决定先应允见面,还她这份人情,然后再找个理由当面拒绝。

可是实际见面后,野上慎治彬彬有礼的风度给岬留下不错的印象,而且那比想象中高得多的颜值,也是岬愿意接受的形象,况且,第一次见面就当即拒绝也有悖常理,于是岬就这样默认了。

尽管野上慎治在县政府中是前途看好的官员,处于仕途上升期，但初次见面时两人居然毫无违和感①，他和蔼可亲，憨厚纯朴的形象很快拉近了彼此的距离。他聊起今年三月份福冈海域发生的那场地震，说这半年来自己一直在负责灾后重建工作；随即，他又提起去年曾经引起轩然大波的县警察局挪用公款一案。言谈举止，气度不凡，让岬对弟媳莉香的介绍深信不疑——绝非溢美之词和刻意推销。

“挪用公款一案由于涉及县政府和警察局的公信力，处理起来异常棘手。只能遵照政府机关管理的有关规定，按部就班走程序，以拖延时间来淡化公众的聚焦。说实话，我觉得这件事挺恶心人的。问题是，为杜绝贪污挪用而把警方的办案经费全部曝光，究竟对提高破案率有多大作用？毕竟市民关注的只是治安环境和破案率。”

说完，野上大笑起来。

岬很欣赏他的爽朗和率直，觉得他完全有别于那种打官腔的政府官员。

初次见面居然有一见如故之感，让岬一下解除了戒备。突然，野上又说起了自己离婚的原委，态度严肃，目光诚恳。

野上慎治二十六岁结婚，妻子是大学同班同学的妹妹。婚

---

① 日本流行语，用来表达不对路、有问题的意思。

后第五年他决定搬回家和父母共同生活,毕竟是家中长子。然而,不甚融洽的婆媳关系却让妻子动辄回娘家,并且待在娘家的日子愈来愈久,造成婆媳关系每况愈下,继而引发了夫妻间的战争,最终,迎来妻子提出离婚的日子。当时野上三十三岁。这是谁都不愿面对的现实。戏剧性的情节是,刚办完离婚手续不久,野上慎治的父母就相继去世了。但岁月无法回头,之后,野上慎治就一直单身,住在一栋独门独户的老房子里。

“回想起来我深感内疚,很对不起妻子。但那时我不可能扔下脑溢血卧床不起的父亲,丢下年迈的母亲。妻子觉得我对父母的爱远甚于对她,她和我父母争夺我的爱;而我又觉得她为什么对老人没有孝心,为什么不能忍耐一下。她提出离婚,气头之下,我也不做任何挽留,就这样分道扬镳了。幸好当时她还不满三十岁,我们也没有孩子,当时我认为这是唯一的选择。”他如是说。

“她现在过得好吗?”一直在凝神静听的岬第一次提问。

“她又结婚了,有了两个孩子。不幸之大幸啊。”野上回答。

岬也简单介绍了自己的婚姻情况,又问:“野上先生,你不想要孩子吗?”

同样的问题她也经常问自己,每次扪心自问时,一种焦躁感便油然而生:“我都快四十了。”

“当然想要。可是我和前妻生活了六年，她从来没有怀上。”野上答道，接着又说，“如果你有这方面疑虑，我可以去医院检查。”

岬顿时不知所措，慌忙道：“不，我不是这个意思。”

“我一直在想，万一老天注定我没有后人，我就去孤儿院领养一个孤儿。我不在意是否亲生，如果有缘养育别人家的孩子，我一定会视他为亲生骨肉，好好培养，把他抚养成人。相信我，我会做得很好。不过，在当今少子化的年代，领养一个孩子也不是件容易的事啊。媒体经常报道一些悲惨的虐童现象，引起公众的同情心。其实，对人类这种社会性的生物来说，生儿育女不过是那么回事儿。”野上语气十分平静。

听到他的这番话，岬突然觉得眼前的这位帅哥加大叔实乃绝顶聪慧，内心有坚定的信念，这是她始料不及的。

或许遇到了所谓的“稀缺资源”吧。

5

岬紧跟野上慎治走进酒店房间。

一直处于醉意蒙眬、恍惚迷离状态之中的她居然一下子清醒起来——如同狂风吹走雾霾，露出万里晴空一般。这种感觉令岬不可思议,她狐疑地轻轻咳嗽几声以验真伪。

“没事儿吧?”身后传来野上的问候声以及锁门声。

房间布置十分豪华。

两张布艺座椅围着精致的小餐桌,一组双人和单人豪华沙发前摆放着玻璃茶几;地面覆盖着米色地毯,在沙发和茶几下方又叠铺上红褐条纹相间的长毛波斯地毯。

这种豪华套房每晚至少十四五万日元,即使提前预约,房价也不可能低于五折。

长年与旅行社打交道的岬已暗暗估了价。

岬的目光扫到右侧衣柜后面的卧室——卧室不是两张单人床,而是一张特大双人床。

“坐吧,你有点醉了?”说罢,野上从冰箱里拿出罐装乌龙茶,在酒柜上倒了两杯。

岬在双人沙发左边侧身坐下,把皮包紧贴身体右侧放好。

野上端着两个杯子走来,递给岬一杯,然后坐在斜对面的单人沙发上。他不知什么时候把外套脱了,只穿一件蓝色衬衫,他的上衣和领带呢?岬环顾四周,发现上衣和领带都挂在餐桌旁的椅背上。

“你常在酒店开房吗?”看他如此驾轻就熟,岬禁不住问道。

“偶尔，县长与客人密会时往往选在酒店。他很喜欢这家酒店，在东京官场混迹多年，见过大场面，凡事都追求有范儿。”

今晚是岬和野上慎治第七次会面。其中有一次他们开车去了志摩町，还有一次是饭后去看电影。那是野上提议的，去看了当时火爆一时的“星际大战三部曲”，岬以前从未看过《星际大战》之类的影片，她对这种毫无边际胡编的科幻片毫无兴趣。

“现任县长以前是经产省的官员吧？”

“嗯，他当过中小企业厅厅长。”

“人品如何？”岬问。之前她豪饮了不少啤酒，此时冰凉略带苦涩的乌龙茶入口，顿时有一种沁人心脾的清爽，实在是难以形容的美味。

她细细品味这种美味。

“表面温和，但内心强势，待人亲切，但脾气暴躁。不过，他倒是有一定的自控力，并不随性发火。对了，虽知识渊博，但刚愎自用。”

“他经常对你发火吗？”

“当然。可以说，在县政府机关里我是挨骂最多的。”

“为什么？”

闲聊之际，岬感觉刚才紧张的气氛明显松弛下来。

今天是十月九日，星期天，是野上慎治四十四岁生日。

上周日和他见面时,野上曾问岬可否利用十月十日体育节的“三连休”,一起去外地旅游。岬当时不置可否,只是在临告辞时轻声嘟哝了一句:“让我考虑一下吧。”时隔一天,她坦诚而坚决地拒绝了他:“我现在没有单独和男人一起去外地的心理准备。”野上只好退让一步:“那,一起吃个晚餐该可以吧?”

于是,就有了今天晚上的约会——在大仓饭店。

晚七点,两人准时在饭店大厅见面了。岬跟着野上来到“山茶花”餐厅,吃了一顿铁板烧。她已想好今晚决计不让男方埋单,但由于岬今天准备了生日礼物,野上坚持不肯让岬付账。岬送野上的生日礼物是意大利产的真皮男式公文提包,价格十分昂贵。岬是通过国民航空公司的免税渠道买的,享受了很大的折扣优惠,价格低了很多。当然,这些不会让野上知道。当野上看到如此昂贵的生日礼物时,他脸上立刻露出惊喜交加的神色。

“比方说呢?”岬一仰头,喝光了杯中水,再次问道。

野上露出诧异的表情。

“比如,在什么情况下他会对你发脾气?”岬追问道。

“嗯……”野上双手抱臂。

岬发现他肌肉发达,手臂十分粗壮。

“真是难以启齿,总是因为待人接物方面的小事而被县长骂。”

“待人接物?”

“嗯,是的。比如,县议员中总有一些自视清高、颐指气使的家伙,对于这些家伙我毫不客气,从不给好脸色。县长往往因此狠狠骂我一通。”

说着,野上爽朗地笑了起来。

几次幽会,岬从野上的言谈举止中得出判断:他目前正春风得意、平步青云——尽管他并未直言,行事低调。弟媳莉香知道他们继续交往后曾兴奋地打来电话:“姐,听说野上先生很喜欢你,还说只要你愿意他就立刻向你正式求婚;而且,县长也强烈建议他马上结婚。县长说公务员长期单身对仕途发展不利,他对野上先生很赏识,看好他的发展。”

岬相信莉香的话。通过和野上的几次交往她亦有同感。可以说,以野上敏感而冷静的性格加上对本职工作的投入,即便他离开政府部门去干企业,也会干得出色,同样能出人头地。

岬曾暗自把自己身边的男士逐个与他比较,觉得任何人都没有可比性。姑且说安西吧,岬不仅觉得他们之间的禀赋素质有着天壤之别,甚至难以相信他们同是男人。

闲聊在继续。野上打电话向客房服务员要了咖啡。十五分钟后,热咖啡送到。

“按理说,应该用香槟干杯的。”说着,他把咖啡端到岬的面前。

他们一起举起咖啡杯。

时针指向十点。

野上把杯子放回托盘,抬起头,两眼脉脉含情地望着岬说:“长尾小姐,愿意嫁给我吗?”

这算是他在求婚吗?

岬自从接受野上的邀请到酒店开房,不,应该说在答应他生日这天共进晚餐之时,就预料到了这种场景。正因如此,她才一直默默服从野上的安排至今。

其实,岬决心已定。

“野上先生……”叫他的名字后,她稍稍停顿一下。

野上充满期待地盯着岬,目光并未移开。

“很抱歉……我无法跟你结婚。”

终于说出来了。

接踵而至的是难堪的沉默。

毕竟是在官场上混的,野上很冷静,岬只是看到一丝失落感从他眸子中掠过。

他调整了坐姿,清清嗓子说:“可以告诉一下为什么吗?”

平静如初的声音反倒让岬感到不知所措,她发现自己的身体在微微颤抖。

求爱、求婚的场面不止经历过一次，岬有经验对付甚至断然拒绝，但从没有过要解释原因——岬突然意识到无论怎样回答都会把自己绕进一个怪圈里，而且，更有她的难言之隐——她内心深处也在问同样的问题。

“我到底怎么了？”她扪心自问。

对野上慎治的种种优秀，岬只是在旁观，内心早就坚定拒绝，她觉得有把握说服自己，眼下要做的只是在不伤害对方的前提下如何委婉地搪塞过去。然而可怕的是，事到临头，自己的内心竟然发生了动摇。

岬对男人相亲时的态度甚为敏感，她了解野上慎治的心思，他是在寻找一位可以作为妻子的女人，而不是白头偕老的知音——尽管与他交往时间并不长。

岬也说不清楚，这两者究竟有什么区别。其实，通过媒人介绍找妻子并没有什么不好，正是男人严肃对待婚姻的表现。然而，岬不认同这种近乎牲口市场一样的交易行为，这是她的底线，她绝不会让步。

早知如此，何必当初呢？漂漂亮亮来相亲，认认真真去约会，最终只是为了招来对方的抱怨甚至仇恨，这又何苦呢？——

尽管岬认为这种怪罪合乎常情,能够理解。

一旦和野上结婚,一辈子将衣食无忧——岬对此毫不怀疑。

野上既有这种自信,也具备这种能力。

而且,只要尊敬他,给足他面子,与他共度余生应是毫无悬念的,自己这只漂泊的小船也会顺利驶进港湾。但是,会有爱吗?自己是发自内心爱他吗?这是岬心中最无底的,她一次次地问自己,都无法有肯定的答案。

现在面对野上的当面询问,她更是觉得像个孩子一般手足无措。

岬突然觉得,自己不仅表达不清楚,甚至连拒绝的理由也不清楚。这种烦躁的心态令她浑身不停发抖。

毋庸置疑,从货品的品质看,野上慎治绝对是一位优秀的男人,一旦错过就别无选择,肯定不会找到比他更为优秀的男人了。岬决定拒绝他的时候早已清醒意识到,不料临场时她又迷惑了。

“你有了心上人?”看到岬迷茫的表情,野上有点按捺不住。

“没有,但是,非常抱歉。”

岬深鞠一躬,神色坚定地道歉后,不再说什么了。

与其解释不清,莫如索性把话语权交给野上,或许他有办法。

这次,野上慎治陷入了长久的沉默。

不知过了多久，岬轻轻拿起放在右侧的皮包，缓缓站起身来。

野上仍然低着头，盯着脚下纹丝不动。

岬绕过茶几走到门口。握住门柄转动时她又扭过头看了一眼，野上依然垂头丧气地低头坐在沙发上。

“真的很抱歉！”岬笑着说。

求婚如此仓促落幕，连岬也感到失望。此时，野上终于抬起头来：“我心烦，就不送你了。你叫出租车吧，现在还早，饭店门口应该有车。”

岬做好了野上慎治不放她走的准备——壁咚①、哀求甚至施暴她都不会惊讶，唯独这异常冷静的举止让她不知所措。或许正是他在最后一刻都如此理智和平静，让岬感到无限落寞和悲哀吧——他根本不爱我，根本不重视我！而且，岬也看透所谓的“成功男人们”的底线。

出了饭店，岬大步流星朝家中方向走去，没有理会野上慎治的打车建议。

---

① 日本流行语，常发生于男性向女性告白的场合。

徒步到家不到一小时。

已经十月中旬,气温竟然连续数日都超过三十度。只有在夜间十点半之后才会有些凉意,并不冷。

迈开大步走在依旧车水马龙的大街上,岬的心情一下子轻松起来。她再一次告诫自己——果然,你不喜欢野上慎治。

6

经过中洲,岬走到天神桥十字路口。

天神街头已渐渐冷清,一路疾走的岬终于在红绿灯前停下了脚步。

她凝望着眼前一幢大楼——这是国民航空福冈公司所在的田中综合大楼,一幢九层高的老式建筑。七层至九层是国民航空福冈公司和国航票务销售公司九州分公司的办公地点所在。

岬在七层办公。

国民航空福冈公司只有员工五十余人,而九层的国航票务销售公司九州分公司则有二百多名员工,为此,不得已把总务部和销售推广部门安置在八层,九层则是会议室、贵宾接待室、总经理办公室以及大开间的员工办公室等等。目前,国民航空福冈公司董事长既是国民航空总公司的执行董事,又兼任国航票务销售公司九州分公司董事长。预计到明年四月,各地国航票务销售公司整合后将完全脱离国民航空总公司,分公司董事长也不再兼任票务公司董事长,将由新设立的东京国航票务销售公司派人接任。

——我还要在这里待多久呢?

抬头望着晚秋乌云密布的夜空,岬突然觉得眼前的这幢大楼灰暗无比,毫无生气。

难道要像被遗忘在冰箱角落的蔬菜一样,在这幢大楼里渐渐枯萎掉吗?想起这些,刚才和野上慎治相处的情景又清晰浮现在脑海。

为何如此干脆、不留余地地拒绝野上慎治的求婚呢?是有谁在等我吗?盘点一下,等待自己的除了日复一日忙碌于公寓至公司两点一线的单调生活外,就是明年春天被贬到子公司,薪水也随之锐减的窘况。

那,是我在等谁?年届四十的女人,早已过了挑选男人的年龄了。

岬耳边响起母亲的声音:"不生崽的女人就是不下蛋的鸡,这一生算是白过了。"

看来,今天闯大祸了。

好不容易轻松起来的心情再度坠入深渊,愁云在岬的胸膛中淤塞,瞬间变得异常沉重。

不行！这样下去,岂不是又回到离婚时消沉沮丧的情绪之中而无法自拔吗？岬已经受够了。

她从斑马线大步走过渡边大道,来到旧岩田屋前的马路上。

必须尽快调整心情！一想到此,若杉彩乃的手指在身体上移动的感觉仿佛又出现了,她甚至有些迫不及待了。若不是夜已深,她会毫不犹豫地赶去。

就到“白蜡树”去坐坐吧？岬想。

“白蜡树”是一家酒吧,回到福冈的四年间,岬时常去那家店独酌,对酒当歌,聊以慰藉。最初是舞子带她去的。这家小酒吧位于天神西大道后方小巷内,全年无休,每天营业至凌晨。

岬在酒吧里认识了老关并跟他混熟,不过,迄今为止他们交谈的时间累计不足一小时,老关这人寡言少语,但给人的感觉却很好。

据舞子介绍,老关以前是优秀的业余棒球手。

之前,岬并不知道白蜡树是一种用来做球棒的木材,更不知道以此作为店名缘于老关。

似乎已有半年没去了。

深夜十一点半,岬拉开酒吧沉重的木门。

店内正面是一张可以容纳数十人的大吧台。左侧的散座区内几组桌子和椅子依次摆放,地面比吧台低一格。店内灯光昏暗,除围着吧台坐的顾客之外,其余都看不清脸,只有轻轻弥漫的熟悉的爵士乐仿佛告诉她,一切亦如往昔。

岬在离吧台不远处的角落倚墙而坐。

向女招待点了波本威士忌酒加冰块后,她一身倦怠,无精打采地望着吧台上的酒瓶发愣。

"岬姐!"

两杯酒下肚,斟上第三杯时,岬突然听到有人叫她。

她大吃一惊,惊得手上的杯子差点掉落,回头一看,原来是安西晴夫。

"你什么时候来的?"岬的声音有点发虚。

"岬姐,这么晚了,你怎么一个人在这里?"安西未征得许可就一屁股坐在岬身边。

"安西,你什么时候来的?"岬反问道。

安西招手要了一杯黑啤,微笑地看着岬,指着原来的座位说:"我早就坐在这店里了啊,你一进来我就看到了。"

"干吗不打招呼?"岬有点生气。

"我觉得你情绪不太对。"

“既然如此,就索性别理我啊。”

“不好意思,不打招呼我觉得失礼。”

“算了,没办法。”

“对不起!”安西道歉后,讪讪地问道,“你说没办法,什么没办法?”

岬了解安西擅于逢场作戏,不过,他今晚的举动并没有让自己不舒服。

“唉,何必计较?”岬端起杯子抿了一口。

安西望着她,脸上泛起一种诡异的表情。

“你也是一个人?”岬问。

“嗯。”

“你怎么知道这家店的?”

“米泽舞子小姐告诉我的。”

“哦? 什么时候?”

“很久了,有五年了吧。”

舞子这女人! 五年前恰好是安西离婚之时,单身的舞子大概与他同病相怜吧,所以向他介绍了这家店。不过,岬对此充满狐疑——五年来,她从未在这里遇见过安西。

话题开始转向安西,岬的心情似乎轻松起来——作为公司资深职员,岬与比自己年轻的男士聊天当然会居高临下,无所忌讳，长幼有序嘛，何况此时正心烦，不提自己的事为好。

看来，自己跟野上见面时的种种不适原来是心情紧张的缘故啊。看着安西和蔼可亲的表情，岬略有所悟。

“五年前，不正是你和裕美离婚之时吗？”

“是的，那时你在东京。”

“嗯。”

五年前，正是岬到达东京的第二年。当时，她刚适应了公司的业务，正全力以赴为完成业绩而奔波于东京的大街小巷，对鲛岛弘明的偷情丝毫未曾察觉。

安西端起黑啤酒喝了起来。

这家伙深更半夜跑到酒吧独自饮酒，实在太诡异了，但转念一想，想必安西也会这样看待她吧？双方好像都在刻意避开这个话题，低头喝起闷酒来。

岬是有酒量的女人，但是闷头畅饮四杯威士忌后渐渐有些醉意，况且刚才和野上一起喝了不少啤酒和葡萄酒，这样掺着喝当然比平时更容易醉。

“对了，我一直想问你，到底为什么跟裕美离婚？”岬突然发难，安西之前一直在回避这个问题。

“怎么提起这事？我怎么说好呢？”安西一脸困惑，闪烁其词。

“同事说你在外面有了小三,是吗?”

“都是人云亦云。”

“这么说,传闻是真的了?”

“感谢你一直对裕美很好,她经常夸你。”

“不必谢我。她是个好姑娘,是你不识货。”

“是吗?”

“当然。”

“守着这样的好女人还在外面偷腥,实在不道德。”

“没错。”

“她后来怎样了?”

岬接二连三地追问,这明摆着有打探隐私之嫌,但她依旧不依不饶,想必是酒精惹的祸。

安西迷惘地望着岬。

“我是问,你和那个新欢怎么样了?”

安西终于明白她的意思。

“半年后也分手了。”

“唉,你真的很笨!”

“当局者迷啊。”

安西语气轻松。

不知为何,岬觉得安西的话已经深入她的内心。

没错,当局者迷。今天拒绝野上的求婚就是如此,或许好姻缘从此失之交臂。

安西晃着空酒杯,问:

“岬姐,可以和你喝一样的酒吗?”

“如果你埋单,悉听尊便。”岬说。

“你是我的顶头上司,请上司喝酒理所当然。今天有什么好事吗?”安西点了波本威士忌,终于隐晦地问了起来。

“是我生日。”岬回答道。

“骗谁啊!”安西说。

“就是骗你。”岬说。

“我知道你生日在五月。”

“你记它干吗?”

“你忘了? 五月份我免费借给你 DVD。”

“有这回事?”

“当然。”

岬和安西隔桌对饮,如果说刚才喝得有所节制,现在却是畅饮如注,琥珀色的威士忌敬一杯,干一杯,岬白色的皮肤泛起一层粉红色的光泽。

“岬姐好狠心,由我埋单你就猛喝。”

“告诉你,像我这样人老珠黄的半老徐娘,如果不再计较根本活不下去。”

“这好像和年龄、性别无关吧？”

“开什么玩笑？难道你是要喝女人酒的软男人吗？”

“酒也有性别之分？”

“没出息，怪不得你的工作一直没起色。”

“对不起。”

酒意阑珊之时，欲念在岬的脑际一闪——把他带到我房间去？

若在平时，多年寂守单身的岬是有经验驱赶这种生理冲动的，今晚她却感到力不从心。当然，她因为眼前的男人恰好是安西晴夫而感到一丝不悦，甚至自嘲自己的品位。不过，随着血液中酒精浓度的增加，“品位”二字早就抛到九霄云外了。

为什么突然情火萌生？岬力图找出答案。

原来，她有了意外的发现。

在比邻而坐近距离地仔细观察后，岬发现安西晴夫竟然是个英俊的小帅哥。

这一重大发现让她隐隐不安。

岬素来对帅哥毫无招架之力，念大学以及参加工作时交往的男朋友无一不是英俊潇洒的帅哥，包括她的前夫鲛岛弘明也是公认的美男子。

其实，岬真正的偶像是稻叶浩志、樱井和寿、大泽隆夫和凯文·科斯特纳，在她心目中这四人不仅外表酷，而且有内涵，有个性。世界杯足球赛中她最喜欢的球星是贝克汉姆，小贝的举手投足令她陶醉不已，托蒂、皮耶罗之流简直无法与之相提并论。

以她现在的眼光来看，安西的脸庞属于杰尼斯系之可爱型。

此时，岬正在凝神思考一个重大问题——安西究竟长得像谁？她聚精会神地盯着安西的脸庞，根本听不进安西在喋喋不休地嘟囔什么。

清晨六点，喝得酩酊大醉的岬终于和安西一起离开了白蜡树。

两人步履蹒跚地从天神西大道走到国体大道，拦下一辆出租车，先送岬，然后再送安西到位于南区高宫的家。

在晨曦映照下，岬再次凝视安西的侧脸，终于发现他像谁了。

——妻夫木聪！安西晴夫简直像极了。

岬恍然大悟，原来如此！

出租车在岬的公寓前停下。

岬问："到我家去坐一会儿?"安西的表情隐隐有些犹疑,不知是否故作姿态："今天太晚了。"晨曦初露,天色很快就会大亮,在这个时辰听到这般托词,岬差一点笑出声来。虽然醉了,但心里很痛快。"反正今天是休息日,上来坐一会儿吧。"岬几乎半强迫地要求他下车。

走过自动电子门,在楼道等电梯时安西问了一句："岬姐,你喝多了吧?"

"完全没有。"岬回答。

"你今天怎么了？出什么事了?"

他神情严肃,脸色跟没喝酒时一样。这个男人的优点就是酒量好,岬内心很佩服这一点。

"没什么大不了的。应该说,正因为没事,所以觉得心烦。否则,怎么会邀你去我家?"

岬快步走进电梯,安西慌忙跟了上去。

进了房间,安西在客厅沙发坐下。岬泡了一杯热茶端来后,自己径直去了浴室。十五分钟后,岬湿着头发回到客厅时,安西已经抱着坐垫睡着了。杯子里的焙茶喝得精光。

岬捏着他的鼻子把他叫醒。

"七点了,快起床。"

岬语气严厉，安西一脸无助的表情，口齿不清地说："要我回去了吗？"

岬顿觉他甚为可爱。

"你想回家吗？"岬笑着问他。

"不想，怎么可能想？"他拼命摇头。

"那就赶快去洗澡吧，毛巾和睡衣放在浴室了。"

岬觉得内心深处涌起久违的身为人妻的温柔情怀。

安西从浴室出来，接过岬递给他的一杯温牛奶喝下，随即跟着走进了卧室。一进卧室，安西立刻伸开双臂搂住岬的身体。

"不要误会，今天我累了，没心情。"

岬做出抵抗的姿态，安西出乎意料地用力捉住她的双手。

"我已憋不住了。岬姐对不起了，请你做好心理准备，即使如此我也要……"

安西的表情和语气与平时判若两人，言毕，转眼之间把岬身上的睡衣剥得精光。

7

岬刚刚跨入国民航空位于阿苏的研修中心大门，手机铃响了——本部门销售经理打来的。

今晨八点半，岬带领各大旅行社四十余位机票负责人员乘巴士到此，现在，众人正忙于安顿行李和准备用餐，研修的第一课下午才开始。

经理告知，安西晴夫的父亲清晨去世了。

岬一时还反应不过来，站在那儿发怔。

岬从未听安西说过他父亲病了，估计全公司都不会有人知道。而那位经理现在居然告知安西的父亲癌症住院已经一年多了，十月份后病情急剧恶化并处于弥留状态，令岬十分吃惊，实在悟不出要领。不过，经理说他也是今天早晨接到安西电话才知道的。

“因后天是友引日①，故决定今晚六点守灵，明天上午十一点举行告别仪式。”

他接着又说：“长尾小姐，我们销售部全体人员都要去参加葬礼，部长想留一人值班接电话，你行吗？”

这次来阿苏火山虽安排了两天研修，实际是借此招待一下各旅行社的机票负责人。

“我想下午研修一结束就赶回福冈，参加守灵。”岬说。

---

① 日本台历上的迷信说法，认为这一天“诸事不宜”。

十月十日之后的一个星期岬几乎没跟安西单独说过话，因此，无论如何都要参加他父亲的守灵和葬礼仪式。

“好吧。我知道你会这样做。今晚的招待活动就交给其他同事张罗，但务必不要怠慢了旅行社的各位哦。”

家族式管理是国民航空公司的企业文化，但凡职工本人或是家人的婚丧嫁娶大事，所在部门均全员参加。

“谢谢！可能会晚一点，但今晚我一定赶到。”岬对着电话不停地鞠躬。

“遗体告别仪式在安西的老家举行，待会儿我把位置图发给你。还有，研修活动的事一定要妥善交接好！”

说完，经理挂了电话。

岬沉吟片刻才把手机放进皮包，她叹了口气，陷入沉思。

或许，那天晚上在白蜡树的邂逅，安西正是因为他父亲病危而独自去借酒浇愁的。

她想起第二天中午他们起床后，安西穿上衣服就走了，难道也是惦记父亲病情的缘故吗？

岬以为安西会一直陪着她直到晚上，没想到安西说了句“我有事先走”就匆匆离开了。这种完事提起裤子走人的态度让岬不仅感到了羞辱，甚至有些愤怒，以致第二天上班直到昨天，整整一个星期她都刻意不理睬安西，即使迎面相遇，安西露出搭讪表情，岬也佯装不知扭头走开。

现在回想起来，一定是安西想把父亲病危的事告诉她，却遭到她拒人于千里之外的冷遇。果真如此，自己未免太狭隘太肤浅了。

岬已经整整四年没有和男人肌肤相亲，那天跟安西的一番云雨真是酣畅淋漓，如同久旱逢甘霖，身体每一个部位都得到充分滋润——每一根发丝，每一个手指，每一片指甲，都让岬感到浑身舒爽，充满活力。

不仅如此，尤其是安西的那双手令她欲仙欲死——狂野中蕴含细腻、粗暴中不乏丰润，这是与前夫鲛岛弘明多年夫妻生活所不曾有过的感觉，这种感觉令她陶醉万千、回味良久。

岬并不是追求感官刺激的女人，但仍能深切体会到自己和安西的肉体之结合是如此和谐、如此完美。

想必对方会有同样的感觉——岬深信不疑。

不过，让她匪夷所思的是，尝到鲜味的安西自那天之后似乎浅尝辄止，不再追逐，天下哪有不偷腥的猫？这令岬心情极为不爽，她对安西的冷漠在很大程度上缘于此。

虽然是自己主动勾引安西与之发生肉体关系，但岬的内心深处仍有些不安，似有罪恶感。

在西铁大牟田线高宫车站下车，朝高宫方向步行五分钟便看到了安西老家的宅子：安西儿科内科医院。

锈迹斑斑的大铁门后是一个约有五个车位的小院，再往后是一幢挂着提灯的老式两层小楼，提灯上写着“安西家”三个大字。

岬举腕看表，时间已过晚上九点，根据日程，守灵仪式是晚六点半至八点半，她有些迟疑，不过，既然到了，无论如何都要进去的。考虑到穿便服吊唁不妥，她已经换了一套素服。

一旦与某个男人有了肉体关系哪怕只有一次，对待他的心态就会完全不同。这个男人在女人心中的分量就比其他男人沉重得多。

推开大铁门，岬沿着碎石小径走去，看到前方医院兼住家的这幢楼的玄关，大概有三十米。

日式玄关挂着提灯，一座颇具考究的两层楼房，但年代似乎已久。

看不到有人进出，难道参加守灵仪式的人都走了？

诧异间，岬轻轻拉开门——她没按门铃。

一位女同事站在玄关的台阶上。

“对不起，我来晚了。”岬向她打招呼。

“没关系，部长和组长他们都在呢。”女同事轻轻回答。

“安西在哪儿?”

“在设祭坛的屋里和大家喝酒。”

岬从手提包里拿出祭奠礼品。

“嗯,这个往哪儿送?”

“你自己供奉到祭坛上吧,负责接受礼品的人已经撤了。”

“好吧。”

“往右转再直行就到。”女同事告诉她。

岬走进宽敞的玄关,在盥洗室和储藏室前往右转,然后沿着一条长长的走廊向尽头的那间大屋子走去,她目不暇接地观望着廊外灌木茂盛的庭院以及左侧几间日式房间,不由得发出感叹:真是一座阔气的宅院啊。走廊尽头的那间大屋敞开着,有人影在穿梭忙碌,像是把做好的菜肴装盘,又像是在做寿司。

一位同事看到岬立刻招手:“快过来。”

进屋才发现原以为是东侧的墙壁,其实是一张隔板,再往里是一间宽敞的欧式风格房间,房间正中位置摆设祭坛。透过南面敞开的窗户,灯光映照下的庭院葱郁的树木尽收眼底——这个院子比刚才经过的前院还要大——岬暗自思忖。

棺木摆在祭坛中央。

看到岬的身影,安西立刻起身离开部长等人向她走来。

“惊悉令尊大人仙逝,深致哀悼!”岬说。

“岬姐,请来看一下家父遗容。”

满脸憔悴的安西拉着岬来到祭坛前,从棺材上的小窗口瞻仰逝者的遗容——面容清癯,神态安详,有着和安西一样的高鼻梁,即使是闭着也能让人感到很大的眼睛,他父亲生前应该很英俊。

“对不起!”岬小声向他致歉。

“什么?”安西十分纳闷地轻声问。

“之前,我什么都不知道,还对你发脾气,说一些挖苦的话……”

“没关系的。”

“一年来,你为治好父亲的病而费尽心血。我听福永先生说十月十日那天你父亲已经病危了,真让我大吃一惊。”

福永就是打电话到阿苏的那位经理。

“你又没做错什么,”安西说,“我老爸性格倔强,你看他的遗容即可感觉到。”

安西凝视着父亲的脸,稍后又说:“父亲一辈子行医,为不少患者解除了病痛,现在轮到自己罹患不治之症,他十分忌讳,不想告知别人。所以,遵父之命,我没向任何人讲他的病情。癌症把他折磨得死去活来,痛不欲生,但他没有丝毫绝望和气馁,与病痛进行了顽强的抗争，面对死亡他坦然豁达，不愧是一位医生，也是一位坚强的男子汉。我要以父亲为榜样，当我离开人世的时候也会如此。”安西语气淡淡，神色坦然。

岬从他紧握的手上感受到他的悲痛和坚毅，而且，这种坚毅还饱含着对亲人的深深柔情。

“其实，在他走之前，我真希望你和他见一面。”

安西对着沉睡的父亲喃喃自语后，便关上了棺材的小窗。

供奉奠仪，上完香，岬双手合十地对着祭坛上的遗照长久凝视。

墙上安西晴夫父亲的遗像，眼睛透着慈祥和柔情。

岬仿佛从这种眼神中看到了自己的父亲。岬的父亲在她二十七岁时患脑溢血去世。

岬的父亲是税务师，性情温厚，行事低调，岬从未看到过父亲对别人发脾气。

父亲是岬最钟爱的亲人，她为父亲未能看到她二十九岁时当新娘、穿婚纱的模样而痛心疾首。不过，当她离婚时，反倒庆幸父亲没看到这一幕。

祭坛前摆放三张长桌，桌上摆满啤酒、日本清酒和一些佐酒的料理。部长、组长和公司其他领导围坐一桌。安西回到部长身边坐下，再度举起酒杯。

岬看到米泽舞子坐在另一桌，立刻向她走去。

“听说你带团去阿苏的研修班了？”

舞子递上一杯斟得满满的啤酒。岬点头致谢，接过酒杯后她又放回桌上。

刚才上香时岬就在四处搜寻安西的母亲。她打量了祭坛周围所有穿丧服的女人，发现只有一人长得像安西，但从年龄和举止看感觉是姐姐，身边有一名中年男子不离左右。

“哪位是安西的母亲？”岬问舞子。

“他母亲半年前病倒了，现在还在住院。刚才来了一下又回医院了。”

“哦？”

岬大为惊骇——不是因为安西母亲，而是因为安西。

“他这人，不愿意让人看到他脆弱柔软的一面。”舞子的目光投向安西。

安西在和公司领导们说着什么，脸上不时露出笑容。

“这种性格，不知该说是坚强呢，还是愚直？”舞子仿佛是在聊自己家的人。

“愚直？你说安西？”听到这种评价，岬颇感意外，甚至怀疑自己听错了。

舞子点点头。

“刚才,樋口裕美也来了,而且还放声大哭。”

这句话更令人难以置信。离了好几年了,裕美为什么还要来参加安西父亲的守灵仪式?为何又放声大哭?

不可思议。

舞子对安西的了解比岬多,安西的很多事舞子知道而岬不知道。岬不明白为何舞子和安西这样亲密。

不过,舞子这女人口风很紧,不该说的事她绝对守口如瓶,不经意露出的事一定是她已经想好要告诉你的。正因为如此,岬才会常找她商量一些个人事宜。

“婚都离了,还在安西面前哭哭啼啼又为哪桩?”岬自言自语嘟哝着,她判断舞子一定会娓娓道出原委,不然她不会挑起这个话头。

不信就拭目以待。舞子沉吟片刻后,漫不经心地说:“我想你也该知道真相了,这也是为安西正名——他们离婚的真正原因是樋口裕美出轨了,在外面有了男人。”

此话令岬大惊失色。

且慢,让我想想……岬想起一周前安西还在跟她坦白,与樋口裕美离婚是他本人有了外遇。

岬仔细回忆九日晚上和安西的谈话。

此时她才恍然大悟——安西的那段表述乍一听让人理解是他的过错,仔细品味却发现他并没有承认自己有外遇。真是精妙的表述,保全了双方的颜面。岬又想起他自言自语的那句话:“不过,我觉得这样做对双方都是最好的选择。”

所以,当岬刨根问底成为他小三的那位女人何许人时,他竟无言以对,完全愣住了。

看来,舞子说得不错。岬想。

“我并不清楚事情发生的具体经过,总之,安西真是倒霉透顶,新婚宴尔之际,樋口裕美的前男友突然出现,于是她旧情复燃,投向了旧情人的怀抱。安西担心此事一旦传开会给裕美带来负面影响,因此宁愿戴绿帽子,而且把过错揽到自己身上。唉,在这件事情上,他真的很顽固哎。”

岬想起刚才的场景——安西凝视着父亲的脸,喃喃地说:“我老爸真的很倔强。”

“这些我完全不知道。”岬神情木然地说。

“当然。他们离婚时你根本不在。不过,刚才裕美告诉我她现在的境况很不错,之前老公没工作,靠裕美一人的收入养家糊口,日子过得拮据,今年她老公终于取得了注册会计师的资格,家境一天天好了起来。她母亲的工作也是安西苦苦哀求分公司老总帮忙解决的,说是想要一个向离婚的老婆赔罪的机会。"

于是,安西对不起裕美的说法在公司内不胫而走。

舞子又扫了一眼正和同事聊得起劲的安西晴夫。

"之后,我见到裕美时她总是泪眼汪汪,说对不起安西,并且告诉了我安西提出离婚时说的一番话。你知道安西说了什么吗?"

岬摇摇头。

岬内心深受震撼,似乎不想再往下听了,在知道真相的同时也明白自己对安西的了解是多么肤浅。

"安西是这样对裕美表态的:'如果你能够让他幸福,我就净身退出。如果你指望他给你带来幸福,我绝对不会同意。你做出了这种事还奢望别人宠着你,我实在放心不下。'裕美讲这些话时也像今晚一样泣不成声——其实裕美的内心是很痛苦的,我能理解。"

说罢,舞子的目光再次投向安西,如同望着自己的亲弟弟一般。

8

夜深了,客人们起身离去。

部长及其他同事向安西告辞后走出大房间,岬也跟着站起身来准备离开,安西过来说:“我去送客,你稍等一下吧。”岬只好重新坐下。

十分钟后,舞子也说要告辞,岬送她到门外。

“安西的事就拜托你了,他一直很赞赏你。”

舞子表情暧昧地挤挤眼,向她挥手道别。

“我会尽力为之。”岬十分坦诚地回答。

望着舞子渐行渐远的背影,岬回味着舞子刚才的每一句话,她感觉自己喜欢上安西了,当然安西也喜欢自己,连舞子都看得出来。

岬返回大房间,发现参加守灵仪式的客人全走了,留下的是有血缘关系的亲戚。

岬远远地坐下。安西过来看见岬正襟危坐的样子,说:“轻松一些,没关系的。”说罢也在旁边坐下,摊开双腿。无意中,他的脚尖触碰到了岬的腰部,岬顿觉有一股电流贯穿身体,那天晚上的感觉又膨胀起来。

“忙坏了吧?”她问。

“一直想见你。谢谢你今晚特地从阿苏赶回,我很欣慰。”他说。

说话间，安西面色微露腼腆之态。

接着他聊起他跟父亲之间的往事。

三十分钟后，岬起身欲去洗手间，她婉言谢绝了安西带自己去的要求，出了大房间后，沿着走廊来到转角处的洗手间。

当她从洗手间出来时，大房间里已经一片寂静。

岬没有原路返回，而是探头窥视了一下洗手间旁的房间及隔壁的浴室。储藏室另有一条走道通往大房间，走廊右侧即日式房间的对面有两间像是欧式风格的房间，但房门紧闭，看不到里面。

此时，天空突然一声炸响，雷电交加，豆大的雨滴随即噼里啪啦倾泻而下。瞬间，整幢楼房在轰隆的雷声和滂沱大雨中好像摇晃了起来。

岬恐惧地停下脚步，茫然地愣在原地，听着骤然而至的哗哗雨声和震耳欲聋的雷声。

她发现旁边房间的门突然开了——里面有人！岬一阵战栗，浑身不由得哆嗦起来。室内柔和的灯光照在走廊上，她战战兢兢地向那光线走去。

她站在门口向内窥探，发现东侧窗户大敞开着，想必是暴风夹着骤雨把房门吹开了。

房里空无一人。

房间面积有十六七平方米大,一张床放在左侧的角落,一张书桌靠近窗边,桌上放有笔记本电脑。两侧的墙边排列着置顶的书架,书架上整齐码放着花花绿绿的书。除此之外,她还看到了一台小型音响,没有电视。

岬站在门外仔细观察这一切。

房间窗明几净,室内摆设井然有序。岬无意间窥见床脚柜门微微敞开,一个公文包探出脑袋,这是她熟悉的公文包。

这是安西晴夫的书房。

做出判断后,岬毅然直入。

窗外,大雨如注,雨借风势不断飘进屋里,书桌已被完全淋湿,继续下去恐怕笔记本电脑就毁了。岬迅速关上窗户,从提包里拿出手绢擦拭电脑和桌子。

很快就做完了,空无一人的房间不宜久留,正待出门之际,她突然看到靠墙的大书架上码放着一摞 DVD。

难道这就是安西引以为豪的 DVD 收藏处?

岬暗自思忖,疾步靠近——如同她在刚才看到的一样,码在书架上的 DVD 数量极其有限。

她想起安西曾骄傲地宣称“光是 DVD 就有五百张”。

岬想看清楚 DVD 的片名,她认为这些只是本月新推出的影片,暂存在这里而已,其余的 DVD 被安西妥善地收藏在其他地方。

房里没有电视,无法看碟。其他地方应该设有专门的视听室,也许就在隔壁房间,或二楼的某个房间。

岬睁大眼睛看着那些 DVD:

《八月圣诞节》;

《触不到的恋人(Ⅱ Mare)》;

The Interview(《采访》);

《星愿》;

《重庆森林》;

《卧虎藏龙》;

《神隐少女》;

《Jose 老虎与鱼群》;

《水男孩》;

《黄泉归来》;

《北之零年》;

Swing Girls(《摇摆少女》);

《海猿》;

《现在,很想见你》;

《我的父亲母亲》;

《那山那人那狗》；

Nuovo Cinema Paradiso(《新天堂乐园》)；

《远离赌城》；

Cider House Rules(《心尘往事》)；

《刺激1995》；

《扭转奇迹》；

《心灵捕手》；

《香草天空》；

《穿越时空,爱上你》；

The World According to Garp(《盖普眼中的世界》)；

《女佣变凤凰》；

《甜蜜的十一月》；

《冷山》；

《手札情缘》。

对每一张DVD片名进行确认后,岬蓦然间心生疑云:书架上所有的DVD无一不熟悉,除了《海猿》《香草天空》和《女佣变凤凰》等几张片子实在不感兴趣外,其余的在安西的推荐下都一一观看过,无一错过。这究竟是怎么回事?疑云不断地在岬的心中盘旋。

从安西开始向岬推荐 DVD 那天算起，如今已有一年半了。

不是每部影片平均有十位影迷租借吗？每月向他租碟之人也并非只有岬。为何要把借给自己的 DVD 单单存放于此呢？

安西曾说，租碟客户大都是高中或大学时的同学，还有酒桌上认识的朋友。反正一直未曾低于十人。岬回想和安西一起吃午餐时他曾说过的话。

“我并非为了赚几个钱……”

——该不会……

岬心跳加速。

难道安西自诩收藏有五百张 DVD 完全是一派谎言？

岬想起舞子刚才离开时说的话：

“他一直很喜欢你。”

岬与安西已经有过身体接触，她当时听到这句话时并不感到意外，甚至认为理所当然。

现在仔细一琢磨，舞子的话颇有意味。

什么叫“一直很喜欢”？

一年半之前正值岬刚离婚不久，对于鲛岛弘明的险恶用心和六亲不认，岬首先感到的不是激愤，而是凄凉和空虚。

安西在岬试图治愈自身精神上巨大创伤的重要时期出现了——他百般殷勤地向其推荐影片，并不厌其烦地问：“岬姐，喜欢这部电影吗？……岬姐，那部电影你没看过吧？”心绪烦躁的岬毫无心情看电影，也找不到陪她去影院的闺密，更没有时间搭理他。

于是，晚饭后看碟成了岬打发时光的唯一方法。安西不仅精心挑选每一张影碟给她，而且还坚持收取一百日元的租片费，以免尴尬。岬眼前浮现出安西殷勤推荐影碟的滑稽模样——手拿影碟的他总是结结巴巴地叫着：“岬姐，这部片子你非看不可，非看不可哦！”

安西推荐的每一部影片都很适合岬的口味，使得岬不由得长叹一声——为何自己跟这样大大咧咧、不顾细节的傻帽臭味相投呢？倘若她知道愚钝的安西是如何用尽心思百般献殷勤时，想必一定会顿觉真正愚钝之人乃自己也。

舞子说：“安西觉得如果公开与裕美离婚的真正原因，势必会对她的将来带来负面影响，于是他逢人便说是自己移情别恋、另有新欢了。”

名副其实的暖男！

一年来，为病倒在床的母亲，为生命垂危的父亲，他苦苦撑起家庭的重任，默默承受公司销售业绩的巨大压力，从不气馁，从未发过牢骚。在承受妻子的背叛、离婚所带来巨大伤害的同时，他居然默默关注和呵护着被抛弃的岬，为她精心挑选每一部影片以慰藉其受伤的心灵，让她慢慢敞开紧闭的心扉……

实在是名副其实的暖男！

——我真是愚蠢透顶。

一股暖流从岬的心头涌起，这是未曾有过的感觉，她不知道这是敬意还是爱意。

雷声隐，雨声停，四周万籁俱寂。

一直以为世间唯有自己伤心，唯有自己含辛茹苦，丝毫未曾体谅过别人，竟然没有发现珍惜自己的人……

我真是天下第一愚蠢的女人！

岬痛彻心扉地体会到了这一点。

9

回到公寓已是凌晨一点。

清晨赶到阿苏又匆忙折回，舟车劳顿令岬浑身酸痛，十分疲惫。

上午十一点在殡仪馆举行遗体告别仪式，岬打算九点半赶至安西家，一并前往樱坂殡仪馆。

临上出租车时，岬告知安西自己明天的安排，安西露出欣慰的笑容："谢谢你。"

岬迅速打开电脑察看邮件，接着又拧开浴缸龙头放洗澡水。她想好好泡个澡，把身体泡暖，消除一天的疲劳。

出了浴室，她倒了杯黑啤酒，坐在沙发上开始浅酌慢饮。

自从在白蜡树看到安西喝黑啤后，岬也从超市买来一些尝尝。孰料，黑啤的醇厚味道竟让岬每天恋恋不舍，贪杯不已，连喝法也是完全效颦安西——常温喝，不加冰。

岬很快就飘飘欲仙了，脑海中不断浮现出安西脸庞的轮廓，那轮廓与著名演员妻夫木聪的英俊脸庞渐渐重叠在一起。

我真的爱安西吗？

安西真的爱我吗？

有情人终成眷属，我和安西会吗？

或许，心碎是爱情最美的样子。整天耳鬓厮磨、爱得死去活来者，往往分手最早，劳燕分飞；而银河两岸遥遥相望的牛郎织女，却成了永不坠落的星辰。

历经七年之痒的夫妻生活，岬得以大彻大悟——绝不能和男人共处一个屋檐之下，除非想把那份情感之火烧成灰烬。即使陷入爱河，岬和安西之间的情感羁绊越来越深，重组家庭也绝非容易的事——不仅因为年龄问题：岬比安西大几岁，他们又同属一家公司，安西还是岬的下属，而且按照国民航空公司的惯例，同一职场的员工一旦相恋结婚，女方就必须离职。更重要的是，年轻人的那份纯洁、义无反顾的爱在岬心中早已凋零得不见踪影。

况且，还不知道安西内心的真实想法呢。

时间已过凌晨两点。

激动的心绪渐渐平息，岬辗转反侧，毫无睡意，头脑清醒异常。

静夜冥思，岬觉得他们之间的感情只属于互有好感的范畴而已——无论是安西对她的感情，抑或是她对安西的感情。尽管一时冲动、把持不住而与他有过肌肤之亲，加上看到安西的另一面而颇感意外，但并不能说明他就是岬值得托付一生的男人，至少目前仍无法妄下断言。

——说到底，是我没有自信，意志消失殆尽，受伤的心再经不起折腾。

岬不愿意承认，同时又不得不承认。

丈夫在婚后三年就跟其他女人上床，熬到第七年终于劳燕分飞，从此各奔东西，徒剩年已三十六岁的岬整日以泪洗面，与凄惶和悲愁为伴，只得通过拼命工作来舔舐心灵的伤口。不经意中已到三十九岁，快到不惑之年。蓦然回首，往事历历在目，如同河水没膝，感知时光渐重的分量。如今，岬的体力明显不济，动辄腰酸背痛（居然与按摩女成了闺密），稍不留意，小腹就会赘肉堆积。每次揽镜自照，无法掩饰的皱纹越来越多——这就是岬的现实生活之写照。她无法相信自己也曾有过高回头率、众人皆夸漂亮的年代，那种发自内心庆幸身为女人的想法如今已成为笑柄，不堪一提。她想有个孩子，有了孩子或许境况会有改变。然而，命运似乎要让她孤独终老……

思虑到此，岬猛地站起身来。

她若有所思地走到电视机旁的书架边拿起一个牛皮纸信封，回到沙发坐下。

牛皮纸信封里装着高幡司郎老师写的信和她二十年前的那篇作文。

她首先打开老师的信。

如今，诸位已经三十九岁了，明年将迎来不惑之年。

回过头来重温自己的青春和梦想，感受曾经年轻的脉搏，实在是件很有意义的事，我相信对大家未来的人生旅途会有帮助。恕我不再赘言。

衷心祝愿诸位，百尺竿头，更进一步！

高皤老师这封信是上月二十六日收到的，已经三周多了。

收到此信的当天，她与前夫鲛岛弘明不期邂逅，心情处于极度沮丧之中，她匆匆浏览一遍后就随手丢在书架上，再也没有想起。

如今重读这封信竟是别有一番滋味在心头。

二十年前的她对未来充满憧憬，却一无所知。

她坚信，二十年后的自己已长大成人，快乐放纵，无忧无虑地飘行在幸福的云端，天高任鸟飞！

然而，时光荏苒，二十年犹如流水，一去不再回头，而她并没有随着时光的流逝而长大，眼看就要跨入不惑之年，她内心深处仍藏着一个腼腆羞怯、情窦初开的少女，对今后的人生之路迷惘不解。想起这些，一阵阵焦急、一阵阵凄惶又向心头袭来。

岬把信塞进信封，又打开了那篇署名为长尾岬的作文《致二十年后的我》，三张 A4 纸，只见上面写满了密密麻麻的文字。

她恍惚记起这篇作文是用文字处理机写的，当时还没有笔记本电脑，她是用第一次打零工赚的工资买的富士通文字处理机。

作为即时交卷的作文，尽管文字稚嫩，内容浮浅，然而，青春的气息犹如春风一般扑面而来。

致二十年后的我

长尾岬

二十年后的我，你现在过得好吗？

我猜你早已把我忘了，而我仍时刻牵挂着你，心有千千结。倘若你现在春风得意，事事顺心，我会无比欣慰，与你同喜同乐；如果你沮丧疲惫，穷困潦倒，请你想想我——你的青葱岁月……

我现在十九岁零四个月。我过得很开心，很幸福。

二十年后的我，或许你的人生之路有艰难险阻，但我相信，你每每想起幸福、开心的我，你会感到由衷的慰藉。

二十年后的我，你即将迈入人生的黄金时节。

你一定有一个令人羡慕的美满家庭——高大帅气的丈夫，一对可爱的儿女。

老大念高中了，老二可能还是顽皮的小学生？是一男一女，还是两个淘气的小男孩？

以你的外表及你对外表的挑剔，你老公一定是位器宇不凡的高富帅，你们爱的结晶当然也会漂亮活泼、天资聪颖。

你现在住在哪儿？

福冈？东京？该不会是纽约、巴黎或伦敦、里约热内卢、新加坡，或堪培拉、布里斯班吧？

二十年后的我，你是否实现了你的理想，如愿当上一名空姐？

是在国民航空，还是在新日本航空？我想你一定是飞国际航线的，或许你家的那位帅哥也是在飞机上认识的。

或许一切都不是。

空姐已成为漂亮姑娘们趋之若鹜的热门职业，而且每家航空公司都会专挑那些身材苗条的大长腿女孩，你身高不足一米六，也许无法通过他们苛刻的考试。

但我相信，你绝对不会因此消沉或气馁。

现在，我正为明年的入职考试而积极准备。复习时间不足一年，我会全力以赴为之拼搏，我对自己的付出不会言悔，对自己的努力问心无愧，对自己的前途充满信心。

假如，我最终仍无法成为空姐，只能证明努力和拼搏并不等于成功，只能证明不如愿的结果更适合自己。总有一天，我会庆幸自己当时没有如愿——这是我敬爱的父亲告诉我的。

爸爸从小就这么告诫我，所以，我时刻提醒自己，如果经过努力仍然不能实现理想，其实这就是最佳的选择，绝不要后悔。

二十年后的我，相信你也同样是积极进取、勤奋努力的性格。或许因身为人妻、身为人母而辛勤劳作，或许活跃在职场，为公司的发展而默默奉献。

然而，只顾埋头拉车而不抬头看路是你的弱点，务必请不要勉强自己，凡事悠着点。

你看，我竟然对比我年长二十岁的你指指点点，真是不好意思。

你身体好吗？爸妈身体都好吗？

海太考进了他理想的大学吗？

走笔至此，我真切感到踏入青春期的我像一只迷途的羔羊，对未来一无所知。为此，我由衷佩服你——尝透二十年的辛酸和快乐，领略世间的人情与冷暖，你真了不起。

我相信，二十年人生你一路走来本身就是一笔财富，终身受用，不经世事的我是没有资格对你说三道四的。

不过，面对同一个“我”，我还想赘言几句。

二十年后的我：

即使你两鬓渐染、容颜衰老，也要保持一颗年轻的心，就像十九岁的我现在这样。处于豆蔻年华的我，尽管不谙世事，无法给予你任何帮助，但我能够让你感受蓬勃向上的年轻自由之心。

二十年后的我：

当你感到心灰意冷、沮丧无聊时，当纯洁的爱在你的内心已经消失得无影无踪时，请你想想我。

我衷心祈愿你会遇到一位你爱并且爱你的男人，有一个美满的家庭和幸福的人生。

我比爸爸和妈妈更祈望你获得属于你自己的一切幸福。

为此，我会以积极进取的心态面向未来，以不畏艰难的勇气直面当下，因为我心里清楚，正是无数个这样的我组成了现在的你。

二十年后的我：

有人永远爱你，这份爱不含任何杂念。每当你孤独绝望、焦虑无助时，请你回想二十年前的我，请你展望一年后的我、两年后的我……你不能忘记这些无数的我，你的至亲。

二十年后的我：

我为你走过的这二十年的人生喝彩。辛苦了，很感谢你！

期待二十年后与你重逢。

岬早已泪流满面。

安西离婚时曾对裕美说:你做出了这种事还奢望别人宠着你,我实在放心不下。

安西在白蜡树酒吧向岬表示:“我觉得我这样做是对的。”说话间,他脸上流露出问心无愧的神态——岬眼前浮现出当时的情景。

无法奢求别人带来幸福,也不可能让自己幸福,能够做到的就是给他人以幸福。

岬现在如果幸福,正是二十年前的期望,正如作文中所写,二十年前的岬自己比任何人更希望现在的岬得到幸福。

——我不能背叛二十年前的自己,我要再次拥抱久违的青春,像十九岁的岬那样,坚信有人刻骨铭心地深爱着我,而且,为了那个人的幸福,我要勇敢地直面人生,哪怕荆棘遍地。

思虑至此,岬顿觉一股暖流涌遍全身。

亲爱的二十年前的我:

我一定不辜负你的期望,坚定地迈步于我的人生之路。

岬把作文轻轻贴在胸口,深深鞠了一躬,然后仔细地把它折好放进信封。